Michel Peterson

L'ATELIER
IMAGINAIRE

COLLECTION DE L'ATELIER IMAGINAIRE
Editions l'Age d'Homme

PRIX PROMÉTHÉE *(romans ou nouvelles)*

1982 : Jacques Mondin, *Retour à Yuste, nouvelles,* Préface de Jacques Chancel.
1983 : Dominique Lemaire, *Un certain Walk-Man, roman.*
1984 : Catherine Derbin, *Le Domaine d'Alasdair, roman,* Préface de Jean-Pierre Otte.
1985 : Danusza Bytniewski, *La septième colline, récit,* Préface de Marcel Jullian.

PRIX MAX-POL FOUCHET *(poésie)*

1982 : Geneviève d'Hoop, *Creuser la soif,* Préface de Robert Mallet.
1983 : Anne Rothschild, *Sept branches, sept jours,* Préface de Marie-Claire Bancquart et Georges-Emmanuel Clancier.
1984 : Jean-Jacques Beylac, *Le cœur biseauté,* Préface d'Yves Berger.
1985 : Christiane Keller, *Le don de l'été,* Préface de Charles Le Quintrec.
1986 : Eric Brogniet, *Le feu gouverne,* Préface de Jean Orizet.

LAURÉATS ÉDITÉS AVANT LA RELANCE DE 1982

1974 : Claude Alibert, *Le Poil de la Bête, roman,* Albin Michel, 1976.
1975 : Françoise Poncet, *La Grossesse de Madame Bracht, roman,* Albin Michel.
1977 : Gil Pasteur, *Noces de Sable, poèmes,* Préface de Jean Mambrino, Saint-Germain-des-Prés.

NB. — Le Prix Prométhée n'a pas été organisé de 1978 à 1981 inclus.

Diffusion pour le Québec :
Dimédia
539, boul. Lebeau
Saint-Laurent (Québec) H4N 1S2

L'ATELIER IMAGINAIRE

L'instant même

Publié avec le concours de la Caisse Nationale du Crédit Agricole.

AVANT-PROPOS

Voici que l'Atelier Imaginaire devient livre lui-même. Est-il de plus belle pierre d'attente pour jalonner un rêve ? Cette pierre est vivante. Elle témoigne d'une aventure spirituelle qui a déjà tracé ses premiers sillons dans les mémoires et s'apprête à élargir et approfondir son action au cœur même d'une Francophonie dont j'aime à dire qu'elle est notre patrie commune.

Les compagnons de songes qui participent à ce recueil sont tous étroitement associés à l'aventure de l'Atelier Imaginaire que ce soit au sein du jury international du Prix Prométhée de la nouvelle ou de celui du Prix de poésie Max-Pol Fouchet — ces deux Prix pas comme les autres décernés chaque année sur manuscrit dans le but de promouvoir des auteurs inconnus ou méconnus. De ce point de vue l'Atelier Imaginaire est d'abord un haut lieu de l'espoir pour les écrivains de l'ombre puisque ces derniers s'y savent attendus par des lecteurs de tout âge, de tout milieu et de toute culture, qui se ressemblent pour dire haut et clair qui doit être publié.

Inversant le circuit traditionnel de l'édition et s'inscrivant dans une politique globale de décentralisation culturelle authentique, l'Atelier Imaginaire ne cherche pas à nier, négliger ou concurrencer ce qui existe par ailleurs en matière de littérature. Il propose une perspective nouvelle, complémentaire et harmonieuse pour la mise en relation directe de partenaires généralement isolés dans leur « unité de production » (le créateur inconnu, l'éditeur, le lecteur, l'écrivain confirmé). Pour ces défricheurs de ténèbres Paris n'est pas honnie, la province méprisée, la Francophonie lointaine, discrète, abstraite... Et sans doute la vocation première de l'Atelier Imaginaire est-elle de relier les êtres qui savent que le monde n'a pas fini d'accoucher de ses légendes, que seule une action redevenue la sœur du rêve aura raison du temps des assassins.

Si le cœur collectif de l'Atelier Imaginaire bat un peu plus vite aujourd'hui c'est que ce livre l'exprime pour une large part et qu'il prétend prendre date. A deux ou trois exceptions près les textes qu'il rassemble ont été écrits spécialement par quelques-uns des meilleurs écrivains du moment pour tenter de redonner à la nouvelle ses lettres de noblesse en incitant les auteurs francophones à faire reconnaître leur talent en ce domaine et répondre ainsi à l'attente de nombreux lecteurs virtuels comme semblent l'attester des indices multiples.

La nouvelle est un art subtil aussi nécessaire à la littérature que le roman ou la poésie. Elle forme un maillon essentiel de cette civilisation de l'écrit sans laquelle il ne saurait y avoir de vraie liberté. Dans nos pays l'ignorance et des petits renoncements successifs ont failli la réduire au silence. Aurions-nous moins de génie ou de courage que les pays anglo-saxons et latino-américains ? Ce livre est une réponse, et elle est magnifique. Il court le monde et les quatre saisons, de Montréal à Prague, de l'Argentine aux Antilles, du cœur enfiévré de l'Afrique au soleil métallique de Floride en passant par la Provence et la Ville-Lumière, de la chambre solitaire et la maison du silence au Paradis lui-même. Il dit l'amour et la mort, le malentendu et l'indifférence, la tendresse et la haine, le trouble des cœurs et des corps, celui de l'esprit et de l'âme, suscitant toujours le rêve ou la réflexion.

Mais qu'elles témoignent ou qu'elles célèbrent, qu'elles inquiètent ou qu'elles réjouissent, qu'elles empruntent les chemins de l'humour, de l'ironie ou de la complainte, qu'elles soient réalistes ou symboliques, de nature philosophique ou plutôt poétique, ces nouvelles permettent avant tout de voyager dans la langue française, ce pays qui se joue des frontières et demeure plus vivant que jamais. Puissent-elles aider tous les artisans du rêve créateur à faire ample provision d'images et de paroles ! La route qui conduit à l'Atelier Imaginaire n'a pas de fin...

Lourdes, mars 1987
Guy ROUQUET
Animateur de l'Atelier Imaginaire

LE RESSUSCITÉ

Gloria Alcorta

Raison sans raison
Par qui tout advient.
Claude ROY.

Le sable sous le ventre de l'étranger était pétri d'accidents qui lui labouraient les chairs quand il essayait de changer de posture.

Après une lutte épuisante avec la torpeur de ses reins, ayant enfin réussi à se retourner, Ismaël comprit qu'il se trouvait sur une plage. Sa respiration était douloureuse, quelque chose s'agitait dans sa poitrine, quelque chose d'étranger, comme autant de clavettes et de petites roues.

Comme il promenait un regard sur la rive, en quête d'un point familier où le poser, il ne vit que de l'eau et du sable. La mer était déserte, mordant une côte déserte.

Au fond de la baie dont il était sur le point de percevoir les limites, le soleil commençait à se montrer derrière un faisceau de cheminées. Or l'étranger était persuadé de ne pas s'être aventuré dans le voisinage du port depuis plus d'un an. Mais ces cheminées, il les connaissait bien : c'étaient celles de Cambou.

Il essaya de se souvenir, mais ne put évoquer avec précision que les carreaux blancs et noirs en forme d'écus dans le patio des fils de Fierro. Après quelques secondes, il se souvint que c'était Dimanche de Carnaval et que deux paillasses à tête de bœuf l'avaient acculé contre un mur et bâillonné en lui enfonçant quelque chose de tranchant dans la poitrine.

Ses bras gisaient sans force le long de son corps. Sa tête avait grossi depuis qu'il avait repris connaissance, ses tempes battaient.

7

A Cambou de Los Angeles, sa mère le roulait dans des serviettes chaudes imbibées de vinaigre lorsqu'il était malade. Mais Doña Clarisia ne pourrait pas l'aider. Elle ne se levait plus du fauteuil dans lequel son époux était mort. Elle restait sous le figuier dans le patio, à travailler à une tapisserie peuplée de lézards et de hiboux. « Ne sors pas avec la Chunga ! » implorait-elle, « ils vont te tuer. Les Fierro sont des sauvages. Après ta mort, petit, qu'est-ce que tu vas faire sans moi ? »

L'étranger aurait bien volontiers cédé toutes les richesses de la maison paternelle : porcelaines, cuivres, médailles, et jusqu'au fauteuil dans lequel son père était mort, afin de pouvoir sortir de cette cavité de sable où il lui était impossible de faire un mouvement. Le ciel, loin de s'ouvrir, s'était transformé depuis quelques secondes en une immense taie de vapeur.

Ses vêtements étaient en lambeaux, et à mesure que ses bras et ses reins reprenaient un semblant d'énergie, la déchirure dans sa poitrine se dilatait. Bientôt il allait devoir accepter que la marée l'engloutisse.

Il ruminait des idées de plus en plus sombres, lorsqu'un chien s'avança et se mit à lui lécher les épaules. C'était une bête couleur de soufre avec de grosses pattes noires. L'étranger fit un dernier effort pour se soulever en s'agrippant au cou de l'animal, et une fois sur ses pieds, poussa un gémissement de triomphe. Ses jambes n'étaient pas brisées, simplement raides et lourdes. Il commença à marcher. Le chien le suivit en lui mordillant le bas des fesses. Puis il s'immobilisa devant la dépouille d'un palmipède. L'étranger ne se troubla pas et poursuivit son chemin en direction de ce qui devait être la voie ferrée, tout là-haut sur les dunes, en bordure du petit bois.

Le ciel était opaque, l'air poisseux, mais dans le lointain, l'étranger crut entrevoir un paysan qui arrosait les géraniums de la galerie d'une petite gare dont il connaissait le toit, en forme de bicorne.

Les rails reluisaient dans l'herbe, serpentaient, se coupaient, pour reparaître plus loin entre deux mottes de pissenlits. L'étranger les suivit, l'œil fixé sur chaque tronçon lumineux, et quelle ne fut pas sa stupeur en se trouvant nez à nez avec un vieux wagon repeint dans le vert le plus cru, et qui se balançait hors des rails, au rythme d'une mandoline et d'un tambour. La gare, elle, n'était plus qu'un amas de briques.

« Dis donc Ulysse, est-ce que tu vois ce que je vois ? »

Le tambour s'était arrêté. Un individu revêtu d'une vieille culotte paysanne et coiffé d'un béret basque enfoncé jusqu'aux oreilles, se tenait devant la portière de la voiture, un mégot collé à une lèvre inférieure qui semblait s'être fendue pour le retenir.

L'étranger ne bougeait pas. Il observait l'homme au mégot d'un regard éteint. Celui-ci voulut prononcer quelques mots, mais ses maxillaires refusèrent d'obéir. Puis voyant que le nouveau venu se contentait, en guise de commentaire, de passer une main tremblante sur ses cheveux, son œil se dégagea de sous le béret et s'arrondit jusqu'à atteindre la fixité d'un œil de corbeau.

— Toi ! c'est toi !..., bredouilla-t-il, allez... fous moi l'camp... et vite, si tu ne veux pas que je t'assomme...

— Qu'est-ce qui ne va pas ? interrogea une voix masculine à l'intérieur de la voiture.

— C'est ce fils de pute... ce fils de pute... il est revenu... Ulysse...

Mais personne ne parut se troubler dans le wagon. Le joueur de mandoline reprit sa complainte « A moi le soleil, Iñès... A moi les roses... Que savons-nous de la mort ?... »

L'étranger avala sa salive et recula d'un pas. Il avait entre dix-sept et dix-huit ans. Les veines de son visage s'étaient gonflées autour de sa bouche. Son regard, qui devait avoir été bleu, avait viré au blanc. Un cercle violacé entourait ses pupilles.

Il lui fallait rester calme, réfléchir. Pourquoi cet inconnu voulait-il lui faire peur et pourquoi, lui, Ismaël, avait-il peur ? Combien de temps s'était-il écoulé depuis qu'on l'avait agressé ? Hier encore la gare de Cambou se trouvait là, sur la dune. Le rapide de la capitale s'y arrêtait tous les samedis. Combien de fois n'avait-il pas accompagné sa tante Isolina au train de sept heures. Les dames de la région aimaient à se réunir dans la galerie. Le rapide de la capitale leur apportait des merveilles : des messieurs en vêtements de soie, des dames qui sautaient du wagon pour aller se jeter dans la mer...

Cet inconnu n'avait aucune raison de vouloir l'effrayer. La Chunga ne lui était rien. En évoquant sa fiancée, un froid de petit jour lui parcourut l'échine. Ils avaient été très près l'un de l'autre, Chunga et lui, aussi près que Dieu le permet aux amoureux, avant la bénédiction. A en juger à la douleur qu'il ressentait dans la poitrine, les assassins ne l'avaient pas achevé ; ils l'avaient séparé de sa bien-aimée, poignardé, puis traîné jusqu'à la côte pour le jeter sur le rivage.

9

Ce qu'Ismaël aurait voulu, la seule chose qu'il aurait voulue puisqu'il avait échappé au sort préparé par l'ennemi, c'était de pouvoir retourner à Cambou. Au lieu de cela, il restait ancré dans l'herbe, tel un épouvantail, devant une gare dont le toit et les murs s'étaient effondrés, et dont les rails n'étaient plus qu'un mirage. Le paysan qui arrosait les géraniums dans la galerie avait disparu, et celui qui voulait l'assommer, pourquoi s'était-il accroupi sous l'eucalyptus et se préparait-il à reprendre l'attaque? Soudain, à l'intérieur de la voiture, la mandoline s'arrêta et un homme d'une cinquantaine d'années, qui ne pesait pas moins de cent kilos, s'inséra dans l'encadrement de la portière.

Il n'arborait pas de culotte paysanne, mais un costume bleu, agrémenté de galons sur le col et sur les manches. Ses cheveux drus auréolaient d'un nuage gris une casquette de marin qui lui conférait un semblant de majesté.

— Qui c'est? demanda-t-il, en désignant l'étranger.
— Tu vas pas me dire que tu reconnais pas le Pacho?
— Quel Pacho?
— Ortiz, bien sûr.
— Sans blague!

L'homme éclata de rire et reprit d'un ton acéré:
— Il y a belle lurette qu'il a été liquidé, ce Pacho-là, au moins trente ans.
— Qu'est-ce que ça prouve? répliqua l'homme au béret basque. Le négro affirme que les chrétiens qui s'font descendre pendant le carnaval reviennent sur terre et que...
— Ta gueule. Ce négro est un cinglé. Les frères de la Chunga voulaient faire travailler la gosse. Ils l'ont assommée elle et le copain, voilà tout. Y a que toi, Oreste, pour croire aux salades de ce négro de malheur.

L'homme à la culotte paysanne s'inclina pour récupérer le mégot qui avait glissé de sa bouche. Puis il se redressa et, brandissant son index, demanda d'une voix tonitruante:
— Dis, pourquoi qu'on n'essaierait pas de se faire assommer, nous, et d'recommencer?

Mais le joueur de mandoline haussa les épaules et tourna le dos à son camarade.
— T'as vu ça, dit-il en se rapprochant de l'étranger. Monsieur le visionnaire croit aux revenants. Il te confond avec un macchabée qui serait encore plus vieux que nous s'il revenait.

10

Ismaël ferma les yeux. Une sueur à goût de larmes s'insinuait dans sa bouche. Ulysse avait conservé son regard fixé sur lui.

— Tu sais Oreste, ajouta-t-il, sans quitter l'étranger des yeux, il me plaît ton fantôme. Il a un petit cou tout raide, comme les narcisses, sur la place, pas vrai ?

Mais Oreste ne daigna pas répondre, et l'homme à la casquette renoua le fil du discours en caressant la nuque de son protégé.

— Il se passe de drôles de choses ici, petit. Quand la marée n'a pas voulu de toi, c'était pas par hasard. Allez, va embrasser ta mère, elle t'attend ; et oublie les prophètes, ils portent malheur.

La voix était encourageante, mais pour Ismaël, les propos du gros homme demeuraient aussi troubles que la partie profonde d'une lagune après la pluie.

— Viens, on va te nourrir ordonna Ulysse, en le poussant vers le wagon.

Une table tendue de blanc occupait tout l'espace disponible à l'intérieur de la voiture. Des assiettes de porcelaine s'éparpillaient parmi des restes de pot-au-feu.

Ulysse fit asseoir son hôte et lui servit une assiette de poulet.

— La semaine dernière, reprit-il, tu sais ce qu'il nous ont fait, les salauds de l'administration ? Ils nous ont déclarés « hors d'usage » ! Ils nous ont jetés par-dessus bord, Oreste et moi. Mais il y a un destin, qui est bien à nous. Alors on a repeint l'wagon... Tu l'as vu ! c'est un' vraie p'tite pomme.

Ismaël émit une sorte de grognement et se laissa glisser entre la table et la paroi. Ulysse avait repris sa mandoline et poursuivait son énoncé d'une voix mélodieuse.

— Quelquefois, on lui attache un canasson à la p'tite pomme, et on s'envoie un' balade.

Pendant qu'Ulysse pérorait, quelqu'un entra dans la voiture. Pelotonné contre la cloison, l'étranger n'entendait plus le bavardage de son hôte. Il ne sentait plus sa main sur sa nuque. Un coup violent frappé par Oreste sur le tam-tam acheva de le plonger dans une zone de brouillard.

Ce même jour, à trois heures de l'après-midi, sous un ciel sans transparence, le wagon de Cambou se balançait devant ce qui restait de la petite gare.

Soudain, l'homme à la casquette se leva, repoussa son tabouret et posa son instrument sur la table. Avant de parler, il respira avec force et, appuyant une main grande ouverte sur le crâne de son ami, il déclara sur un ton où se mêlaient superbe et contrition :

— Tu peux être satisfait, Oreste, c'est bien le Pacho Ortiz que nous avons là.

— Quoi ? Qu'est-ce que tu dis ?

L'homme au béret eut un drôle de frétillement dans la partie supérieure de son buste, ses yeux se creusèrent, ses poings se serrèrent, et il eût fracassé son tambour sur le crâne de son compagnon si celui-ci ne lui avait pas empoigné le bras pour le lui tordre derrière le dos.

— Dis-le, balbutiait le malheureux, pourquoi tu mentais, pourquoi ?

— Ça va, admit Ulysse, j'ai menti.

Puis, pesant chacune de ses syllabes comme pour les enfouir dans le cerveau de son ami, il déclara :

— Je ne crois pas aux revenants.

— Et en quoi tu crois ?

— En Dieu.

— En Dieu... t'as bien dit... en Dieu ?

Cette fois, Oreste faillit étouffer. Sa bouche se tordit afin de retenir son mégot, ses narines se dilatèrent, tandis qu'Ulysse, lui, se contentait de reprendre sa place et de faire résonner les cordes de sa mandoline « A moi le soleil, Iñès... que savons-nous de la mort ? »

Mais l'homme au béret n'en avait pas fini.

— Tu ne crois pas aux revenants, insista-t-il. Alors dis-moi quelle est la différence entre le revenant et le ressuscité ?

Ulysse hocha la tête sans répondre, puis, posant sur son ami un regard dans lequel celui-ci aurait pu lire autant de dédain que de commisération, il laissa tomber :

— Le ressuscité, Oreste, c'est un homme qui peut encore mourir.

— Un veinard...

— Oui, un veinard.

— Et le revenant ?

— D'la frime, d'la poussière, rien...

Oreste ne bougea plus. Ses dents claquaient. Cependant il fit un dernier effort :

— C'est pas d'la frime, c'est pas d'la poussière, un revenant, j'te parie que la Chunga va se présenter elle aussi. Souviens-toi, on l'avait sortie d'un ravin avec le coffre en marmelade... Un couteau d'cuisine avait fait l'coup. En plein sous la gorge, une plaie grande comme ça...

— Ta gueule.

Puis d'une voix changée, Ulysse articula :

— Putain de vie ! va... pourquoi qu'ils ont pas assommé ces pauv'gosses tous les deux à la fois ?

Le vent, qui léchait le visage d'Ismaël, n'était pas un vent d'autre part. C'était le vent de Cambou de Los Santos, la ville de son enfance. Le banc où il avait dormi était le banc de la place de ses années d'écolier. Quant à la statue au buste de nourrice, c'était bien la statue de la Liberté qu'il escaladait les jours de fête, pour la coiffer d'un chapeau de pirate.

On avait ravalé la façade de l'église, élargi la galerie et replacé les mosaïques. Mais c'était bien la même église où Ismaël avait fait sa première communion. Le bar d'Aristobulo Fierro dans le coin de l'avenue, c'était bien le même bar, plus propre et plus grand.

Ismaël se leva et se mit à marcher, s'étonnant de ne plus éprouver de douleur dans les reins ni dans la poitrine. Les rues étaient désertes, avec des lampions suspendus aux branches des tilleuls. Toute la population devait s'être massée dans le bar des Fierro pour fêter carnaval.

Quand il fut devant la maison de la famille, il reconnut les fenêtres entourées de guirlandes de plâtre, ainsi que la grosse porte, avec son heurtoir en forme de sirène. Quand il la poussa elle s'ouvrit. Dans le salon, une odeur de fleurs momifiées se dégageait des meubles dissimulés sous les housses. Sur le grand mur, entre deux flambeaux, Don Ambarino Ortiz, capitaine de frégate, trônait, le buste constellé de décorations. Il regardait son enfant, le suivait des yeux jusque derrière le piano avec un regard si bouleversé qu'Ismaël se détourna.

Après quelques secondes de recueillement, il traversa la grande salle, franchit le corridor et entra dans le patio. Ulysse ne s'était pas trompé : Doña Clarisia était à sa place, devant une tapisserie sur laquelle elle s'acharnait depuis sa jeunesse et qui avait acquis une dimension extravagante. Elle était jonchée de lézards qui s'ébrouaient parmi les cacatoès et les salamandres dans les sinuosités d'une forêt de sapins illuminés comme pour les réjouissances de Noël. Jamais les murs du salon ne seraient assez vastes pour la contenir toute entière ! Il allait falloir la sectionner, sans tenir compte du ruisseau qui la traversait.

Doña Clarisia devait avoir senti son fils entrer dans le patio. Ses paupières frémirent, mais elle ne leva pas le front lorsqu'il déposa un baiser sur ses yeux.

— Non, je ne vais pas t'embrasser.

La voix était bien celle de sa mère, rauque, têtue, pressante.

— Ils vont te tuer, Ismaël!

Le jeune homme cessa de respirer. Le petit corps de Doña Clarisia n'était plus qu'une image décolorée, à peine tangible. Il l'entoura de ses bras, la couvrit de baisers et la pressa sur son cœur, la pressa de toutes ses forces, jusqu'à ce qu'il ne lui restât plus dans les mains qu'une poignée de soie.

Dans la patio désert, Ismaël, crut que ses veines allaient éclater. Il allait avoir du mal à ne pas perdre connaissance. Cependant il hésita avant de se décider à fuir pendant qu'il lui restait un soupçon de vie. Il craignit de ne pouvoir se soustraire à l'emprise de ces murs, de ces vases, de ce patio avec sa glycine, et surtout de ces armes blanches sur les murs qui avaient été celles du pouvoir et de l'orgueil.

Au bout de quelques minutes de confusion, il parvint à se redresser. Alors il traversa le corridor et le salon sans lever les yeux sur le portrait de Don Ambarino, son père, et sortit.

Les rues de Cambou étaient toujours désertes. Des vagues de musique émergeaient des coins les plus sombres. Ismaël avança sans regarder derrière lui. Sa maison, sa mère, sa naissance, sa mort ne lui importaient plus. Seul le sort de la Chunga occupait sa pensée. Elle ne devait pas être loin, elle ne l'avait jamais trahi. Ismaël traversa la place et entra dans le bar.

Le salon réservé aux familles, derrière le salon mixte où les hommes avaient le droit de plaisanter avec les jeunes femmes de Cambou, était envahi par une foule dissonante. Des éphèbes déambulaient d'une salle à l'autre, le visage barbouillé de taches noires simulant des écus. Ismaël ne reconnaissait personne dans cette foule, sauf peut-être un vieillard vêtu comme pour un mariage, qui ânonnait un chant patriotique.

Quelque chose de poisseux lui comprimait la gorge et l'empêchait de proférer un son. Il se sentait étouffer comme dans le réduit où il avait été emprisonné avec Ulysse et Oreste.

14

Il se serait peut-être affalé entre les jambes des fêtards si une grosse femme, au fond de la salle, ne s'était pas mise à hurler « Qu'il enlève son masque... on l'a reconnu... QU'IL ENLEVE SON MASQUE... »

En moins d'une seconde, le cri de cette femme se matérialisa et rebondit de mur en mur. Une bonne douzaine de voix suraiguës lui firent écho « DES MORTS ON N'EN VEUT PAS... AU CIME-TIERE... AU CIMETIERE...

Un groupe d'étudiants déguisés en étrangleurs du temps de la tyrannie de Rosas s'avança sur Ismaël et le précipita contre le comptoir, tandis qu'un gorille en maillot écarlate lui enfonçait son genou dans l'estomac et qu'un cuisinier asiatique lui enroulait sa tresse autour du cou. Ce même gorille excité par une danseuse de can-can le poussa jusqu'à la porte de la rue et le poursuivit sur le trottoir, pendant quelques mètres, en scandant « AU CIME-TIERE... AU CIMETIERE...! »

Lorsqu'après avoir couru pendant cinq ou six lieues, sans reprendre haleine, Ismaël Ortiz arriva à hauteur de la voie ferrée, il constata que les rails zigzaguaient toujours le long du petit bois, mais que les débris de la gare et ce qui restait du train n'étaient plus là.

Il remua la tête d'un côté et de l'autre pour se détendre et chercha à respirer à fond, mais une douleur brusque dans la poitrine lui arracha un gémissement. A cet endroit du port, la lumière était ténue, la terre inclinée. Il ferma les yeux, plia les genoux, se laissa glisser dans le sable et se mit à rouler.

L'étranger était étendu sur le rivage quand quelque chose de tiède, après avoir tournoyé un moment dans l'air, s'immobilisa sur sa tête. Il ouvrit les yeux, leva les mains et s'en saisit.

C'était quelque chose d'ailé, de vibrant, de féminin, qui l'obser-vait d'un regard sans pupilles. Ismaël referma les doigts sur cette chose et la serra, comme il avait serré le corps de sa mère. Ensuite, il l'étendit sur le dos et la maintint couchée, pendant qu'il lui décou-vrait la poitrine et plongeait sa bouche dans la blessure.

Pendant longtemps, à Cambou de los Santos, les gens parlèrent du ressuscité. Les uns juraient s'être trouvés sur son passage quand il allait vers le port ou quand il sortait de la maison paternelle. Les autres disaient que tout ça n'était qu'imaginations d'ivrognes. Moi, malgré les années et le scepticisme de ceux qui m'entourent, je suis toujours perplexe, car il est indéniable que Doña Clarisia était morte, le soir même où on avait chassé son fils de la ville, et il est indéniable qu'on avait retrouvé le cadavre de la pauvre femme dans son fauteuil à bascule, une mèche de cheveux noirs dans les mains. Aux dires des spécialistes, ces cheveux avaient été arrachés à un crâne vivant. Et puis, pourquoi Doña Clarisia serait-elle morte d'autre chose que de surprise ? Tout le monde savait qu'elle était partie pour vivre cent dix ans.

On discute toujours de l'aventure, à Cambou. « Une hallucination » disent les uns. « Un miracle » disent les autres. Cependant quand chaque fois qu'un inconnu traverse la ville et repart sans avoir rien demandé à personne, un peu comme s'il n'était pas de ce monde, on s'écrie « Tiens, encore un ressuscité ! » et on le laisse aller : peut-être nous portera-t-il bonheur ?

Un paysan affirme que ce soir-là, sur la plage du port, il avait vu le Pacho entrer dans la mer et disparaître avec un oiseau dans les bras. Et puis, pourquoi ne pas l'avouer ? Depuis le passage d'Ismaël Ortiz, il n'y a plus eu de mort violente à Cambou.

Gloria ALCORTA

NAISSANCES

Gilles Archambault

Il aurait pu aisément savoir quel âge avait sa mère le jour où elle lui avait donné naissance. Il suffisait d'ouvrir une petite boîte de métal orange où elle avait rangé tout au long de sa vie son contrat de mariage, des factures et des actes notariés. Mais il n'en ferait rien. Rentré tard du bureau à cause d'un rendez-vous raté avec un ami d'enfance, il jouissait du plaisir de ne penser à rien. Sa femme était retenue à Toronto par une tempête de neige. Marie ne l'agaçait presque jamais, pourtant il avait besoin d'être seul. Pourquoi avait-il bu si rapidement la bouteille de Bordeaux rouge qui accompagnait habituellement au moins deux de ses repas ? Il ne se posait même pas la question. Une chose était certaine, il se sentait très lourd. Cela ne l'empêchait pas de porter à sa bouche de généreuses portions du pâté de canard qu'il avait dédaigné la veille.

Sa mère ! Elle était morte depuis deux ans. Il lui arrivait de songer à elle à la suite d'un geste insignifiant qu'elle avait eu, un bouton qui menaçait de céder ou une odeur de cuisson. Quand il entendait le nom de Verchères, par exemple, des images lointaines lui revenaient. Il s'attendrissait. C'était encore à l'époque où il la vénérait. Porté vers la psychanalyse, il aurait échafaudé des théories œdipiennes approximatives, mais la psychanalyse l'ennuyait tout autant que la plupart de ses souvenirs d'enfance. Plus il avait grandi, plus il avait préféré son père à la femme qu'il lui avait donnée pour mère. Mais d'où venait donc que ce soir-là, il n'avait pas de souci plus pressant que de savoir pourquoi ses parents

17

avaient décidé de le mettre au monde? Puisqu'ils se détestaient férocement, puisqu'ils n'avaient jamais cherché à dissimuler leur mépris réciproque?

Il devait être dix heures lorsqu'on frappa à la porte. S'étant assoupi devant le téléviseur allumé, il sursauta. Jamais depuis les cinq ans qu'il habitait cet appartement avait-on frappé à la porte. Sa femme aurait refusé de répondre quelle que fût l'heure, mais il ouvrit sans hésiter. Une jeune femme se tenait devant lui, pieds nus. Plutôt jolie, presque trente ans, les cheveux noirs, courts. Elle sourit d'un air entendu, hésita, puis demanda:

— J'ai envie de fumer. Terriblement envie de fumer. Je sais qu'il n'est pas gentil de déranger les gens à cette heure-ci, mais je n'ai pu me retenir. Je peux vous emprunter une cigarette?

— C'est que... je ne fume pas.

— Alors...

— Désolé, vraiment désolé. Attendez. Je ne fume pas, mais ma femme... Ne restez pas là.

— Je pourrais attraper froid, fit-elle en riant de sa propre remarque. Elle avait à peine vingt-cinq ans, croyait-il maintenant.

— Elle fume des Gitanes. Ça va?

— Je ne suis pas difficile.

— On a tous... commença-t-il avant de décider de se rendre plutôt à la chambre de sa femme. Il boitillait. Il expliqua qu'il s'était fait une entorse en jouant au squash, mais déjà la jeune fille n'était plus là pour accueillir sa confidence. Elle s'était accroupie et flattait le chat.

— Vous avez de la chance. Il n'aime pas beaucoup les inconnus.

— C'est un mâle. Comment il s'appelle?

— Son nom va vous sembler curieux. Enfin. Pataud. Vous ne trouvez pas qu'il ressemble à un petit chien?

— Non, vraiment.

Pendant qu'elle promenait ses doigts sur les flancs de la bête d'une façon qui lui parut très sensuelle, il se dirigea à regret vers la chambre de sa femme. Quand il revint avec les cigarettes, elle était couchée par terre, serrant Pataud sur son ventre. Il lui sembla qu'il ronronnait. Cela non plus n'était pas habituel.

— Comment tu t'es fait cette blessure? demanda-t-elle en désignant une cicatrice qui zébrait sa poitrine.

— Dans la brousse. Pendant un safari.

— C'est pas vrai?

— Bien sûr que non. Les chats me suffisent. J'avais quinze ans. Seize peut-être. J'aimais beaucoup nager. J'ai plongé, j'aurais pas dû.

Elle était nue, fumait sa septième cigarette. Le paquet était maintenant vide. Il lui avait suffi de lui offrir un verre, de plaisanter un peu pour qu'elle consente à le suivre au lit. Au fait, n'était-ce pas lui qui avait consenti? Pourvu que Marie n'ait pas l'idée de lui téléphoner vers minuit, comme elle le faisait parfois.

— T'aimes la musique, toi?

— Le jazz, oui.

— T'as beaucoup de disques?

— Quelques centaines. J'en aurais bien davantage si j'avais continué de vivre avec ma première femme. A chaque séparation, on laisse des choses derrière soi.

Hélène — un prénom qu'il aimait bien — lui avait aussi avoué qu'elle avait tout plein de cigarettes à son appartement. Si elle avait toqué à sa porte ce n'était que par désir de lier connaissance avec lui. Habitant sur l'étage depuis deux mois, elle l'avait remarqué, disait-elle, le trouvait tout à fait séduisant. Elle aimait la compagnie des hommes mûrs, les quadragénaires de préférence, et avait voulu profiter de sa disponibilité. Quand reviendrait sa femme qui était partie le matin même avec une valise? Il précisa qu'elle était plutôt partie la veille. Oui, elle le trouvait même beau. Malgré ses tempes grises, malgré ses oreilles un peu longues? Mais oui, mais oui, il était même superbe dans son genre. Et puis elle s'ennuyait à Montréal. Tous les amis abandonnés à Sept-Iles pour des études qui ne menaient à rien.

— Qu'est-ce que t'écoutais quand j'ai frappé? C'était pas mal.

— Zoot Sims ou Stan Getz, je sais plus.

— Uzeb, ça te plaît?

— Pas du tout. C'est pas de mon temps.

L'amour n'avait pas été très réussi. C'était souvent ainsi la première fois. Il ne se sentait tout simplement pas à l'aise dans ce lit qu'avait choisi Marie. Elle avait connu quelques orgasmes rapides, avait laissé échapper quelques cris brefs, mais il n'avait pas l'impression d'avoir été habile. Son plaisir à lui, il valait mieux l'oublier. L'espace de quelques secondes, il craignit même de ne pouvoir éjaculer. Le vin n'avait pas aidé, non plus que la certitude d'avoir cédé à un piège. Hélène l'avait en quelque sorte possédé.

19

Qu'avait-elle en tête ? Il avait été flatté par le pouvoir de séduction qu'elle lui attribuait. Mais qu'arriverait-il s'il la rencontrait à .la porte de l'ascenseur en présence de sa femme ?

— Je prendrais bien un café, dit-elle. Je peux en faire si tu veux. Je l'aime fort, toi ?

Avant qu'il ait pu répondre, elle se leva d'un bond. Ses petits seins aux bouts très noirs lui parurent alors superbes. Elle était plus grande qu'il ne l'avait d'abord cru. Elle se promenait dans l'appartement avec l'assurance d'une femme qui se sait belle. Elle n'hésitait pas, trouva facilement le filtre à café. Elle reposa sa question. Oui, il aimait son café très fort lui aussi. S'approchant de lui — il venait de se lever à son tour — elle lui sauta au cou.

— Tu vivrais avec moi ?

Comme il semblait très embêté, elle éclata d'un fou rire qui le fit rougir.

— Je plaisantais, voyons. Je vais disparaître, ne crains rien. Moi aussi, j'ai besoin de ma liberté. Tiens, je t'ai pas dit que j'ai un homme dans ma vie. Un chanteur. Un chanteur de jazz. Non, c'est pas vrai, un étudiant comme moi.

— Il est comment ?

— Ah je sais plus. On n'habite plus ensemble. Il ne viendra pas te faire une crise ou menacer de te battre. D'ailleurs, il est moins costaud que toi.

— Tu veux dire qu'il n'a pas cette brioche.

— Non, mais qu'est-ce que t'as ? T'as des complexes ? Je te l'ai dit, tu es beau. Beau, tu comprends ?

Le café est prêt. Elle se détacha de lui. Ses fesses étaient peu incurvées, le mouvement des hanches à peine appuyé.

— J'ai froid, dit-elle, en se penchant pour saisir le T-shirt qu'elle avait tout à l'heure lancé négligemment sur une chaise. C'est à partir de ce moment précis qu'il se prit à souhaiter son départ. Comment lui faire comprendre qu'il voulait être seul ? Incapable de brusquerie, il ne saurait pas la chasser. Il avait bu trop rapidement et ressentait tout à coup une violente migraine. Le désir était toujours présent de lui faire l'amour une nouvelle fois, et de façon plus concluante, mais son agacement l'emportait.

Quelle heure était-il donc ? Il avait déposé sa montre sur la table de chevet et n'avait pas le goût de retourner dans la chambre. Ils avaient refait l'amour, de façon plus satisfaisante pour lui.

Pourrait-il jamais oublié le contact de ses lèvres sur ses cuisses, son sexe ? Pourtant les mots qu'elle prononçait alors, son assurance, son sans-gêne l'avaient exacerbé. C'est habité par la haine qu'il avait labouré ce jeune corps qui s'ouvrait à lui.

Se tenant tout près de lui sur le divan, elle le toucha furtivement sous son slip, ses doigts caressant le haut de ses cuisses. Allait-elle s'installer chez lui pour le reste de la nuit ? Le chat devait dormir dans la cuisine même s'il n'avait pas eu sa pâtée.

— Je t'ai pas dit le nom de mon mari. Il s'appelle Alain. On n'a pas fait un an ensemble. Il est gentil pourtant. Gentil, un point c'est tout. Il aime le jazz, j'ai oublié de te le dire. Lui, c'était Coltrane et Cecil Taylor. On ne s'entendait pas dans l'appartement. Pas moyen de discuter quand la musique prend toute la place. Même pas foutu de me faire un enfant. Un enfant, c'est pourtant tout ce que je veux. Qu'est-ce que t'as tout à coup ? C'est tellement normal pour une femme d'avoir un enfant. Je n'ai jamais été enceinte, pourtant j'ai tout fait pour ça. C'est lui qui était stérile, pas moi. Les tests ne mentent pas.

Dissimulant mal sa mauvaise humeur grandissante, il dit sèchement :

— Tu veux peut-être savoir si je suis stérile ?
— Oui, ça m'intéresse.
— Figure-toi que je n'en sais rien.
— Ta femme ?
— Mettons qu'on ne veut pas d'enfant.
— Toi ou elle ?

Hélène le regardait avec insistance, les yeux durs soudainement. Elle avait toujours son T-shirt pour tout vêtement. Il n'en était pas troublé puisqu'il ne la voyait pas. Plus aucune envie de caresser cette touffe dont l'odeur tout à l'heure l'avait rendu fou.

— Ecoute, si tu veux, on va parler d'autre chose. Ou de rien. J'ai sommeil.

— Lui aussi dort beaucoup. Il fallait être au lit à dix heures. Et il ronflait. Tu ronfles, toi ? Tu es sûr que vous ne voulez pas d'enfant, ta femme et toi ? Moi, je te jure que dans moins d'un an, je serai enceinte. Je ne rate jamais une occasion. Jamais.

— Tu ne rates jamais l'occasion de faire l'amour avec un homme ?

— Tu as bien compris. Toutes les occasions sont bonnes. A condition que l'homme ne soit pas répugnant, bien sûr.

— Ainsi donc ce que tu me disais tout à l'heure...

— Tu sais bien que dans l'amour, on dit n'importe quoi. Surtout nous, les femmes. Ce n'est pas à un homme de ton âge que je dois apprendre ça.

— Mais pourquoi moi?

— Parce que je te savais libre. Et puis c'est vrai, tu n'es pas mal.

— Tout simplement?

— Tout simplement. Tu as peut-être cru que tu avais un charme irrésistible. Pour d'autres filles, c'est possible. Pour moi, mettons que tu n'es pas...

— Mettons que je ne suis pas répugnant.

— Je te le dis, je te le répète, je veux un enfant. Et je l'aurai. Il sera peut-être de toi.

L'espace d'un instant, il revit sa mère criant des insultes à son père, un soir de colère. Elle aussi disait qu'elle n'avait jamais fait l'amour avec lui que pour une raison, avoir un enfant. Le reste était ennuyeux et même avilissant. Quel âge avait l'adolescent qu'on croyait endormi? Douze ans, peut-être treize. Dès lors naquit en lui une haine de la vie, qui ne fit que grandir. Des femmes il pouvait tout supporter, sauf leur besoin de maternité.

Il se pencha vers Hélène. Les veines de son cou étaient très saillantes. Il lui suffirait de serrer fort et de ne pas prêter attention à ses cris. Quant aux poings qui commençaient à marteler sa poitrine, cela n'avait vraiment aucune importance.

Gilles ARCHAMBAULT

MÉMOIRES D'UN ANGE

Marie-Claire Bancquart

Quelquefois, quand il se rase, il soupçonne un autre reflet mobile autour de son propre reflet. Mais ce soupçon ne va pas jusqu'à la pensée nette. Je le connais assez pour savoir qu'il ne saurait m'identifier. Tout au plus accuserait-il la mauvaise qualité du miroir. D'autres fois, lisant un roman policier pour se distraire, il est saisi d'une crainte aussi forte que celle des enfants à qui l'on raconte une histoire d'ogre. Une maison isolée, un tueur... Il ferme sa fenêtre. Il écoute le bruit du boulevard, et se moque de lui-même. Il ne sait pas que je suis auprès de lui, et que c'est vers moi que va sa crainte.

De tous les logis qu'il habita, son actuel appartement est celui qui me convient le mieux. J'ai connu la pièce haute et pâle dans laquelle, petit garçon, puis jeune homme, il nourrissait ses rêves du bruit de la cour : une cour du onzième arrondissement, pleine de vols de pigeons et des cris de la concierge chassant les gamins qui n'avaient pas le droit d'y jouer à la balle. Elle était saturée de l'odeur faussement appétissante du ragoût pauvre, qui commence toujours par des oignons revenus.

Nos meubles étaient laids et rares. Des livres débrochés traînaient sur la cheminée, seule bibliothèque. Les couleurs criardes de certains étaient les seules à égayer la pièce. Je me rappelle surtout, si rouge, la couverture d'un manuel de géographie. Quand il remplissait sa fiche d'élève en chaque début d'année, au lycée Voltaire, et qu'il écrivait : « Père : employé à la SNCF ; Mère : employée aux PTT », je pensais à notre parquet dans les rainures duquel se

23

logeait toujours une sorte de bourre jaune, et à la rue qu'il montait pour se rendre en classe. Elle débordait de légumes et de fromages, elle était sillonnée de passants dès sept heures et jusqu'à minuit, mais si triste, à partir du premier étage de ses balcons noirs !

Il travaillait bien. Quand il fut premier au catéchisme pour avoir répondu juste à une question sur les anges gardiens, je fus très fier de lui. Mais il cessa de fréquenter l'église dès sa communion faite. Ses parents ne pratiquaient pas.

En revanche, ils le poussèrent dans ses études. Son père disait qu'il n'avait pas de plus grand regret que d'avoir dû gagner sa vie juste après le Cours Complémentaire. Cet homme, le dimanche, coiffait une casquette et rejoignait au café ses amis, avenue Goncourt, pour prendre l'apéritif. Avant son départ, il ne manquait jamais de faire un tour chez son fils, et d'admirer qu'il travaillât en ce jour de repos. Il y avait du gigot à midi, et des oncles commerçants ou employés comme le père, qui parlaient des avantages de l'un ou l'autre métier, dans les mêmes termes, un dimanche après l'autre.

Les femmes se montraient leurs cols ou leurs bracelets « en plaqué ». Elles questionnaient beaucoup la mère sur sa vie de bureau : car elle était la seule femme de la famille à travailler, s'étant imposé cette vie pour payer des études à son fils. On balançait si elle avait tort ou raison. C'était un sacrifice, en tout cas, dont on espérait qu'elle ne serait pas remerciée par de l'ingratitude.

« Le tantôt », tout le monde se promenait aux Buttes Chaumont : on croirait la vraie campagne, tant les chemins sont bien calculés dans un si petit espace. Parfois les hommes partaient pour le stade de Saint-Ouen, en emmenant le petit (on dit : le jeune, dès qu'il eut treize ou quatorze ans). Sa mère répétait qu'elle aimait mieux voir son mari s'intéresser aux sports que faire de la politique. On se rendait en famille trois ou quatre fois par an au cinéma. Le petit y allait souvent seul, lui, dans le quartier. Par exemple, on n'allait jamais au théâtre. Quand, étudiant, il vit plusieurs pièces aux Français, cela le posa tout de suite comme un homme d'une autre intelligence. Une fois même il alla à l'Opéra. Mais ses parents le tolérèrent mal, car l'Opéra ne sert à rien, qu'à « se voir entre monde chic ». Pierre n'y prendrait que du mépris pour sa famille.

Ce furent une enfance et une jeunesse douces à leur manière, dans le droit fil des traditions d'un quartier, d'une famille. Je vivais bien avec lui : un garçon paisible, qui prépara sa licence d'Histoire comme il avait préparé son baccalauréat. Il était seulement un peu dépaysé à la Sorbonne, et heureux, après ses cours, de retrouver la rue montante, ses charrettes à légumes, sa foule. Il fut reçu au concours d'administration qu'il avait préparé après sa licence. Mais voilà que, du coup, il est introduit dans une revue « littéraire et artistique » : un camarade de promotion l'emmène boire, pour fêter leur succès, avec des garçons de leur âge, le rédacteur musical et la chroniqueur théâtral de la revue. Il est pris à vingt et un ans de la griserie qu'à seize ans, et pour six mois, ressentent en pareille occasion les jeunes gens de familles riches ou cultivées. Il prend des verres à la Rhumerie Martiniquaise, à la Coupole. Il connaît des peintres en début de carrière, de jeunes dames qui discutent structure de la métaphore, d'autres qui « écrivent » et ne discutent pas. Il parle jusqu'à trois heures du matin, en des chambres où il pénètre pour la première fois, avec des gens qui le tutoient d'emblée. Il traite d'attardés ceux qui montrent une jalousie sexuelle, et, vierge jusqu'alors, change de lit désormais tous les deux jours. Enfin, il considère que la véritable vie est noctambule. Dans le Ministère où il travaille, il est ponctuel, mais terne et sans esprit d'invention. Tant mieux. Il n'a pas d'ambition, pensent ses chefs ; il se tient à la bonne place pour un jeune homme. Aussi obtient-il vite un premier avancement.

Ce ne sont pas ses parents qui l'auraient jugé autrement que ses chefs. Pour eux, la réussite était une, et demandait aussi bien ces rites de rentrée au petit jour, de repas pris au dehors, de vêtements sentant l'alcool. Mais la vie avec moi était devenue difficile. Il m'arrivait de lui reprocher de démentir ses origines. Je l'emmenais alors tout un soir dans les cafés-tabac de la rue de Belleville, où il s'étonnait de ne pas trouver de sujet de conversation avec les commerçants tunisiens et les ouvriers kabyles. Même, des fois, nous nous promenions vers le Père-Lachaise, et il tentait la chasse à des filles dont il se demandait en même temps si elles étaient bien lavées. Je le persuadais d'écrire un article, voire une pièce de théâtre, sur ce milieu dont il se figurait être sorti. Mais ses pages étaient si plates, que lui-même s'en apercevait... Parfois, je lui démontrais au contraire l'inconvénient de ne pouvoir inviter aucun camarade dans sa triste chambre, au bout du couloir familial. Les plats cuisinés par sa mère lui semblaient fades : on n'avait pas encore mis à la mode, sous le nom de « cuisine canaille », les poireaux vinaigrette et les œufs à la neige. Les dimanches à oncles lui étaient un supplice. Tantôt il prétendait se plaire aux matches de Saint-Ouen et coucher avec délices dans des lits de milieu, ornés de « poupées à la parisienne ». Tantôt il voulait planter là quartier et parentèle.

Cette dernière inclination est finalement celle qu'il suit, non sans remords. Il y a des explications, larmes, promesse de se voir entre fils et parents une fois par semaine. Il n'en sait pas moins que ses tantes vont tirer leur conclusion sur les sacrifices que s'est infligés sa pauvre mère. C'est l'époque de notre neuvième étage entre Vaugirard et Montparnasse. Nous habitons une pièce qui domine comme un mirador des toits gris en angle. Elle est revêtue sur toute une cloison d'une imitation d'acier martelé, dans les carrés changeants duquel je joue avec son corps et son regard. A force d'être éloigné de son quartier d'enfance, il s'en forme une idée. Il le raconte aux camarades. Un matin, y voyant à peine dans le fog de tabac qui emplit la pièce, il écrit une nouvelle suffisamment populiste pour que monde littéraire juge ça « tout craché ». Il signe d'un pseudonyme. On lui en redemande. On lui passe, à la revue, tous les ouvrages sociologiques ou romanesques traitant de ce quatrième Etat, qui vit au milieu de nous sans trouver sa vraie place, et cætera : nous connaissons la musique. Il se fait un nom de son pseudonyme. Quand il est décoré pour ses activités littéraires, il n'a même plus besoin de cacher au Ministère qu'il écrit.

Je le déteste tout à fait, maintenant. Ses parents se louent de lui, au contraire, et, le dimanche, oncles et tantes reconnaissent qu'il avait peut-être besoin de « vivre sa vie », pour apprendre à écrire si juste sur le quartier et les gens qui leur sont familiers. Car eux aussi trouvent ces pages très justes. De quoi je me plains, me reflétant autour de lui sur le manche à gigot et les verres ? Eh bien, je me plains. Il sent un peu de malaise. Le revoilà parti à se poser des questions sur son authenticité, sa fidélité, un tas d'abstractions qu'il développe avec délicatesse, et qui lui valent de nouveaux éloges, et des maux à la vésicule biliaire. De temps à autre lui vient une grande lassitude, qu'il attribue au surmenage de sa double vie, Ministère, littérature... Mais il estime avoir reçu mission. Beaucoup de femmes l'en persuadent davantage, car elles aiment avoir la sensation, en couchant, d'aider à la réforme de notre société. C'est moins fatigant et plus glorieux que d'être assistante sociale. Dans tout ce qui brille en elles, je me mire avec lui : boucles d'oreille, ongles, paillettes dont ce fut la mode sur les paupières.

Il savait qu'il ne serait jamais à son aise parmi ses collègues de l'administration, qui avaient un beau-frère agrégé de droit public, un père médecin, et un appartement de famille rue de Bourgogne, avec des rideaux de velours frappé et des bibelots anciens. Sa vraie place, son lieu étaient autres. Il avait fini par s'y trouver bien, et par croire lui-même en son talent de connaisseur du peuple, qui est parvenu à force, et garde chez ses pairs l'originalité des « ailleurs ». Il quitta même son quartier trop mêlé pour notre actuel logement. Une trouvaille, sur le flanc de Montmartre. On ne voit de la rue qu'une façade, à l'alignement des autres. On pénètre dans une entrée bourgeoise. On traverse une cour. Des sureaux encadrent en carré une statue de Pomone. Tout cela sent la fin du dernier siècle. Au bout de la cour, par une porte comme les autres, on parvient à une passerelle parmi les vitres dépolies. On descend trois étages. On entre par la gauche. Il y a deux pièces, dont les fenêtres s'ouvrent sur un à-pic. Au-delà de quelques arbres, on voit des maisons jusqu'à Saint-Ouen. Les pièces sont petites. L'une est toute peinte en rouge, plafond compris. Dans l'autre, tout est cobalt. Des photographies et des mobiles pendent, ainsi que des tablettes qui permettent de se servir en livres, bouteilles, vêtements. Car les seuls meubles sont table, chaise et lit.

Que tout cela plaît aux gens ! Descendre au lieu de monter, monter pour sortir, trouver tout qui pend sous la main, onzième arrondissement compris, qui est figuré par des photographies « émouvantes ». Les filles pauvres, employée de boulangerie, secrétaire d'une petite entreprise de cartes de visite, s'émerveillent du logis et du repas à trente-six francs chez le restaurateur voisin —trouvés admirables également, mais non pour les mêmes raisons, par les plus belles amies que nous avons gardées. Pas de liaison qui dure ; moins encore le mariage naïvement souhaité par la mère. On s'est bien installé dans cette vie-là. On a même inclus les doutes et les cafards dans le rythme, comme les économistes incluent maintenant, dans leurs études, les crises monétaires et les révoltes d'étudiants. On compte tout à fait sans ma présence. Jeune écrivain. Talent. Humanité, à laquelle nous revenons enfin.

Il n'en sort pas en recevant la « triste nouvelle ». Le père et la mère sont morts en voiture, au cours d'un voyage en Bretagne. Car, depuis que leur fils est tiré d'affaire, ils partent en vacances, dans des hôtels modestes mais convenables, et le père conduit cette Renault 5 dans laquelle le destin les trouve ; voyez les journaux du lendemain. On a ramené les corps à Paris, on les a enterrés. On a connu la douleur, mais elle non plus n'était pas d'autre nature que celle qu'on attend en pareil cas. Elle entrait elle aussi dans le rythme. Elle était admise partout et encouragée, comme la preuve qu'on est resté sensible malgré la vie, malgré la renommée. Les oncles et les tantes étaient fiers de la cérémonie. Des supérieurs du Ministère, des amis littéraires se trouvaient à l'église Saint-Ambroise, sans compter les journalistes. On a partagé entre eux les meubles et les objets appartenant aux défunts. Mais tous les papiers qu'ils ont pu trouver ont été pour lui, parce que pour un fils, c'est sacré. Lui seul a le droit d'y toucher.

Un ennui lui vient maintenant, à l'idée de trier ces documents dont il devine la nature : des quittances, la correspondance avec des parents de province, les lettres qu'il écrivit, enfant, pour le jour de l'An et les anniversaires. Oui, c'est un peu d'écœurement que je vois sur son visage. L'enterrement remonte à une semaine. On aimerait avoir tout fini, et peut-être écrire sur père et mère une nouvelle pleine de cœur. Reste cette corvée : paquets de lettres à lire et à détruire, mais comment les brûler, sans cheminée ni poêle ? Autre désagrément. On demandera à Marthe, qui possède un vieil appartement. Non sans retenir au passage quelque tour de phrase qui peut servir, on va parcourir tout cela aussi vite que possible. Que de papiers gardés, réunis ici après avoir dormi des mois ou des années dans un secrétaire, un coin de valise, et même d'anciens livres de cuisine ! Par exemple ceux-là, dans une enveloppe tachée de graisse... Morue à la Bénédictine. « Chérie »... Un autre prénom à la fin que celui du père. D'ailleurs imagine-t-on le père écrivant cette lettre à peu près obscène. Mais qui l'a écrite, et à qui ? Une amie peut-être, qui aura voulu garder la correspondance hors de chez elle... « Il » ne se gênait pas, au moins... Des détails devant lesquels reculerait tel éditeur. Une écriture un peu trop régulière pour être celle d'un homme vraiment cultivé, mais pas de faute d'orthographe.

Lis, mon Autre et Même, lis. Tu découvres tout doucement que ce n'est pas une amie de ta mère qui a reçu ces lettres, mais ta mère elle-même. Il y a des allusions à toi — « ton gosse dont je suis jaloux » — et à ton père — « celui-là je m'en fiche ». Des histoires de robe achetée ensemble, d'augmentation feinte. Allons, un effort de souvenir. Tu avais dans les douze ans, et tu étais ce bon élève de Quatrième qui donnait satisfaction à ses parents, qui méritait les sacrifices de sa mère. T'imaginais-tu pour cela qu'elle n'avait ni cuisses ni lèvres? Est-ce qu'elle t'en a moins choyé, moins bien élevé? Sans compter que ton père n'était pas drôle et ne valait guère qu'on lui gardât fidélité.

Mais ces considérations n'y font rien. Lui, qui a cent fois eu les femmes des autres, qui est si libre en ses principes et ses propos ; lui, le chef de service au Ministère, le chef de rubrique à la Revue, l'écrivain, qui s'est décollé de moi dès qu'il s'est senti tout élevé, le voici en pleine détresse. Il relit les passages les moins équivoques des lettres. Il les murmure, comme s'il ne parvenait pas à croire à leur réalité, comme s'ils ne convenaient pas avec les dimanches aux Buttes, les ragoûts de veau, les manchettes au crochet ornant le chemisier de l'année précédente. Il pleure. Il déchire ces lettres. Et maintenant je sors de son reflet. Je marche dans ces ridicules deux pièces, peintes comme des cubes pour enfant.

J'ouvre le robinet du radiateur à gaz, et je rentre en lui par degrés, m'ajustant exactement à son corps, buvant son souffle et les dernières images qui lui viennent : une chambre haute et pâle, une figure seule et pâle, une enfance trompée.

Demain, on n'y comprendra rien. Demain, quelques journalistes réuniront sur lui les éléments d'une notice, et le Ministère se cotisera pour des fleurs et composera une inscription bien sentie.

Marie-Claire BANCQUART

L'ALLÉE DU PARADIS

Christiane Baroche

Pour Serge et Geneviève

Nous l'avons retrouvé sur son fauteuil et ramené comme s'il était vivant et comme nous l'avions fait tant de fois, quand la nuit le surprenait dans son rêve... On l'aidait à rentrer par les routes noires, en les hissant, sa bécane et lui, sur nos tombereaux, on lui criait joyeusement, venez donc Père Laurent, quand y a de la place pour un homme, y a de quoi pour son cheval ! On était jeunes...

Moi, je l'appelais le vieux fou, mais dix-huit ans, qu'est-ce que c'est ? alors, je le disais tout bas. Si je l'avais claironné, je crois qu'au village, on m'aurait toisé, avec cette moue de dédain qu'ils ont, les ancêtres, quand il trouvent que *décidément* les gamins, de nos jours ! Oh, je ne le pensais pas méchamment, je ne comprenais pas bien, c'est tout. Le voir onduler sur les vicinales avec, sur sa bicyclette, un fauteuil capitonné, vrai, à quoi cela rimait-il ? Quand je le demandais, on me répondait, de quoi tu t'occupes ? Il va chez lui, c'est son droit ! Alors je ne demandais plus rien, et je ne comprenais toujours pas.

Mathias l'a repéré le premier, enfin il a repéré le vélo, couché contre le talus. Il a hélé, Oh, Père Laurent, faut venir, il est tard. Personne n'a répondu. C'était la première fois. On s'est regardés, rigolards. On venait de passer quinze heures dans les vignes et le soleil nous avait saoulés presque autant que le raisin, qui fermentait déjà. Mais on n'allait pas laisser le Père Laurent dans la nature !

Mathias s'est mis à chuchoter, je ne sais pourquoi ; est-ce qu'on avait une lampe, au moins ? C'est le petit Nimègues qui a sauvé la situation, il a pris une chiffe qui sert à essuyer les phares quand la boue a giclé trop haut, il l'a roulée sur un bâton, trempée dans le jerricane de secours, et d'un coup de briquet, il a foutu le feu. Ça puait, nom d'un chien et ça fumait, mais on y voyait un peu plus. En tout cas, on a eu le temps de deviner tout au bout d'un tunnel d'arbres une masse immobile qui n'avait rien à faire là.

C'était le Père Laurent sur son fauteuil, raide comme la justice.

Il se tenait très droit dans son costume sombre, les deux mains au bout des accoudoirs. Sur le velours rouge, passé, sa tête blanche devait s'offrir en apothéose. On avait regardé le fauteuil assez souvent pour se souvenir qu'il était beau, et même que c'était une vraie pitié de trimbaler un meuble pareil par monts et par chemins ! C'est que la poussière colle, par chez nous !

La mort décoiffe les chiens les plus « coiffés » ; autour du corps on se taisait. Angus, un corniaud dont la mère n'a pas inventé l'eau chaude, et c'est dire ce qu'il invente, lui... Angus a tiré son mouchoir pour l'étaler sur le visage du Père Laurent. Qui souriait. Mathias, tout rêveur, murmurait, il l'a vue arriver, le vieux bougre, et elle lui a plu !

On les a hissés, lui et le fauteuil, à l'arrière du plateau à ridelles, on a même réussi à crocher le vélo sur le flanc du tracteur.

D'ordinaire quand on revient des vignes, on se marre tous, on se sent cuits de tous les bords, surtout le premier jour qui nous ensuque jusqu'à la gauche, on est plutôt bruyants. Là, on n'avait pas le cœur à rire. Le Père Laurent, on le connaissait depuis toujours, qui de nous n'avait-il fait sauter sur son genou, à cheval-sur-mon-bidet-quand-il-trotte-il... un brave homme. Il était veuf, il n'avait pas eu d'enfants et parfois ça le rendait triste. Alors, il tournait autour de l'école, avec des bonbons dans la poche, il nous racontait des histoires. On avait grandi, et il nous avait traînés au bord de la rivière. Dans ces fins d'été qui font de si beaux ciels, il avait guidé nos premières brasses, là où le gué rendait l'eau tellement claire qu'on voyait les ablettes valser sur les fonds...

On est allés frapper chez le maire. A la cure, Mademoiselle Madeleine avait grogné que cela devait arriver, cette histoire-là, et que... bon, elle avertirait le chanoine.

Le maire, lui, s'est assombri d'un coup. Marion, la femme de Laurent avait servi chez son père, l'avait élevé, quoi ! Laurent était quasiment de la famille.

Il est venu le regarder sur le plateau, toujours assis dans le fauteuil et toujours aussi raide. Il a ôté le mouchoir d'Angus, reprends-moi ça, cornichon, depuis quand as-tu peur des morts? C'est à ce moment que j'ai compris qu'Angus, finalement, n'était pas si bête. Il a grogné, moi? J'ai peur de rien, c'était affaire de le respecter, ça projette dur, le raisin foulé.

Le maire ayant ouvert la maison, on a descendu Laurent et tenté de le coucher sur son lit. Macache! Il voulait rester assis, le vieux. Il n'y a rien eu à tortiller; Marcellin allait être content: le maire jurait... on s'est demandé pourquoi avant de penser qu'un cercueil, c'est tout en long!

Le chanoine s'est ramené. On l'a entendu souffler dans la pente. Par moments, il a des gestes de femme, notre curé, il ramasse sa soutane autour de ses genoux comme si c'était un tas de jupons, il regarde les choses les mains croisées sur le ventre, comme une vieille. Là, il priait, avec des soupirs, ah pauvre de toi, Laurent, c'est bien que tu sois «passé» là-bas! Et c'est sûr que le chanoine Baumugnes n'est plus tout jeune, lui non plus. Ils avaient dû aller à l'école ensemble, ces deux-là!

Après, bien sûr, on est rentrés chacun chez soi, les jambes un peu coupées. Pour la plupart, c'était notre «premier» mort, et on ne pouvait pas oublier que nos vieux à nous, les pépés et les mamies, nageaient dans les mêmes eaux, vers les mêmes gouffres... A la maison, j'ai dit en arrivant, le Père Laurent est mort, c'est nous qu'on l'a trouvé, en revenant de la vigne du haut! mais ils savaient déjà.

Ma grand-mère s'est levée en soupirant, as-tu faim? et j'ai tout de suite deviné qu'il fallait répondre gentiment, rester avec eux plus longtemps que d'habitude. Je me suis forcé — on avait cassé la croûte avec le Maire, au café de Pamphile — j'ai murmuré que OUI, j'avais la dalle.

Mémé Mélie se mouchait sans arrêt tout en me tournant une omelette au lard. Je n'ai pas dit qu'elle avait chopé un rhume, je comprenais, le père Laurent, je l'aimais aussi.

C'est en rentrant de l'enterrer que j'ai osé, enfin: qu'est-ce qu'il foutait sur son fauteuil, le vieux, qu'est-ce qu'il partait faire avec quand il le trimbalait sur sa bécane?

Mes grands-parents se sont regardés. Raconte, toi, disait le pépé, tu l'as mieux connu, c'était quasiment ton frère de lait, après tout!

Je crois que si j'avais été plus jeune, j'en aurais pleuré. Ou plus vieux... c'était une belle histoire, et je ne suis pas sûr d'en vivre une aussi réussie.

Quand il avait eu vingt ans, Laurent s'était dit, si je veux me faire une famille — et il voyait grand, tout de suite, c'était le fils d'un gars de l'Assistance, alors forcément, il en rajoutait — si je veux élever les miens (d'enfants) et la soigner (ma femme), il me faut une maison. Une chouette maison.

Ici, on dit un mas. Ça fait bien. Une maison, c'est rien qu'une cabane. Un mazet, c'est déjà mieux, mais un mas, c'est le fin du fin. Ça sous-entend de la terre, des bêtes, un chien ou deux pour bien montrer qu'on a des choses à soi. Après, *plus haut*, viennent la bastide, le domaine, et même le château, mais ce n'est plus pour nous.

Donc Laurent a fait des économies, il a trimé, dur, sans plaindre sa peine. Au bout de cinq ans, il s'est acheté une terre ; bizarre, faut bien l'avouer, une bande de 400 mètres de long sur 15 de large, avec tout au bout, un autre rectangle de 30 mètres sur 10, un T en somme. Qui ne ressemblait à rien et c'est pour cela qu'il avait pu la prendre, bien sûr ! Autour, des champs. Je crois qu'il a pensé, mon T on dirait plutôt un marteau, j'enfoncerai le clou plus tard.

Dans le pays, ils ne se sont pas fait faute de le moquer. Et puis sa terre donnait sur la vicinale par le petit bout, sacrément loin, cela mettait son truc à plus de 2 kms du village ! Qu'est-ce que ça peut vous foutre, répétait-il le soir, en jouant aux dominos, je construirai là.

Bientôt, il a commencé à « raconter » son mas à Marion, la fille du garde-champêtre. Elle lui a vite fait comprendre que bon, d'accord, ce serait bien, et même TRÈS bien, mais qu'elle n'allait pas sécher sur pied à guetter les tuiles sur le toit, et ils se sont mariés, lui disant, comme tu veux, seulement ne me le reproche pas ! Là-dessus, le garde a cassé sa pipe, et ils se sont installés dans sa barraque, en « attendant ».

Quand Marion fut grosse, Laurent s'est agité, on sera content d'avoir des arbres et de l'ombre pour promener le petit, et tous les soirs avant la soupe, ou après selon l'époque, il a couru vers « sa » terre, pour défricher. Il s'est mis à prendre des mesures, à interroger l'horticulteur ; il lui fallait des arbres dont le feuillage serait le premier à venir, le dernier à tomber.

— Alors mon gars, des marronniers ! Odorants dès mars et frais jusqu'à la fin octobre, voilà ce qu'il te faut.

34

Pendant ce temps, Marion perdait son fruit et le médecin hochait la tête, ma foi, je ne sais si vous en referez un de sitôt...

Ils mirent l'un et l'autre pas loin de dix ans avant de comprendre que de sitôt voulait dire jamais. Il n'empêche qu'en besognant comme un fou, lui avait bâti une allée le long de laquelle poussaient ses arbres.

Au début, l'horticulteur haussa les épaules, puis, brave homme, finit par regarder l'entreprise de Laurent comme une de ces folies raisonnables qui aident à vivre. Aussi, quand les trous furent prêts à accueillir les jeunes marronniers, il fit semblant d'avoir des plants plus vieux que ce qu'on lui demandait, mais qu'il vendait au prix des arbrisseaux, tu comprends, c'est une commande annulée, ils vont me rester sur les bras... Ainsi, dès l'année d'après, l'allée prit belle tournure. Evidemment, Laurent payait par petits bouts. Déjà bien qu'on lui ait permis de les planter tous en même temps ! Marion, placée chez Monsieur Dumas, trimait elle aussi. Elle élevait les enfants des ouvrières de la fabrique avec ceux des patrons et tous comme s'ils étaient les siens. André Dumas, le futur maire l'appelait même Man Marion. De lui, elle disait, tout de suite après les taloches, ah toi, tu commanderas. Toujours à te prendre pour le premier moutardier du pape !

Au bout de vingt années, les deux-là continuaient de s'en aller le dimanche passer la journée sous leurs branches. Ils désherbaient, ratissaient, faisaient brûler les feuilles mortes, et Marion tenait l'échelle quand son homme, grimpé, taillait ses marronniers à l'ancienne, mais avec une tronçonneuse qu'on lui prêtait parce qu'elle n'était pas jeune, loin de là. Eux non plus n'étaient plus jeunes...

Vers la route, après le fossé, Laurent prenant l'avis d'Augustin le maçon avec qui il avait déniché les pies dans les haies quand ils étaient gamins, Laurent donc monta deux piliers de pierre blonde, couronnés d'une dalle où plus tard on poserait des jarres. Entre eux, il fit courir une chaîne et pendre un panneau :

propriété privée
MAS LAURENT

Dans une cahute en bois, à l'écart, le ménage avait entreposé deux sièges en toile et une table de camping. A midi, ils pique-niquaient. Au dessert, en fumant sa pipe, Laurent, sur des Canson extra-forts un peu jaunis que lui refilait sa sœur — au bourg, elle vendait de la papeterie —, dessinait les plans de son mas. Avec des bristols de la même origine (qui se sert de ça, par ici ?) il collait des maquettes qu'il peignait. Marion tricotait ou cousait des couvertures en patchwork « pour les chambres d'amis ». Elle regardait, silencieuse, leur mas de papier qui avait grandi durant qu'ils vieillissaient, et maintenant débordait ses limites, sans que Laurent s'en rendît compte, ou plutôt s'en souciât.

Les champs alentour se couvraient de moissons, de pâtures, de maïs ou de tomates ; les gens qui parfois y travaillaient même le dimanche, soulevaient leur casquette, comment ça va, au mas ? disaient-ils à Laurent qui répondait invariablement, ça roule, mes amis.

Les dessus de lit, les uns après les autres décoraient les chambres des « enfants » de Man Marion, puis des petits-enfants. La cahute, elle, s'était étoffée. Maintenant, en été, ils y passaient la nuit, sur de vieux bat-flanc récupérés à la caserne de Font-vieille qu'on avait démolie. Marion les avait garnis de matelas de mousse, de couettes et d'oreillers moelleux... Ils dormaient là comme des princes.

A plusieurs reprises, des Parisiens furent tentés par l'endroit. Les arbres cinquantenaires étaient d'une grande beauté, découpant sur les contreforts des Alpilles, qui se profilaient loin derrière, une trouée pleine de songes et d'abeilles. Mais à chaque offre d'achat, Laurent répondait non. Le maire « contacté », d'aucuns disaient même attendri par une enveloppe et cela ne tenait pas debout ! le maire avait envoyé foutre les impudents, avec un avertissement solennel : mettre le feu à la cabane ne servirait pas, la mairie la ferait retaper aussi sec.

Marion mourut. Elle agrippa la main de son homme et dit, dans un souffle, enterre-moi là-bas si tu peux, juste au milieu du mas, et c'est ce qui se fit. Le maire vint lui-même mesurer le « mas » pour définir où était le point central, et on creusa profond, comme ça, décréta le maire, on t'y mettra aussi.

De ce jour, le vieux ne sut plus quoi faire de ses dimanches. Dormir seul dans la cabane ne lui disait plus rien. Quant à dessiner encore, c'était fini, la dernière personne à croire au mas était morte. Et puis Fantine qui venait d'hériter lui a porté un fauteuil, un grand beau fauteuil à dossier, avec des accoudoirs bien larges, et du velours rouge à tire larigo. Un de ces sièges qu'on met en haut de table, dans les bastides où l'on mange tous ensemble, le soir, sous l'égide du Patron... Et l'on revit Laurent là-bas.

36

Presque tous les après-midi, même en hiver. Assis dans son fauteuil en bout d'allée, le chapeau sur la tête et la canne à pommeau entre les jambes, il restait là, tranquille, attentif. A ceux qui le voyait partir avec le fauteuil à cheval sur le porte-bagages de son vieux vélo, et qui demandait ce qu'il pouvait bien fabriquer, il répondait en riant, je regarde pousser mes arbres.

Plus tard, il a cessé de rire, il a dit qu'il voulait la voir venir, et du coup plus personne ne lui a demandé quoi que ce soit. Cette idée de la mort remontant l'allée jusqu'à lui, c'était vraiment quelque chose de dur à entendre.

Moi, avant, je n'avais jamais fait attention à ces arbres, forcément, je les avais toujours vus.

Je me suis caché pour retrouver l'endroit, un dimanche de décembre où tout le monde se terrait parce qu'il faisait un froid épais, un peu sale, avec des brumes. C'était parfait, qui me croirait dehors ? Oh, j'avais pas honte, seulement, je n'aurais pas pu expliquer. Les feuilles avaient fini par tomber, jetées sur la terre battue comme le dernier patchwork de Marion. Sur la tombe, les fleurs ne s'étaient pas vraiment fanées, elles avaient perdu leur chair, sans tout à fait déteindre. Le maire avait fait mettre une croix de marbre, toute simple, avec leurs deux noms et les dates de chacun, en belles lettres d'or. Et quelqu'un, on n'a jamais su qui, avait installé le fauteuil au beau milieu de l'orée des arbres, sous un parasol, pour le protéger des averses.

Je m'y suis assis, la tête renversée. Le ciel, à travers les branches nues, était d'un bleu lavé, le vent ne soufflait pas. Qui viendrait, désormais, pour soigner les arbres ?

Quand je l'ai demandé au maire, il m'a regardé sans répondre, longtemps. Laurent n'avait pas d'héritier, le terrain dans trente ans, redeviendrait communal, mais d'ici-là...

La municipalité a payé les manèges, les tas de sable, les bancs, les agrès ; j'ai creusé un petit bassin au pied d'une rocaille avec des sédums et des joubarbes. Des germandrées se sont semées toutes seules et c'est joli, ce bleu au milieu du jaune. Les gosses viennent, le mercredi et le dimanche, avec leur famille ou les copains. La tombe y est toujours mais sous un parterre. La croix sert de support aux clématites.

J'ai fabriqué un petit mur de claustra pour cacher la cabane à outils, où je range tout un fourniment de pelles et de pioches ; pendu au plafond, il y a le fauteuil.

Quand les enfants sont partis, je le sors, je l'installe, je m'assois, et dans la nuit qui monte, j'écoute. Venues de très loin dans la paume du vent, des voix. Celles des anges, bien sûr. Sur le panneau en travers de la chaîne qui barre le passage après les heures d'ouverture, n'y a-t-il pas marqué :

ALLÉE DU PARADIS
propriété des enfants de la commune

Je ne suis pas toujours seul. Cela fait quelques semaines déjà qu'une petite, dix-sept ans, un souffle, elle a des cheveux qui moussent comme de la camomille — s'amène, avec sur sa mob, une balancelle en osier.

Quand elle me demandera si elle peut la laisser là, dans la hutte, eh bien, on sera deux à guetter. Même si les anges de temps en temps se trimbalent sur des airs de rock n'roll. Danser sous les arbres, ce doit être beau...

septembre 1986, à Paradou.

Christiane BAROCHE

38

L'AUTRE

Tahar Ben Jelloun

Il aurait voulu être quelqu'un d'autre. C'était son obsession. Mais qui n'a pas eu un jour ce désir violent de changer de visage, d'avoir une autre mémoire et d'autres repères ? Seulement lui, c'était tout le temps qu'il avait envie d'être un autre. Son corps l'encombrait. Son image l'ennuyait et sa voix l'énervait. Il aurait voulu pouvoir sortir de sa peau qu'il trouvait trop large et aller ailleurs. Enjamber son propre corps et s'évader sur des sables lointains. Etre un homme d'argile et de terre. Un corps qui s'effriterait. Aucune prise sur lui. Une ombre. Une absence. Un double. La passion du vide et du néant. Il rêvait à cet autre, insaisissable, indéfinissable. Il était loin de son rêve. A peine arrivé dans un lieu, il avait déjà envie de partir. Cela se voyait sur son visage. Il n'arrivait pas à dissimuler l'expression de cette passion qui le ravageait. Il était possédé par cet autre. Le reste du temps il essayait de faire semblant. Semblant de vivre et d'aimer. Mais depuis que la femme qu'il aimait lui a dit « Tu es un homme coincé, et tu n'es pas drôle », il était décidé à faire quelque chose. Etre un autre c'était facile : il suffisait de déclencher le processus adéquat pour une telle transformation. Il voudrait être drôle, léger, décontracté, souple, comme ces personnages qui traversent les films américains en dansant. Un funambule. Un chanteur de charme. Un bohémien. De la grâce et de l'art dans les gestes et les mots.

Etre drôle et surprenant ! Etonner les autres, les bousculer dans les retranchements du rire. Il était persuadé que l'autre était plus drôle que lui. Il le savait et c'était pour cela qu'il voulait s'en emparer. Mais comment arriver à être drôle quand on est un animal angoissé ? Il s'imposa une discipline et choisit une image précise prise en fait à cet autre. Perdre d'abord quelques kilos. S'habiller jeune et décontracté. Il fit quelques aménagements dans son studio : une chaîne Hi-Fi et un fauteuil très confortable pour écouter la musique. Il avait vu à la télévision une publicité où un jeune-cadre-décontracté s'enfonçait dans son fauteuil asiatique pour goûter les subtilités de la stéréo. Son habillement était soigneusement négligé. Juste ce qu'il fallait pour plaire. Il acheta des magazines de mode où posent des hommes svelte et beaux. Il étudia leur allure. Sur ce plan, il était réellement décidé à se dénouer. Certains vont pour cela chez le psychanalyste, lui était allé chez le coiffeur. Il éprouvait des satisfactions le soir, mais était fatigué. Pas facile de changer ses gestes et habitudes. Il pensait souvent à Woody Allen. Il mettait de grosses lunettes de vue et l'imitait. Il riait tout seul. « Là, c'est encore quelqu'un d'autre, disait-il. Ce sera peut-être ma prochaine proie, l'ombre derrière laquelle je courrai... Etre drôle ! C'est difficile. Il faut que les autres m'aident, c'est-à-dire m'aiment un peu. En tout cas, il faut qu'elle m'aime. »

Elle, c'était une fille belle et disponible. Elle aimait bien ce mot qui voulait dire beaucoup de choses : libre, prête à l'aventure, la fantaisie, le jeu pour vaincre l'angoisse, pour détourner la déprime. Vivre l'instant avec intensité, sans être grave, sans laisser des empreintes trop visibles. Danser, boire, rire, laisser planer l'ambiguïté. Séduire. Vivre sans contrainte. Jouir. Aimer la vie dans un élan permanent tantôt de générosité, tantôt d'égoïsme raffiné.

Au début de leur relation, il lui disait qu'il était amoureux d'elle. Après, il lui avouait qu'il l'aimait. Cette nuance ne lui échappait point. Ensuite, il ne lui disait plus rien. Mais en faisant l'amour, il lui parlait, nommait le corps et le désir. Les mots les excitaient beaucoup.

« Etre coincé et pas drôle ! » Il se contrôlait sans cesse. Il se savait observé. Quand il se retrouvait en bande, il découvrait sa grande misanthropie. Les gens ne l'intéressaient pas vraiment. Il mesurait ses gestes et mots. Il parlait peu. Il avait des choses à dire mais préférait se taire. Plutôt le silence que la gaffe ! Il réagissait peu ou pas du tout. Il ne se sentait pas concerné par le bavardage des uns et des autres. Il s'absentait, mais on ne le savait pas. Elle ne supportait pas d'être avec un homme qui ne réagissait pas, un homme maladroit refoulant la violence et l'agression des autres par le silence et une somme non négligeable d'indifférence. Comme il n'entrait pas dans le processus, elle lui en voulait et s'installait avec délectation dans le camp des autres. Elle aurait voulu l'admirer, être fière de lui. Il aurait voulu être cet autre. Justement cet homme fort. Ils passaient des nuits entières à parler pour essayer de comprendre. C'était presque un jeu. Lui n'était pas à l'aise. Fidèle à son angoisse et son désir. Mais quelque chose les retenait. Ils étaient liés par une sensualité magnifique, un plaisir immense, attentif et toujours neuf.

Pas drôle et mou ! Il n'était pas gros, mais commençait à avoir un petit embonpoint. Ce devait être à cause du verre de Whisky qu'il s'offrait tous les soirs quand il s'enfonçait dans son fauteuil oriental pour se mettre à l'aise. Non, il n'était jamais à l'aise. En fait, il n'aimait pas beaucoup boire. Jamais saoul. Les pieds sur terre. Il disait : « Je ne suis pas fou, moi ! ». Et elle lui répondait : « c'est dommage ! ». Etait-il capable de quelque folie ? Par amour, par passion ? Non ! Il avait repoussé tout excès et mis le délire ailleurs. Il était mou. Il suivait un régime alimentaire. Un peu pour maigrir, un peu pour éviter le diabète, une maladie répandue dans sa famille. Il se surveilllait. Se préserver. Economiser ses élans et mesurer ses émotions. Voilà pourquoi il courait tout le temps derrière une image filante. Il recherchait une ombre où son corps viendrait se déposer et se reposer, où son visage pourrait enfin se décrisper. C'était cela la recherche de l'image perdue. Cette femme était arrivée dans sa vie comme un message envoyé par l'autre, cet éternel autre qu'il voulait être. Elle n'en savait rien. Mais sa disponibilité pour le jeu, son charme inquiet, sa passion pour l'ambiguïté venaient perturber un homme plus préoccupé par l'imaginaire que par la volonté du réel. En fait, tout son être était versé dans l'imaginaire. Il était peintre. Lui parlait peu de son travail, dévoilait peu son univers. Il ne voulait pas encombrer son travail par son image, par son apparence. Il disait : « Je peins pour ne plus avoir de visage. » C'était vrai. Il ne désirait pas se mettre en avant de ce qu'il créait. Il restait derrière. Il s'absentait. Par pudeur et humilité. Elle refusait de voir sa peinture. Elle disait : « Je ne comprends rien à la peinture, encore moins à la poésie. » Il était scindé en deux : d'un côté le créateur, l'artiste reconnu, et de l'autre, l'homme, l'individu séparé de son monde intérieur, séparé de son espace fanstasmatique. Parfois il essayait de lui expliquer l'importance de la dimension qui lui échappait. Elle reconnaissait son tort mais s'obstinait dans son refus. Était-il blessé par cette absence, par cette égratignure narcissique? Un peu. Il était même content, car il la soupçonnait d'aimer l'autre en lui. Cette idée le rendait heureux. Il y avait là matière pour devenir drôle et dénoué. Donc elle aimait l'autre. Par conséquent, elle était en avance sur lui! Elle était déjà en compagnie de l'autre, elle devait beaucoup s'amuser alors! donc cela le décalage, l'incompréhension! L'autre devait être heureux, très heureux même. Aimé sans orage par l'ambiguïté raffinée. C'était cela le jeu, la provocation soudaine et cinglante.

Il descendit, à pied et en courant, les quinze étages de son immeuble. Il était ainsi pris de vertige. Il tournoyait et sa propre image se dédoublait dans le miroir du hall d'entrée. Fou, il dansait, sautillait comme un adolescent. Il était devenu si léger, si frêle, presque une image. Il était drôle parce qu'il changeait toutes les minutes de couleur. C'était comme un petit astre tombé du ciel, brillant, étincelant et musical. Les images se succédaient à grande vitesse dans le miroir. Il tendit la main et en attrappa une. Il ne la lâcha plus. Son corps, haletant et vif, épousa lentement les formes de cette image.

A présent qu'il était devenu cet autre tant rêvé, il ne désespérait pas de piéger son amie : ce sera l'autre qu'elle aimera. Quant à lui, il les rejoindra un jour, quand la lumière sera belle et le ciel émouvant.

Paris, 24 mai 1980

Tahar BEN JALLOUN

42

L'EXILÉ

Marie-Claire Blais

Il marchait le long des rues brûlantes de l'île, ces rues qu'il connaissait si bien, jusqu'au dégoût parfois, lorsqu'il côtoyait des voyous de son âge et que, le temps d'une brève promiscuité avec eux, il voyait bouger, dans un brouillard de chaleur qui l'aveuglait, les hâtives silhouettes de ses frères, ceux qui ne sortiraient jamais de l'île, qu'ils fussent Noirs ou Blancs sillonnant de leurs grotesques ombres ces rues débordantes d'une lumière jaune où tout ce qui était bas et misérable ressortait dans une cruelle transparence. C'était parfois un chien maigre qui traversait la rue en hurlant de douleur, on ne savait qui l'avait frappé, torturé, mais sa plainte d'agonie vous hantait longtemps dans le silence de ces journées de torpeur. C'était aussi, le plus souvent, couché au soleil comme aux portes de l'enfer, un garçon qui délirait dans l'herbe, l'un de ces compagnons de hasard de Christopher, abordé dans un bar, un fond de cour, qu'il regardait avec mépris comme s'il eût reconnu dans l'hystérie de ces yeux grands ouverts qui ne le voyaient pas, l'élancement de ses propres désirs vénéneux. Mais il s'efforçait de repousser cette déchéance de la drogue qui eût détruit son corps, bien que cela lui arrivât encore d'errer dans l'île, frôlant les murs de sa silhouette endeuillée, traînant d'un pas lourd qui n'était pas le sien, aveugle à tous, sous le verre miroitant de ses lunettes d'où son visage semblait impénétrable, glacé d'horreur ou étreint de cette violence invisible qu'il ne pouvait que taire, contenir, entre ses dents blanches prêtes à mordre. Il avait été modèle en Californie :

peut-être ces Blancs qui avaient adulé son corps avaient-ils soudain senti la secrète souffrance qui le rongeait : il se retrouvait chômeur sur cette île, avec cela seulement, son corps, sa beauté qui le sauveraient peut-être des malédictions de sa race. Cette beauté, cette grâce méfiante, avertie, dont il connaissait sous la splendeur, l'usure et cette fragilité qui faisait de lui, issu d'une famille de soldats (son père ne lui avait-il pas dit, en le chassant de sa maison, qu'il renonçait à un grand avenir dans l'armée ?) une proie si tendre et si sensible. Il savait que sur cette île, comme en Californie, on aurait faim de sa chair, qu'on le prendrait, le violerait, il se glorifiait de ce destin animal, souple à la caresse de l'ennemi, il gardait plus enfoncée encore dans son âme, sa violence meurtrière. Pendant qu'on l'aimait, le cajolait, il ne tuait pas ceux qui, il y a peu de temps lynchaient les siens. Et c'est ainsi qu'il voulait vivre, heureux dans son châtiment, dans cette conciliante animalité qui l'élèverait — pensait-il — au dessus de la misère des siens, du fardeau séculaire de leur douleur. Car on ne peut opprimer ceux qui sont doués d'une beauté féroce, en apparence pacifique et généreuse, ceux qui ne semblent passer sur la terre que pour aimer. Lorsqu'il marchait dans les rues du ghetto Noir, (bien que sur l'île, les races, comme on le disait, vivaient en harmonie) mais il y avait toujours cet antre où ne fourmillaient que des Noirs, ceux qui étaient hier des nègres et à qui il ne ressemblait pas, les mains dans les poches, la tête haute, vêtu de son costume blanc. Une vieille femme aux dents pourries lui souriait de son balcon, ils vivaient là, entassés dans des cases, pensait-il, comme les Blancs les avaient décrits dans les livres, bien sûr, Christopher répondait au sourire de la vieille femme comme à cet ivrogne qui le saluait, buvant sa bière sur un tas d'ordures devant sa maison en ruines, il leur souriait à tous, de son sourire éclatant et trompeur, il touchait du bout de ses longs doigts la chevelure frisée des petits enfants (rien ne lui semblait plus touchant plus vulnérable que ces grosses têtes d'anges crêpus qui venaient à lui, dans l'épaisseur de l'air), mais il pensait en écrasant un vil insecte sous son pied : « je ne suis pas comme eux, je ne suis pas comme eux ». Et il pensait à son père qui avait dit : « Avec une carrière dans l'armée, on devient les premiers bourgeois Noirs d'Amérique... » Mais méprisant cette armée de Blancs, il préférait vivre pour cette victoire de la chair sur eux, sa chair, tant de fois sacrifiée, il les abandonnait à eux-mêmes, à l'ignominie de ces guerres qu'ils préparaient. Il ne lui suffisait pas, comme à son père

44

et ses frères d'être un bourgeois Noir d'Amérique, cette débonnaire classe sociale lui déplaisait, elle était une tare de plus dans l'histoire de son peuple, car avancer socialement parmi les Blancs, c'était accepter leur décadence, vivre confortablement parmi leurs crimes quand le sang des Noirs n'avait pas fini de couler, coulait encore chaque jour. Son sang à lui ne coulerait pas, il ne vivrait que pour le plaisir. Mais éprouvait-il ce plaisir en cet instant où il ployait sous la chaleur, n'ayant pas mangé depuis deux jours ? Drapé dans ses habits hautains, rôdant autour des grands hôtels près de l'océan dont la rougeur, au crépuscule, transportait jusqu'à son visage des vagues de feu, il attendait. Mais dans son attitude orgueilleuse, ceux ou celles qui eussent pu le convoiter croyaient qu'il s'agissait de l'un des leurs et le regardaient à peine. Il eût pu trouver refuge dans les bars où des yeux remplis de désir s'allumaient dès qu'il franchissait ces seuils qui lui étaient si familiers, mais il était venu sur l'île pour vivre voluptueusement parmi les riches. Fier et dur, il ne voulait céder en rien à la sueur de la pauvreté, blanche ou noire. Non, il ne pouvait plus être touché par eux, il avait été modèle en Californie ; sur cette île minuscule qu'il parcourait à pieds, il rayonnerait d'une étrange noblesse. On saurait que Christopher n'était pas l'un de ces nègres que l'on bafoue, il serait prospère ou, s'il n'atteignait pas cet état de prospérité pour lui sans élégance — et il était avant tout élégant, toutes griffes rentrées comme une panthère au repos il irait dans ces grands hôtels près de la mer où circulaient de magnifiques serveurs, dans un uniforme blanc aéré d'où luisaient de soyeux morceaux de chair rose : ces jambes musclées, ces torses blonds, ces chevelures au vent, dans la douceur du soir, Christopher ne pouvait que les admirer ; ce rôle de l'élégant serveur, Christopher pouvait du moins y aspirer car parmi ces adolescents blonds il serait entouré d'une respectueuse tendresse lui qui était plus beau qu'eux tous. Et à peine plus âgé. Soudain, appuyé contre ce mur de brique blanche, dont la blancheur rutilait dans les reflets de la mer, il avait enlevé ses lunettes, comme pour être vu, dévoilé par ces dieux qui avaient, pendant qu'ils servaient leurs repas aux touristes, la légèreté des danseurs sur une scène. C'est ainsi que Christopher les voyait sur la terrasse illuminée, et soudain, lui qui était si jeune ressentait le poids de vieilles blessures. Il était Christopher, mais cette peau lisse sur laquelle il avait souvent posé sa tête, (il avait longtemps vécu parmi des pushers dont la chair était aussi lisse et rose, de sales petits barbares, presque des enfants, que la police avait vite capturés, parfois tués pendant une fouille où ils s'étaient trop débattus pour fuir et Christopher ne pouvait penser à eux sans tristesse) cette chair et son odeur de liberté, son parfum, celui d'une jeunesse saine, triomphante, ces jeunes gens sur leur terrasse, comment Christopher lui qui était d'une race unique, supérieure, comment pouvait-il mêler sa sauvage beauté, toute sombre, à ces êtres clairs, eux qui avaient reçu de Dieu la clarté du jour quand il sortait droit d'une nuit de sang, une nuit dont il était recouvert comme d'un linceul.

Dans ses yeux profonds sous ses cils frisés (un peu comme cette texture des cheveux, chez ces bébés noirs qu'il aimait tant envelopper de sa main,) ces visions d'une lancinante nostalgie mouillait son regard déjà humide : on eût dit que des pleurs de rage s'étaient cristallisés là depuis longtemps. Tendre était sa chair, mais tendre aussi la chair des pushers captifs derrière les barreaux, plus tendre encore celle qui ne souffrait pas, riant et dansant sur la terrasse illuminée d'un grand hôtel. Et au loin, sur l'océan, dans de vastes navires blancs, des jeunes gens préparaient l'holocauste de demain, là-bas, à la base navale où Christopher eût pu être un héros, un soldat, un lieutenant comme son frère Pete, l'un de ces puissants destructeurs de la beauté et de l'humanité entière, peut-être. Mais sa violence était encore trop affaiblie pour aller vers eux, sa violence qui était son bien le plus sacré, bien qu'elle fût là, enfermée dans un corps superbe mais ne servant à rien. Les pushers en prison, (des petits garçons qui ne se lavaient pas et que Christopher avait tenu dans ses bras, leur prêtant son lit, mais que restait-il de toute cette candeur de cette innocence que Christopher eût voulu préserver de cette race blanche si corrompue qu'elle corrompait même ses enfants ?) désormais il n'y avait plus personne qu'il eût encore à défendre, protéger. Pendant ce temps, en Californie glissaient sur les flots de la mer ces mêmes dieux Aryens de la race élue, debout sur leurs planches à voiles, ceux qu'on appelait « surfacers » voguaient dans des rayons d'or, ainsi les avait vus Christopher dans ces rayons de feu qui lui blessaient encore l'âme et les yeux : ces yeux éperdus d'envie, de désespoir aussi, sous l'opacité des lunettes noires. Eux valsaient sur l'eau, grimpaient vers le ciel au mât de leur yacht pendant que Christopher, vêtu de son blanc costume ou à peine d'un short d'une blancheur immaculée, prenait conscience qu'il ne pourrait jamais dépasser sa condition déjà précaire, celle d'un modèle Noir de Los Angeles qui éveillait le désir des vieillards : posant nu ou habillé, l'argent qu'il recevait était pour lui source de rancœur et d'humiliation. Jamais sa beauté ne serait celle d'un conquérant, il ne serait qu'un bel esclave payant amèrement chaque jour le prix de sa liberté. Incliné par sa nature à une paresse princière il troublerait l'ordre moral des Blancs, (celui qu'ils avaient établi depuis des siècles tout en étant des assassins) ce serait là, pensait-il, son défi vraiment audacieux : être libre de les hanter tous avec sa sensualité libre, affranchie de toutes peurs, de toutes servitudes, quand eux vivaient cette même sensualité dans la crainte et la culpabilité.

C'était l'heure du soleil couchant sur la mer, l'île était bienheureuse avec ses chants d'oiseaux, ses arbres en fleurs et Christopher se sentait calme parmi tous ces frémissements de la terre ardente, chauffée tout le jour par le soleil. Christopher franchit le pont qui le séparait de la terrasse et vint se joindre au groupe de serveurs dont les mouvements, lorsqu'ils se penchaient vers leurs clients, semblaient fluides, comme s'ils eussent suivi le mouvement de la mer, toute proche, avec la luminosité du soir. Il s'adressa à un garçon aux yeux bleus qui portait cet uniforme qu'il avait contemplé de loin, il s'entendit lui demander sur un ton insolent : « Il y aurait du travail pour moi ici ? » Le garçon qu'il voyait maintenant de près, avec ses yeux bleus et ses boucles blondes, ne l'impressionnait plus, c'était un jeune homme venu du Nord, « un nouveau » expliqua-t-il et je t'assure on ne nous traite pas bien ici ! « Déjà, il s'éloignait de Christopher pour jeter un plateau de nourriture aux poissons : c'était scandaleux, dit le garçon aux yeux bleus, cette abondance de nourriture que l'on rejetait ici, un troupeau de poissons voraces s'était rassemblé sous le pont, les touristes chuchotaient, riaient, "c'était scandaleux tout cela, dit le garçon dont les yeux étincelaient maintenant de colère", nous pourrions nourrir la population pauvre de l'île. »

— Mais il n'y a pas de pauvres, ici, dit Christopher, avec une feinte douceur. Bon, je vais descendre au bar voir le patron...

Son regard s'était durci, le garçon aux yeux bleus vit que Christopher ne lui témoignait aucune sympathie et son plateau vide à la main, il parut soudain accablé. « Je t'assure, on ne nous traite pas bien ! » répéta-t-il pendant que Christopher quittait la terrasse en courant, car c'était toujours un événement bouleversant pour Christopher de découvrir ces dons de la sympathie humaine chez les autres, le garçon aux yeux bleus souffrirait beaucoup, plus tard, pensa-t-il, car tous ceux qui éprouvaient une vive compassion, et qui étaient nés Blancs, ne pouvaient être que des créatures divines, des saints ou des martyrs. Lui, Christopher, avec ses plaies ouvertes que nul ne voyait, car elles étaient ancestrales et les Blancs d'aujourd'hui les avaient déjà oubliées, était parmi ces saints et ces martyrs de la terre. Pourquoi le garçon aux yeux bleus, si réticent à agir mal, rejeter une nourriture qui eût du nourrir le ghetto de l'île, devait-il partager ce privilège ? Puis il regretta de lui avoir parlé avec l'insolence d'un supérieur puisque le garçon était visiblement du côté des victimes, qu'il était né ainsi.

Il était tard : en allant vers le bar où l'attendait le patron du Grand Hôtel, Christopher sentait l'écoulement du sable chaud dans ses sandales, il allait vers un homme qui incarnait à lui seul la puissance, il eût pu confondre cet homme corpulent, coiffé d'un chapeau de paille à l'un de ces grossiers mangeurs vers lesquels s'était incliné le garçon aux yeux bleus sur la terrasse : il vint droit vers lui, refusant la cigarette de haschisch qu'on lui offrait en disant qu'il voulait être serveur, il tremblait légèrement en lui parlant et ses dents blanches brillaient dans la nuit.
— Bien sûr, mon garçon, on verra ça, reviens me voir demain à midi... je serai en bas, près de la piscine...
Et à midi, le lendemain, la lumière était si coupante, sur l'eau, sur les toits roses et gris des petites maisons de bois que Christopher hésita à plonger dans une chaleur aussi toride, il se promena longtemps dans les dédales frigorifiés du Grand Hôtel songeant à cet air que les Blancs avaient inventé pour leur confort quand au-dehors la terre brûlait : elle brûlait plus encore en dessous, brûlant à sec, avec ses inondations de sang, mais un sang asséché, oublié, mais peut-être le Grand Incendie qui couvait sur le monde atteindrait-il aussi ces Blancs dans leurs fauteuils d'osier, pendant qu'ils contemplaient la mer ? Christopher qui imaginait l'arrêt de sa vie avec la fin de sa jeunesse et le brusque déclin de sa beauté espérait cette explosion de cendres dans laquelle toute chose, bonne ou mauvaise, serait anéantie.
Midi. Le patron sortit lourdement de l'eau verte de sa piscine. Il mit son chapeau de paille sur sa tête chauve mais accueillit Christopher sans se vêtir, vêtu d'un bref maillot de bain noir d'où rebondissait toute une chair grasse et désemparée car on sentait qu'il

avait peu de temps pour prendre soin de lui-même. «Je travaille trop», dit-il à Christopher en s'épongeant le front. Lui aussi, qui était peut-être un monstre de cupidité, tentait d'éveiller cela, cette faiblesse toujours prête à jaillir de l'âme de Christopher, de la sympathie pour un Blanc.

— Je viens pour mon travail, dit Christopher qui se tenait dignement devant cet homme nu, planté dans le sable, sous son chapeau de paille.

— Je sais... je sais, dit le patron qui prit Christopher, par l'épaule, (Christopher frémit de froid à ce contact, cet homme qui ne se rhabillait pas, au sortir de la piscine, capable de coquetterie virile malgré sa laideur, en posant sa main sur l'épaule de Christopher, venait de le violer) allons par là...

— Mais par là, ce n'est pas la terrasse dit Christopher, dans un cri, car il voyait qu'on l'entraînait vers les salles du fond, les salles de la cuisine, déjà se répandait une forte odeur de fritures, « tu feras comme eux, au début, tu laveras la vaisselle, mon petit » dit le patron d'une voix onctueuse, « je t'assure, ce n'est qu'en attendant... ». Et Christopher vit la rangée de dos noirs courbés vers l'eau savonneuse, ceux que l'on ne voyait jamais dans les restaurants, moins encore sur les terrasses ensoleillées, ceux qui lavaient la vaisselle, dans ces odeurs puantes de graisse, de poissons morts, et il pensait, « des nègres, les nègres de l'histoire, ils sont ici... ». D'un seul bond, il avait quitté cette mine d'esclavage et de douleur, le patron l'appelait, mais il était dans la rue, plus loin, de plus en plus loin, dans l'île, l'âme des siens avait été abaissée une fois de plus, elle le serait demain et toujours, et Christopher pensa, les yeux embués de larmes sous ses lunettes qui miroitaient aveuglément dans le soleil, « moi, je ne serai jamais l'un de ces nègres... moi, non ! » Mais ce jour-là, il avait perdu toute espérance.

Marie-Claire BLAIS

49

LE JEUNE HOMME
AU SAXOPHONE

Georges-Olivier Châteaureynaud

Je suis né spectateur. J'ai vu longtemps le monde d'une loge. Les autres agissaient, s'agitaient, s'exténuaient, se brûlaient... Je me tenais en retrait, j'observais, je ne me mêlais de rien. J'avais le quant-à-soi escarpé ; j'étais réservé. A quoi, à qui, mon Dieu ? A rien, à personne. Je croyais qu'il existait des destins vides, comme des crabes ou des noix vides.

Je ne me plaignais pas. J'aurais pu naître pauvre ; ma vie aurait été un enfer. Mais mes parents m'avaient laissé des actions. Voilà le genre de chose que je pouvais remâcher des jours entiers : des *actions,* à moi qui étais empêché de tout !

J'avais trente ans. J'habitais un assez bel appartement dans un immeuble haussmannien. Je vivais seul, mais j'étais auto-suffisant. Je ne m'ennuyais jamais. Je regardais. Je regardais la télévision, j'allais au cinéma et au théâtre, j'assistais à des expositions, à des concerts, à des conférences, à des rencontres sportives. De loin je retenais une table dans un cabaret parisien, et j'y buvais du champagne en écoutant la conversation des entraîneuses.

Je n'avais pas d'amis, et il me restait pour toute famille un vieil oncle. Une fois l'an, sous le gui, nous nous embrassions du bout des lèvres, puis nous picorions ensemble un peu de foie gras et quelques petits fours. Il me regardait parfois, à l'instant où je prenais congé, d'un œil vaguement affectueux. Quant à moi, je suppose que je l'aimais bien.

Quand l'envie m'en prenait, je descendais sur la Côte d'Azur, où je possédais un pied-à-terre dans une *marina*. Jamais en saison, bien sûr. L'été, ces Venise de carton sont insupportables. Trop de monde, trop de surprises-parties, de méchouis malodorants sur les terrasses, trop de hors-bords pétaradants sur les canaux... Mais en novembre les marinas redeviennent ce qu'elles sont en réalité : des décors kitsch pour films d'auteur. J'aimais leur architecture complaisante, leur ambiance chiriquienne, volets clos, rares silhouettes à l'extrémité d'un quai ou traversant une esplanade battue de vent. Car on a généralement édifié les marinas sur des sites venteux, où personne, autrefois, n'aurait eu l'idée de bâtir. Mais c'était précisément l'artifice que j'aimais en elles, leur théâtralité forcée, l'attente qu'elles suscitent d'un lever de rideau qui pourrait ne jamais venir.

Cette année-là encore, j'avais croisé sur la route le flot des vacanciers de retour. Il me semble que j'allais le plus souvent à contre-sens. Si effacé et conformiste que je puisse être, au bout du compte je ne fais rien comme tout le monde. Ces gens remontaient vers le nord, bronzés, reposés, prêts à se colleter à nouveau avec le travail et la vie... Je descendais vers le Sud, pâle et légèrement dolent comme à mon habitude, résigné à ne rien faire là-bas de très particulier puisqu'il semblait que ce fût mon destin. Ils conduisaient à toute allure de grosses voitures surchargées de valises, d'enfants et de chiens, je musardais au volant de mon cabriolet, une trousse de toilette et un saxophone pour tout bagage. Car j'ai oublié de le mentionner, je joue du saxophone depuis toujours. Il serait bouffon de ma part de prétendre me produire en public. Mais ce saxophone fait partie de ma personnalité, au point que je ne m'imagine pas sans lui

En arrivant sur le quai, je rencontrai une très jolie femme brune. La beauté me gênait, alors. Comme si les êtres beaux avaient seuls été réellement humains... Mais alors les autres ? Nous autres ? Moi ? Oh, je sais ce que de telles considérations peuvent avoir d'oiseux, et finalement de sot... Elle prit le temps de me dévisager, sans doute à cause de mon saxophone, et elle me sourit. Elle devait aimer la musique.

Je retrouvai mes meubles avec plaisir. Non qu'ils fussent chargés de souvenirs. Au contraire ! J'avais meublé ma tanière d'un coup. Je n'avais pas envie de courir les antiquaires ou les salles des ventes. J'étais entré chez un marchand de meubles, et j'avais arpenté les travées, un vendeur sur les talons, en pointant simplement le doigt quand quelque chose me plaisait, ou ne me déplaisait pas trop. La mode était au rotin, cette année-là. Du moins pouvais-je modifier l'agencement des choses en dix minutes et sans aucune aide si j'en avais la fantaisie.

Donc, je baissai les stores, j'allumai le poste de télévision posé sur le bahut en rotin, je me laissai tomber sur le canapé en rotin, je tirai à moi un pouf en rotin pour y allonger mes jambes, et je poussai un soupir d'aise. J'étais chez moi, à l'abri. J'aimais être chez moi. J'aimais me sentir à l'abri. Certes, rien ne me menaçait ; ce n'était que ma conception du confort.

Je m'étais arrêté en route pour faire quelques courses. Après les informations, je plaçai un plat surgelé dans le four à micro-ondes et débouchai une bouteille de vin de Bandol. Après dîner, j'allai faire quelques pas. La nuit tombait sur les quais d'opérette. Mon petit dériveur était bien amarré à sa place. J'avais en réalité peu de goût pour la voile. La mer m'effrayait. Toute cette eau froide ! Mais allez donc vous passer du bateau quand vous avez payé l'anneau aussi cher... J'aperçus de nouveau la jeune femme brune. Elle fermait ses volets. Elle habitait vraiment à côté de chez moi. Je la saluai, puisqu'elle m'avait déjà souri. Dans la grisaille, je n'étais pas sûr qu'elle m'eût reconnu. Si, probablement : je n'avais pas changé de vêtements depuis mon arrivée. En rentrant, je jouai un peu de saxophone avant de sombrer dans un sommeil de plomb, comme toujours.

L'arrière-saison était vilaine. Le mauvais temps me dispensait des sorties en mer. D'ailleurs, j'en avais assez de ce bateau. Je méditais de le vendre. Mais il aurait fallu mettre une annonce, répondre au téléphone, affronter les acheteurs éventuels. Tout cela m'aurait ennuyé. J'étais une sorte de roi Dagobert ; ce qu'un agent ou un avocat ne pouvait accomplir pour moi, je m'en abstenais.

Je vivais à mon rythme, qui est lent. Je lisais, je me promenais, je regardais la télévision, je jouais du saxophone. Enfin, quand je dis « jouer »... Quand joue-t-on vraiment d'un instrument ? Quand on en jouit, sûrement. Pour ma part, sans même parler de jouissance, je jouais sans espoir. Je jouais comme d'autres prient, peut-être ?

Les jours passant, les derniers estivants étaient partis. Nous n'étions plus que quelques-uns dans ce décor immense. Nous nous rencontrions le matin surtout, chez l'épicier. A la fin de l'été, la superette et la plupart des boutiques ferment leur porte. Ne reste alors qu'un épicier.

La jeune femme brune mangeait peu, et principalement des fruits et des laitages. Elle affectionnait aussi une sorte particulière de petits bonbons. Nous échangions de brefs sourires à la caisse. Je la trouvais encore plus belle qu'au jour de mon arrivée. Mais je me disais que je n'étais pas du genre à tomber amoureux d'une femme simplement parce qu'elle était belle... Ni même du genre à tomber amoureux du tout. Je craignais de n'être pas assez vivant pour aimer.

Un matin, comme je sortais de la boutique à l'instant où elle y entrait, elle inclina joliment la tête, et me dit : « Bravo ! »

Je suis coutumier, quand on s'adresse à moi à l'improviste, d'une certaine confusion. Au surplus, j'ignorais à quoi elle faisait allusion. Je décidai de lui sourire — nous nous souriions à peu près tous les jours, je restais en terrain connu.

— Vraiment, c'est très bien ! ajouta-t-elle.

Je continuai à sourire en silence. Puis, sentant que mon sourire se muait en rictus, je le laissai s'évanouir, et bredouillai un très vague merci. Déjà, elle avait passé son chemin. Je rentrai pensivement chez moi. J'étais sûr de n'avoir rien fait qui pût me valoir ces compliments. Je n'avais pas fleuri ma terrasse, ni changé mes rideaux ; j'étais habillé comme à l'ordinaire, demie-saison, convenablement, soit, mais enfin... Et il me vint à l'esprit qu'elle avait pu m'entendre jouer du saxophone. Mes joues s'empourprèrent aussitôt. Je ne m'exerçais pourtant que fenêtres fermées, et en sourdine, mais sait-on jamais ? Je ne jouais pas pour qu'on m'entende, ni pour m'entendre moi-même, je jouais... Oh, peu importe pourquoi je jouais !

Je passai toute la journée sous le coup de cette contrariété. Le soir, je pris ma voiture et me rendis à Saint-Tropez, dans un club parfaitement vulgaire. J'en sortis plus qu'à demi ivre au petit matin. Ce fut un miracle si je n'eus pas d'accident en rentrant.

A quelques jours de là elle m'adressa la parole à nouveau. Nos jardinets se touchaient. J'étais en train d'examiner le mien, me disant qu'une tortue s'y trouverait fort bien, quand elle apparut en survêtement de sport. Elle s'avança jusqu'au muret, à peine rehaussé d'une jeune haie, qui séparait nos propriétés.

54

— Bonjour... Quel sale temps, n'est-ce pas ? Je voulais vous demander... C'est un feuilleton, ou quoi ?

— Pardon ?

— Votre émission... J'ai regardé dans le journal, mais les programmes n'en parlent pas.

Je ne mets aucune affectation à avoir si souvent l'air de tomber des nues. J'en tombe, en réalité, à tout instant. Mais en l'occurrence j'y avais quelque droit.

— Excusez-moi, quelle émission ?

— Eh bien la vôtre, enfin, celle dans laquelle vous passez tous les soirs... Mais oh ! Je me serais trompée ?

Mon ébahissement était une réponse en soi. Elle rit, en portant une main à sa bouche dans un geste enfantin.

— Vraiment, ce n'est pas vous ? Mais c'est extraordinaire ! Une ressemblance !... Votre frère jumeau ? Non ? Alors c'est un sosie ! Je ne croyais pas que ça existait... Et le plus fort, c'est qu'il joue du saxophone, comme vous !

Ainsi, tout s'expliquait. Nous restâmes assez longtemps à bavarder en voisins, de part et d'autre de la haie naine, sous la bruine qui tombait du ciel gris.

Ma timidité ne dure, en principe, que les premiers instants d'une rencontre. Tout dépend ensuite de mon interlocuteur. On sent vite les êtres ; certains ont des épines, des crochets érectiles, des poches à venin ; ils ont peur et ils me font peur. D'autres ont le cœur lisse. Ils sont innocents et forts, et je laisse leur force m'envahir, leur innocence me régénérer. Il me semblait que Chloé — c'était son nom — appartenait à la seconde espèce.

J'appris que toutes les nuits ou presque, après le dernier journal, la télévision diffusait une émission nouvelle dans laquelle un personnage qui me ressemblait trait pour trait dansait et jouait du saxophone. C'était tourné dans des conditions déplorables, avec des cadrages ébouriffants, de pénibles cafouillages techniques, des parasites, des ruptures continuelles de son ou d'image... Cela n'avait pas de nom, cela commençait et s'achevait à l'improviste, sans indicatif, sans générique, sans bande-annonce. S'agissait-il d'une carte blanche accordée à une équipe de débutants, ou d'un divertissement pirate, bricolé et émis depuis un garage par une bande d'activistes culturels ? Je promis à Chloé de ne plus éteindre mon poste aussitôt après la fin des émissions habituelles. Au vrai, ma curiosité était vive. On n'apprend pas tous les jours qu'on a un sosie, et qu'il partage, mais avec un bonheur insolent, la plus malheureuse de vos passions.

J'eus beau veiller plusieurs soirs d'affilée, il ne se passa rien. Sur l'écran, c'était toujours le même fourmillement de points blancs, cette espèce d'encéphalogramme plat de la conscience collective. Je finissais par piquer du nez sur mon journal ou sur mon livre. Je m'éveillais un peu plus tard, je regardais l'heure — il était deux heures, trois heures du matin — et je titubais jusqu'à mon lit.

Durant ces quelques jours, je ne rencontrai plus Chloé. Elle devait avoir de la famille, ou des amis, ou un amant dans les environs, car elle s'absentait ainsi de loin en loin. Le quatrième jour, je sus qu'elle était de retour. Elle avait rouvert ses volets, mais je ne la vis pas elle-même. Ce ne fut que le cinquième jour que j'en eus l'occasion. La veille au soir, renonçant à ma vaine faction devant mon poste de télévision, j'étais allé écouter un concert de jazz à Saint-Maxime.

— Alors ?

Elle avait relevé ses cheveux sur sa nuque, et cette coiffure juvénile, jointe à la petite robe en Vichy qu'elle avait mise en l'honneur d'une soudaine embellie de l'automne, lui allait à ravir.

— Alors, rien ! Je n'ai rien vu. C'est fini, sûrement. Dommage !

— Mais non ! Je l'ai cru, moi aussi, mais ça passe de plus en plus tard ; vers trois heures du matin... Cette nuit, il était en très grande forme. Il a joué *Burma shave,* vous savez, un air de Tom Waits. Un *feeling !* Je ne comprends pas qu'il ne soit pas déjà célèbre... On ne sait même pas son nom ! J'étais chez des amis ; je les ai réveillés exprès. Nous nous sommes demandé si ce ne serait pas un coup de publicité, un lancement, quoi ! On présenterait ce type la nuit, sans prévenir personne, et on attendrait que quelques insomniaques répandent la nouvelle... Alors les médias prendraient le relais du bouche à oreille. Qu'en pensez-vous ?

— Peut-être... Oui, oui, cela me paraît plausible. Et il a vraiment du talent ?

— Il en est pourri ! Il est même meilleur de jour en jour. Il faut absolument que vous voyiez ça !

Je répondis piteusement que je m'endormais chaque nuit devant mon poste.

— Eh bien, buvez du café ! Ou non, tenez, j'ai une idée : la prochaine fois, je vous téléphone quand ça commence ! D'accord ?

J'étais d'accord, bien sûr. Nous nous séparâmes sur cette promesse.

Vers trois heures du matin, le coup de téléphone de Chloé me tira d'un lourd sommeil. L'émission venait de commencer. J'allais enfin voir mon sosie. Sans raccrocher, car elle tenait à partager mes impresssions en direct, j'allumai le poste à l'aide de la télécommande. Sur l'écran, les moucherons blancs de l'éther poursuivaient leur sarabande. Au même instant j'entendis Chloé pousser au bout du fil une exclamation désolée.

— Oh, comme c'est dommage ! Le temps de tourner le dos pour vous téléphoner, et... Mais attendons, la diffusion s'interrompt souvent à l'improviste... Vous allez voir, ça va revenir !

Nous patientâmes en vain. Enfin, nous dûmes nous rendre à l'évidence ; l'émission ne reprendrait sans doute pas cette nuit-là. J'étais déçu, mais, curieusement, Chloé semblait beaucoup plus affectée que moi par ce coup de malchance. Sa voix tremblait, et je craignis un instant qu'elle n'éclatât en sanglots.

— Voyons, Chloé, ce n'est pas grave ! Je le verrai un autre jour, voilà tout...

— Mais qu'allez-vous penser de moi ? Après tout, vous pourriez aussi bien vous dire que j'invente tout cela, et me prendre pour une folle ! Mais je vous jure que c'est vrai, mes amis l'ont vu !

Je l'assurai que cette idée ne m'avait pas effleuré. Et d'ailleurs, dans quel but aurait-elle pu inventer pareille histoire ? Il est vrai que la folie ne poursuit pas de « buts » au sens où nous l'entendons, mais je ne nourrissais aucun doute quant à l'équilibre mental de Chloé.

Mes protestations parurent l'apaiser ; nous nous souhaitâmes bonne nuit, puis nous raccrochâmes.

Je restai sans nouvelles durant plusieurs jours. Ce fiasco devait la gêner. Peut-être évitait-elle de sortir aux mêmes heures que moi ? De mon côté, je m'étais piqué au jeu, et je passais mes nuits devant mon poste, à lire et à boire du café en attendant vainement que mon double consentît à apparaître sur l'écran. D'autre part, je me disais bien que c'était à moi d'appeler Chloé, mais il m'aurait fallu dépasser cette malheureuse histoire, et prolonger nos rapports dans une autre voie dont je n'étais pas sûr qu'elle lui agrée. Elle m'avait d'abord remarqué parce que je jouais du saxophone ;

ensuite, elle s'était intéressée à moi pour cette double bizarrerie : j'avais un sosie qui en jouait aussi. Ma personnalité propre comptait peu là-dedans. Les femmes deviennent glaciales quand on fait mine de sortir du rôle qu'elles vous ont dévolu. J'étais frileux. Ces froideurs-là me gelaient jusqu'à l'âme. Plutôt que de m'y exposer, en ce temps-là, je préférais rester à l'abri dans mon cocon.

— Allo ? C'est Chloé...

Elle avait sa voix de petite fille gaie. Au fond, me dis-je, c'était cela, Chloé : une ex-petite fille sage, au regard clair. Elle avait grandi, mais il y avait toujours des marelles et des gentils petits voisins dans sa vie.

— ... Je me demandais si vous seriez libre vers cinq heures pour venir boire du thé chez moi... Du thé ou ce que vous voudrez !

J'étais libre. J'étais toujours libre : c'était mon drame. A cinq heures, je sortis de chez moi, je parcourus les quinze ou vingt mètres qui séparaient nos portes, et je sonnai chez elle. Je tenais à la main un coffret de marrons glacés, d'ailleurs somptueux (peut-être un peu trop somptueux pour la circonstance), cadeau de nouvel an de mon conseiller fiscal. J'avais décidé, après de longues tergiversations, de l'offrir à Chloé plutôt qu'une boîte de gâteaux secs dont elle aurait pu voir le prix le lendemain chez notre épicier.

Elle avait dû emménager la même année que moi ; ses meubles étaient du même rotin. La couleur des coussins était plus tendre que celle des miens, et une odeur féminine, fond de parfum et de lait démaquillant, flottait dans l'air. Et puis il y avait des colliers et des châles accrochés un peu partout. À cela près, j'aurais pu me croire chez moi.

— Vous n'auriez pas dû !
— Vous n'aimez pas les marrons glacés ?
— Oh, si !

Je pris place sur le canapé en rotin, devant le plateau à thé apprêté sur la table basse.

— J'ai quelque chose à vous montrer, dit-elle.

Face au canapé, à côté de la télévision, trônait un magnétoscope flambant neuf.

— L'auriez-vous acheté exprès ?

— J'y pensais depuis quelque temps. Mais... C'est ce qui a fini par me décider, avoua-t-elle en baissant les yeux.

Elle alluma le poste et le magnétoscope, engagea une cassette dans le lecteur, et vint s'asseoir près de moi.

— Vous allez voir. Attendez... Voilà !

Quand l'enregistrement s'acheva, Chloé se tourna vers moi.

— Eh bien ?

Je ne sus que répondre. C'était moi, en mieux. Moi, plus l'étincelle qui m'a toujours manqué.

— C'est... Très étonnant !

— N'est-ce pas ? Quel talent ! Et comme il vous ressemble !

— Oui... Non... Il est plus...

J'allais dire qu'il était plus beau. Je me tus. La différence entre nous était toute intérieure, parente de celle qui existe entre un être humain et son effigie, aussi fidèle que possible, exposée au musée Grévin ou chez Mme Tussaud. J'avais l'impression d'être la figure de cire, et, la pensée s'éveillant par quelque sortilège dans mon crâne vide, de voir passer mon modèle de l'autre côté du cordon d'écarlate. Rien ne nous distinguait, sinon la vie qui l'habitait et le nimbait quand je n'étais que matière inerte et obtuse. Les yeux mi-clos, penché en avant, oscillant doucement comme au bord d'un gouffre dont il aurait charmé les hôtes cauchemardesques, il jouait, et la musique qui cherchait en vain son chemin en moi coulait de son être avec la liberté supérieure que confère la maîtrise... Comment avouer tout cela à Chloé ? Il m'était déjà insupportable de me le dire à moi-même. Je prononçai quelques banalités et pris congé, laissant Chloé désorientée et peut-être blessée.

A quelques jours de là, devant Sénéquier, deux jeunes gens s'arrêtèrent à ma vue, s'entre-regardèrent, et me sourirent. Un peu plus tard, un homme me demanda un autographe. Ma surprise fut de courte durée. Cette soudaine popularité ne pouvait avoir qu'une signification. La rumeur commençait à se répandre. Pour me débarrasser de l'importun, je griffonnai un paraphe illisible sur la page de calepin qu'il me tendait. Puis, sourd à ses questions, je m'enfuis.

Le premier entrefilet parut le lendemain dans la presse locale. Il fut rapidement suivi de plusieurs articulets. Une semaine plus tard, la presse nationale s'en mêlait, d'abord sous la forme d'échos amusés ou perplexes, puis de véritables articles, puis d'enquêtes, de sondages, de tables rondes, d'interviews de personnalités du spectacle et de responsables des programmes télévisés. On ne savait rien ou presque rien, mais cela n'a jamais empêché les rotatives de tourner. Mon sosie, « le jeune homme au saxophone », « le mystérieux musicien de minuit », comme l'appelaient les gazettes, était devenu une star. L'aire de diffusion de l'émission s'élargissait sans cesse. Des camions hérissés d'antennes parcouraient chaque nuit les routes, tandis que journalistes, imprésarios et inspecteurs des Renseignements Généraux écumaient la région. La Grance Jacasse était à son affaire. Moi, je me terrais.

Je faisais mes courses affublé de lunettes noires et d'une casquette, dans l'anonymat d'une grande surface, à quelques kilomètres de la marina. Hors ces expéditions indispensables je ne sortais plus que le soir. A la nuit tombée, j'enfilais un imperméable, car après quelques jours de soleil le temps s'était à nouveau gâté, et, des heures durant, je marchais sous la pluie. Je découvrais distraitement le plan d'ensemble de la marina, dont je ne connaissais jusqu'alors que les grands axes et les abords immédiats de chez moi. Je comprenais mieux quel plaisir les architectes s'étaient fait en dessinant ce dédale de piazzettas et d'allées, de galeries, de passages couverts, d'escaliers et de ponts, tout ce décor de comédie italienne en un temps qui planifie la musardise et sa force à flâner par hygiène. Au retour je longeais les quais, et je m'arrêtais un instant, songeur, devant mon bateau. J'avais dû le sortir quatre ou cinq fois du bassin ! Et je n'étais jamais allé bien loin. A quelques centaines de mètres, la côte me semblait déjà lointaine, et la mer hostile. Alors je tirais quelques bords, histoire d'effilocher un peu mes cordages. Un bateau trop neuf, ça ne fait pas loup de mer du tout. Mais aux yeux de qui voulais-je donc avoir l'air, sinon d'un vrai loup de mer, du moins d'un *sportsman* passable ? Mon bateau et mon saxophone m'apparaissaient, à certains moments, comme des attributs arbitrairement choisis pour dissimuler ma vacuité. Si quelqu'un avait pris garde à moi, il m'aurait perçu à travers eux. Je faisais de la voile puisque j'avais un bateau ; j'étais musicien, puisque je possédais un saxophone.

Quand j'étais bien las, je rentrais. Je buvais une tasse ou deux de

60

tisane, puis je me couchais. Je m'endormais aussitôt. Je n'avais pas souvenir d'avoir jamais rêvé. Je rêvais sans doute, comme tout le monde. Mais il y avait entre mes rêves et moi une porte blindée.

Un soir, en revenant d'une de ces promenades solitaires, je trouvai Chloé devant ma porte.

— Bonsoir. Puis-je entrer un instant ?

— Bien sûr...

Elle embrassa du regard la pièce principale. Elle paraissait tendue, mais un sourire flotta un instant sur ses traits à la vue de mon mobilier.

— Tiens, vous aussi, vous aimez le rotin ?

— Non, pas spécialement...

Je l'invitai d'un geste à s'asseoir.

— Je voulais vous dire... Il se passe quelque chose...

Elle s'interrompit. Elle cherchait ses mots, en proie à un profond désarroi.

— Eh bien ?

— L'émission... J'y suis, moi aussi ! Je veux dire, quelqu'un, une jeune femme qui me ressemble. Oh, son rôle n'est pas très important, pas encore... Elle apparaît, elle passe, de loin en loin, silencieuse, distraite, on dirait, mais...

Sa voix se brisa.

— Qui êtes-vous ? Que se passe-t-il ? Qu'est-ce qui nous arrive ? Dites-le-moi, si vous le savez, je vous en prie, dites-le-moi !

Elle fondit en larmes. Je m'agenouillai près d'elle et la pris maladroitement par les épaules.

— Je suis comme vous, dis-je. Je ne sais rien, je vous le jure !

— Cette femme qui me ressemble... Elle apparaît de plus en plus souvent... Il la regarde, il ne dit rien. il joue pour elle, une musique... Une musique sensuelle ! Oh, je sais bien où tout cela nous mène ! Mais je ne veux pas ! Je ne veux pas ! J'ai une vie, moi, une vraie vie ! J'ai un ami. Un homme plus âgé que moi. Il est en voyage, mais quand il reviendra... Il est très jaloux. Je vous en prie, arrêtez !

— Mais je n'y peux rien ! Je n'y suis pour rien !

— Vous mentez !

Elle avait crié. Elle se dégagea brusquement.

— Je vous assure...

61

Elle me dévisagea un instant en silence comme si j'étais le diable.

— Vous mentez! reprit-elle. Vous cherchez à me détruire!

Elle se leva et quitta la pièce. Je l'entendis claquer la porte, puis courir sur les dalles du quai. Elle ne rentrait pas chez elle. Elle allait dans la direction opposée. Peut-être avait-elle décidé de se réfugier chez des amis, ou bien d'alerter la police, ou un avocat? Je me laissai tomber sur le canapé. J'étais innocent. Responsable, peut-être, d'une certaine façon, mais innocent. Sans vraiment comprendre ce qui se passait, j'étais à peu près sûr qu'on ne pourrait jamais prouver ni ma culpabilité ni mon innocence. Mais on pouvait m'arrêter, m'interroger, me soumettre à toute sortes d'examens physiques et mentaux, me déranger mortellement. Il fallait réfléchir... Réfléchir à quoi? Ce qui m'arrivait était si étrange que j'y aurais sans doute réfléchi des années sans avancer d'un pouce! Non, il fallait fuir sans réfléchir. Il aurait fallu. Ma vieille indolence, mon éternelle aboulie m'empêchèrent de sauter dans ma voiture. Et d'ailleurs, où serais-je allé? A Paris, où l'on m'aurait retrouvé sans peine? Où tout aurait recommencé ou continué? Je me levai, sortis mon saxophone de son étui, et me mis à jouer *Burma shave*, en sourdine.

Je dormais profondément quand la police sonna chez moi. Je m'y attendais, et dans cette éventualité je ne m'étais pas déshabillé. Allais-je me rendre sans résistance, ou tenter de m'enfuir au dernier moment? Je n'avais encore rien décidé. Si le commissaire, derrière la porte, n'avait pas pris ce ton inutilement agressif pour m'informer qu'il était porteur d'un mandat de perquisition et pour m'intimer l'ordre de lui ouvrir, sans doute me serais-je laissé arrêter sagement. Mais sa voix me fit peur. Sourd à ses injonctions, je m'emparai de mon saxophone et de ma trousse de toilette, et je sortis par l'arrière de la maison. Les policiers connaissaient les lieux, et une voiture, tous feux éteints, stationnait en embuscade dans l'allée qui longeait les jardins. D'un bond, je sautai par-dessus la clôture de gauche — Chloé habitait à droite. Procédant de la même manière de proche en proche, je pus m'éloigner de la zone dangereuse et gagner l'abri d'une sorte de campanile, fruit de la rage de pittoresque des architectes. De là, j'assistai à ce qui ressemblait assez, vu de loin, à une algarade entre les policiers et les techniciens descendus d'un gros camion de repérage radiogoniométrique garé à quelques distance. On posa des scellés sur ma porte, puis tout ce petit monde claqua les portières des véhicules et repartit en caravane.

— Vous n'auriez pas dû me dénoncer, Chloé. Je vous l'ai dit, cela m'échappe, je n'y peux rien, rien ! Et maintenant ma vie est foutue !

Elle se tenait devant moi, dans l'ombre du porche. Le vent de mer qui s'était levé en fin de soirée forcissait d'instant en instant, et nous avions dû nous mettre à l'abri pour nous entendre.

— A présent je vous crois, dit-elle en baissant la tête. Ils n'ont rien trouvé. Ils sont stupéfaits. Ils s'attendaient à découvrir un matériel énorme. Vous émettez jusqu'à Lyon, paraît-il !... Qu'allez-vous faire ?

— Vraiment, je ne sais pas !

— Rendez-vous à la police. Expliquez-leur. Ils seront bien forcés de vous croire. Un des techniciens a déjà presque deviné.

— Ils m'enfermeront, ils me planteront des électrodes dans le crâne, comme ils font aux cobayes ! Non, je ne veux pas. Je veux qu'on me laisse tranquille !

— Ils ne vous laisseront plus jamais tranquille. A l'heure qu'il est, toutes les routes de la région doivent être surveillées.

— Savent-ils que...

J'avais tourné mon regard vers le quai.

— Votre bateau ? Ils n'y ont pas pensé, je crois. Mais il y a du vent. La mer se creuse. D'ici quelques heures, elle sera franchement mauvaise... Vous êtes bon marin ?

— Exécrable. Mais je n'ai pas le choix.

— Alors je pars avec vous... Vous verrez, je me débrouille bien ; j'ai appris avec de bons *skippers*.

— Je ne sais même pas où je vais ! Vous avez votre vie, vous m'avez dit...

Elle secoua la tête.

— C'était avant. Cette nuit, juste avant qu'on ne vous réveille... Comment dire ?... Tout est consommé, vous comprenez ? Tout. Jamais mon ami n'acceptera... Moi non plus, je n'ai plus le choix.

Nous consacrâmes les dernières heures de la nuit à nos préparatifs. Je brisai les scellés de ma porte pour prendre du linge, des vêtements chauds, des couvertures, des provisions de bouche, tandis que Chloé s'en munissait de son côté. Puis elle écrivit une lettre à son ami. Pour ma part, j'adressai au Procureur de la République une « confession » dans laquelle je m'efforçai d'expliquer l'inexplicable.

A l'aube, par un temps affreux, un vent de tempête soufflant sur ma barcasse dérisoire, nous mîmes à la voile. Il fallait bien tenter de vivre !

Lozère, novembre 1986.

Georges-Olivier CHÂTEAUREYNAUD

LE MATELAS D'EAU

Andrée Chedid

Lorsque Yvo pénétra, pour la première fois, dans la chambre de Cynthia, celle-ci dormait, couchée de tout son long, sur son matelas d'eau.

Revêtu d'un tissu fleuri, posé sur un sommier bas, le matelas recouvrait pratiquement toute la surface de la minuscule pièce. Chatoyante, garnie à craquer, cette alcôve ressemblait aux tabernacles des pays du Sud, apprêtés en l'honneur d'une grande fête liturgique.

Etendue sur le dos dans son pantalon blanc troué au genou, les seins nus, la jeune femme sommeillait. Ses bras encadraient sa tête aux cheveux épars, frisés et blonds. Son léger ronflement faisait onduler le matelas, dont le roulis s'accompagnait du faible clapotement de l'eau captive.

*
* *

Yvo avait atterri, depuis bientôt deux mois, au bord du Golfe du Mexique. Il était l'hôte de José et de Minnie Sanchez, un couple de quinquagénaires, enjoués et entreprenants, dont le domicile était contigu à celui de Cynthia.

Au cours de leurs dernières vacances en Europe, le couple avait fait la connaissance du jeune artiste et de sa famille ; celui-ci ne se déplaçait qu'en compagnie de Serge son aîné, et de sa mère Lydia. Les Sanchez ne tardèrent pas à inviter Yvo, chez eux, aux Etats-

Unis. Déployant cartes et photos sur la nappe à rayures de la Brasserie, ils indiquèrent le lieu de leur habitation, à l'extrême sud de la côte américaine. Ils exhibèrent ensuite leur maison : une bâtisse rose et frêle, à un étage, recouverte de tuiles rougeâtres.

Le jardin — orné d'un immense chêne aux branches entravées par les mailles d'une végétation mousseuse et grisonnante — glissait, en pentes douces, vers des roseaux emplumés et des joncs marins, bordant la Baie des Palmiers.

Ce jour-là, il pleuvait sur Paris : des gouttelettes s'enchaînaient, sans répit, les unes aux autres. Dans un français fragmenté, s'aidant de gesticulations, les Sanchez évoquèrent « leur soleil », aussi tenace que le crachin d'ici ; décrivirent rivières et fleuves se déversant dans une mer bondée d'îles.

Dans un an, ils posséderaient leur propre piscine, en forme de huit, à fond bleuté ; en attendant, Yvo pourrait se baigner dans celle des voisins, les Clapp. Des gens très convenables ; Janet travaillait dans les cosmétiques, Gary était contrôleur dans un supermarché. Leur fille unique avait vingt-cinq ans, elle souffrait depuis l'enfance d'un « souffle au cœur », mais cela ne l'empêchait pas de jouir de la vie. Elle s'appelait Cynthia.

*
* *

Angoissé à l'idée de s'expatrier, Yvo attendait le verdict de Serge et de sa mère. Ce fut « oui ». Son frère parla en premier, aussitôt suivi de l'approbation démonstrative de Lydia. Dans la soirée, ils lui expliquèrent leur choix.

Dès l'âge de cinq ans, Yvo ayant révélé les dons d'un artiste incomparable, les siens convinrent de le préserver de toute influence extérieure. Durant une vingtaine d'années, « afin d'extraire de son âme les trésors insondables qui s'y cachaient », Yvo avait vécu, protégé, en solitaire. D'ailleurs, son caractère s'y prêtait.

Après de brillantes études commerciales, Serge, à la tête du département publicitaire d'une firme de renom, subvenait sans mal aux besoins de la famille. Entièrement voué à la gloire de son frère, il n'avait jamais songé à se marier.

La partie initiale du programme venait de s'achever. A son vingt-septième anniversaire, dans deux ans, aurait lieu la première exposition de l'artiste. Ce serait le triomphe de cette œuvre secrète, enfin dévoilée ; une œuvre singulière, admirable, dont la beauté rejaillirait sur le monde. Le moment était venu pour un voyage, un dépaysement ; l'occasion venait de s'offrir. Affronter d'autres contrées, aborder d'autres civilisations, ne pourraient être que bénéfiques ! L'inspiration renouvelée alimenterait, ensuite, une seconde étape tout aussi ambitieuse.

La date de l'exposition, déjà fixée, correspondait à l'âge où Vassili le jeune lieutenant tsariste — leur grand-père — était mort au combat. Son portrait — une photo agrandie dans un cadre vieil-argent — posé sur un tissu de velours, trônait sur le guéridon, au centre du modeste intérieur. La douceur du sépia ne lénifiait pas ce profil de vainqueur, qui rappelait celui de Serge. Mais dans l'œil, interrogateur, mélancolique, brûlant, Yvo croyait parfois dépister son propre regard.

— D'accord, je partirai, confirma le jeune homme.

Sa mère fondit en larmes. Saisissant le mouchoir mauve qui flottait autour de sa ceinture en feutrine incrustée de faux brillants, elle se tamponna les yeux. Essuyant hâtivement ses pleurs, elle protégeait le masque qu'elle se façonnait chaque matin : poudre de riz, pâte-à-fard, ombres violettes aux paupières, blanc pour effacer les lèvres et dissimuler les dents cariées.

*
* *

Mis en condition, Minnie et José Sanchez se dirigeaient vers le domicile des Staniloff, comme si on leur ouvrait l'accès d'un sanctuaire.

Ils éprouvaient une réelle sympathie pour Yvo, se félicitaient de lui avoir offert l'hospitalité ; escomptaient aussi, grâce à lui, faire de rapides progrès en français.

Américain de la troisième génération, José organisait sa retraite prochaine. Il la passerait dans sa maison de la Baie des Palmiers et en partie, sur la côte espagnole, terre de ses ancêtres. A l'aller ou au retour, il sillonnerait la France, pays d'art et de vignobles. Sanchez se piquait d'être un amateur éclairé de vins et de fromages ; et se promettait d'approfondir ses connaissances artistiques. Tourné vers le regard approbateur de Minnie, il ajouta que ses ascendances latines l'y poussaient.

— Les Russes eux aussi ont l'art dans le sang, n'est-ce pas,

Pepe ? reprit humblement Minnie, cherchant à participer. « Tchaï-kovski, les ballets de Moscou... »

Cette fille des ranchs agaçait, parfois, José ! Il se serait volontiers fait tuer pour défendre le drapeau américain, mais ne pouvait admettre qu'une descendante du « Far West » tente de lui en remontrer dans le domaine des arts. Il écarta ces questions d'un geste de la main.

— Mais la peinture ? insistait Minnie. Les Russes n'ont jamais eu de très grands peintres, n'est-ce pas, Pepe ?

C'en était trop ! José l'adjura de se taire et de lui laisser la direction de ce domaine.

— Cet Yvo, je ne m'étonnerai pas qu'un jour ses toiles valent des fortunes.

— Des fortunes ! Tu as raison, Pepe, des fortunes...

Le jeune homme l'attendrissait. Elle lui trouvait une véritable allure « d'artiste ». Son teint crayeux, virant soudain au rouge ; ses doigts longilignes tachés de couleurs ; son regard naviguant pardessus les voix ; ses cheveux abondants, cendrés. Elle aurait aimé en subtiliser une mèche, la conserver dans son médaillon.

— Le frère aîné n'est pas « n'importe qui », précisa José. La mère... une très grande dame ! Une comtesse, une baronnesse, sans doute. « Real nobility ! »

Essoufflée par l'escalade des sept étages, Minnie appuya sur le bouton d'entrée.

La porte s'ouvrit au premier coup de sonnette.

*
* *

La pièce centrale, petite et mansardée, donnait sur deux chambres encore plus exiguës, dont les portes avaient été retirées.

Se donnant pour seul objectif « l'œuvre capitale » d'Yvo, mère et frère sacrifiaient volontiers confort et divertissements, épargnant leur argent en vue des fastes du vernissage.

Le portrait de l'aïeul voisinait, sur le guéridon, avec un samovar, des assiettes-à-gâteaux ciselées, des gobelets d'argent, un vase aux motifs impériaux, une boîte en satin doré pleine de fils multicolores. Des journaux, des magazines, des canevas à tapisseries radio, pick-up, volée de disques jonchaient le sol. Le lit-canapé disparaissait sous d'immenses châles à franges, et des coussins au point de croix représentant steppes et troïkas.

68

Cette ambiance slave et fantasque contrastait avec l'ordonnance de centaines de colis de tous formats, savamment empaquetés dans du papier d'emballage, qui s'empilaient jusqu'au plafond. Les trois pièces en étaient bourrées.

— L'œuvre ! murmura Lydia d'un ton extatique les désignant de l'index.

Sur la pointe des pieds, elle guida ses invités vers « l'atelier de l'artiste ». Le chevalet était vide. A part la rangée des pinceaux, quelques tubes de couleurs, une boîte de pastel, tout était camouflé.

Yvo est parti chercher une bouteille de vodka.

— De la vodka ! se pâmèrent les Sanchez passionnés de couleur locale.

— Je suis contente d'être seule avec vous, la modestie d'Yvo souffrirait de ce que je vous confie. Mon fils est un génie ! Il sera bientôt salué comme le plus grand peintre des temps modernes !

Les Sanchez acquiesçaient, mais comprirent qu'on ne leur montrerait rien. Ils devraient se contenter — ce n'était pas un mince privilège — d'avoir franchi le seuil de cette maison inspirée.

Un flot de lumière s'échappa du vasistas. Cette ouverture s'actionnait par une manette intérieure que, seul, Serge avait le droit de manipuler. L'immeuble, vétuste, n'avait jamais été remis à neuf ; à l'intérieur, les Staniloff n'avait fait faire aucune réfection, sauf l'installation de cette verrière d'une solidité à toute épreuve.

La « fenêtre-au-toit » captait les imaginations du ciel, ses éclats comme sa pénombre. Serge et Lydia surprenaient souvent Yvo, accroupi sous cet étang de clarté et de nuits. Cloîtré entre les murailles rêches et brunâtres, que son œuvre élevait autour de lui, la tête rejetée en arrière, le jeune homme contemplait amoureusement, durant des heures, cet univers mobile et chimérique.

Dans la cage d'escalier, des pas faisaient craquer chaque marche.

— C'est Yvo ! Jurez-moi de ne jamais demander à voir son travail. Vous risqueriez la catastrophe !

— Juré, c'est juré ! reprirent les Sanchez.

— Le jour du vernissage, vous serez les premiers invités !

Lydia décrivit la prestigieuse galerie, le cocktail ; imagina les medias, la foule, se pressant dans les salles.

— Nous avons décidé, Serge et moi, de vous offrir une toile. Ce jour-là, je fixerai un point rouge sur le cadre de celle que vous choisirez.

— Un point rouge ?

Agacé José expliqua à Minnie la signification de ce signe et lui intima, de nouveau, l'ordre de ne plus interrompre.

— Partout fleuriront des points rouges ! conclut Lydia, exaltée.

La porte s'ouvrit, Yvo entra, avec ses yeux songeurs et sa bouteille de vodka.

— « You are so special, both of you. »

Emue par le jeune homme, par les largesses de Lydia, Minnie s'interposait encore.

— « So special : a Prince, a Princess ! » n'est-ce pas Pepe ?

— « Prince, Princess ! All that is junk, Minnie ! Magazine stuff ! » (1).

Recourant à ses racines hispaniques, il redressa la situation :

— Maravilla ! You are « une pintor, une artista ». And you : « Une grande Señora ! »

A la pensée de son retour, escorté par le bientôt-célèbre Yvo, José se sentait dans la peau d'un mécène ; envié, admiré de tous.

*
* *

Dès son arrivée à la Baie des Palmiers, Yvo fit la connaissance de Cynthia ; leurs maisons voisinaient. Janet et Gary Clapp ainsi que les Sanchez, chacun à leurs occupations, s'absentaient toute la journée.

Sans cave, sans sous-sol, sans étage, la maison rosâtre des Sanchez posait légère, presque provisoire, sur sa pelouse. Parfaitement climatisée, elle protégeait des longues canicules comme du bref hiver. Les jardins des diverses propriétés, qu'aucun mur, qu'aucune palissade ne séparaient, débordaient les uns dans les autres. Les sols gonflés de pluies tropicales étaient spongieux et verdoyants ; parsemés de palmiers, aux déhanchements à la fois ridicules et gracieux. Quelques chênes, des bouquets de joncs environnaient un petit lac à l'apparence placide ; mais que l'on disait hanté par un crocodile. Personne n'osait s'y baigner.

Un puissant dogue à la face aplatie, circulait librement à l'intérieur, prêt, au moindre ordre, à déchiqueter l'intrus.

(1) Tout cela, c'est de la pacotille, Minnie ! De la bouillie de magazines.

Yvo avait aperçu Cynthia dans une chaise longue, au bord de sa piscine ; elle se leva d'un bond :

— C'est vous, l'artiste ?

Elle le satura de questions auxquelles il répondit comme un automate. Puis, elle se situa. Elle souffrait depuis l'enfance d'un « souffle au cœur » ; mais cette atteinte n'avait pas détruit son appétit de vivre. Elle secondait parfois sa mère dans la vente des cosmétiques, pourtant elle se sentait plutôt attirée par les arts. Lequel exercer ? Elle ne se décidait pas.

— Tu me conseilleras, Yvo.

Elle le dévorait des yeux.

Yvo s'était remis à peindre. Les Sanchez avait passé le mot : « Ne cherchez jamais à voir son travail. Nous risquerions la catastrophe ! »

Chaque après-midi, les mains en cornet devant sa bouche, Cynthia l'appelait à travers les jardins. Ils visitaient la maison ; ouvraient le frigidaire, mangeaient des glaces crémeuses ; buvaient des boissons « à basses calories ». Mince et de grande taille, ce souci n'était pas celui d'Yvo ; mais un coup d'œil furtif sur les hanches et les cuisses de Cynthia, serrées dans un pantalon de toile blanche déchiré au genou, lui permit d'en mesurer les rotondités. Son regard remonta vers le torse étroit, vers les seins minuscules moulés dans un tee-shirt orange, et s'attarda autour du minois aux yeux pétillants et verts, cernés de crayon gras.

Pour dissimuler sa courte taille et ses jambes légèrement arquées, Cynthia portait des pantalons et des chaussures à talons aiguilles de couleur voyante. Sa démarche mal assurée lui donnait un air fragile et touchant, contrastant avec l'audace de son langage, avec l'effronterie de ses sourires.

Au bord de la piscine, elle s'adossa au chêne accablé de soleil, et d'un air mystérieux :

— J'ai aussi mon secret.

Il ne répondit rien. Elle avança sa main, s'empara de la sienne, la serra comme s'ils concluaient un pacte. Il se laissa faire, une joie sourde heurtait sa poitrine et ses tempes.

— Un jour, nous échangerons nos secrets. Tu me montreras ta peinture, je te laisserai entrer dans ma chambre... Tu pourras t'étendre sur mon lit ; j'ai un matelas d'eau !

Elle prononça la dernière phrase d'un air innocent qui excluait toute équivoque, toute sensualité.

Tirant de sa poche une clé avec un nœud rose passé dans l'anneau, elle la lui montra :

— Personne n'est encore entré dans ma chambre. Toi, tu viendras. Tu es un artiste, tu pourras comprendre.

*
* *

Travail, bains de piscine, jeux de cartes, télévision, grignotages... les deux mois avaient filé. Le séjour tirait vers sa fin ; aucune promesse n'avait encore abouti.

Cynthia multipliait les signes : baisers sur la joue, sur l'épaule, au coin des lèvres de son ami ; effleurements, regards offerts et repris.

Yvo hésitait à pousser plus avant ; à dévoiler une de ses œuvres, sans doute le « Sésame » attendu. Malgré les injonctions épistolaires de Serge, les coups de fil, à des heures indues, de Lydia — sa mère oubliait toujours le décalage horaire qui dissociait un hémisphère de l'autre — le jeune homme avait peu produit depuis son arrivée.

Durant l'heure de la sieste, il traînait dans le jardin, rôda autour de la fenêtre de Cynthia ; les rideaux à fleurs en étaient constamment tirés.

— Dans une semaine, je serai parti.

— Je sais, répondit-elle.

Le lendemain, après avoir gavé Yvo de friandises — malgré ces excès il n'avait pas pris un gramme — Cynthia saisit les deux mains du jeune homme et l'attira en direction de sa chambre. Là, elle s'adossa contre le battant de sa porte et le fixa longuement.

Pieds nus, elle lui arrivait à la poitrine. Ses yeux, sa bouche, étaient humides ; il entendait battre son cœur. Craignant qu'un geste hâtif fasse tout basculer, il se retint pour ne pas la serrer contre lui.

Cynthia poussa le panneau d'un mouvement d'épaules. La porte s'entrouvrit. Elle pénétra, lentement, de dos, dans sa chambre :

— Bye-bye, bye-bye, Yvo...

En lui faisant un signe de la main, elle disparut.

Le parquet ciré renvoya au jeune homme son image. Il se vit, debout, les bras ballants et se trouva risible. Avait-il manqué d'audace ? Lui en voulait-elle de n'avoir pas encore rompu son propre secret ?

Un gros Bouddha en marbre rose le fixait avec ironie. Le dogue s'approcha, le renifla, se frotta contre ses jambes.

Cette fois, Cynthia n'avait pas verrouillé sa porte. Il s'agissait, sans doute, d'une invitation.

*
* *

Revenu, peu de temps après, avec son dessin enroulé à la main, Yvo poussa le battant et pénétra dans la chambre sur la pointe des pieds.

Enveloppé d'un tissu imprimé, le « matelas d'eau » occupait toute la place et soutenait le corps de Cynthia endormie. Le jeune homme s'approcha sans remarquer le flacon de somnifères au coin de l'oreiller.

Cynthia portait le même pantalon, impeccablement blanc, déchiré au genou. Son buste était nu.

Tout bruissait à l'unisson : le léger ronflement de la jeune femme, accompagné de soupirs ; le clapotis de l'eau, prisonnière du matelas ; le jet de bulles du bocal où naviguaient des petits poissons d'argent ; le gazouillis d'une huppe, pleurant son compagnon disparu. Un ventilateur, au plafond, brassait l'air en cadence. La pendulette tintait. Il était trois heures.

Cynthia s'ébroua ; jambes et bras s'agitèrent. Dans un geste enfantin, son index s'enroula dans une boucle de cheveux. Puis, elle reprit sa station immobile : sur le dos, les pieds joints, la poitrine découverte. Elle dormait profondément.

Yvo se rapprocha. Jamais il n'avait contemplé des seins, de si près. Il les trouva beaux. Très beaux. Tendres et veloutés. D'un rose aussi délicat que celui de ses pastels, qui laissent transparaître, sous leur coloration, une teinte lactée.

Il eut envie de les toucher. De poser, avec douceur, les paumes sur ces rondeurs moelleuses ; d'effleurer le cercle autour des mamelons. Il sentait, au bout de ses doigts, un savoir réprimé ; un savoir aussi réel, que celui qui le faisait manier crayons et pinceaux. Il se tenait au pied du lit, troublé, interdit, son dessin à la main, oubliant de refermer la porte derrière lui.

Le dogue pouvait pénétrer à tout moment. Mais adoptant Yvo

73

comme un familier de la maison, il siestait ; étendu sur le flanc, satisfait et paisible.

La chambre de Cynthia faisait penser à la fois aux chapelles ardentes des pays méridionaux parées à l'occasion d'une fête solennelle ; et aux vitrines de Noël des pays nantis.

Des étagères tapissaient les trois murs ; compartimentées par des cloisons, elles présentaient une juxtaposition de casiers s'ouvrant sur des scénettes de théâtre habilement agencées, ou sur un ramassis de gadgets. Objets précieux, articles de bazar, souvenirs exotiques.

Comme les Sanchez, Janet et Gary Clapp, à la veille de leur retraite, avaient décidé d'explorer le vaste monde. Ils s'offraient, chaque printemps, un voyage organisé. Cynthia ne pouvant les accompagner, ils compensaient cette privation, due à sa santé fragile, en la comblant, au retour, de présents. Broches en plastique ou en pierres précieuses, coquillages, corail des mers chaudes ; poupées tchèques, écossaises, suisses, mexicaines ; tout voisinait. Tables, chaises, vaisselle, miniaturisées, en fine porcelaine, posées sur des napperons en dentelle de Bruges, côtoyaient un paquet de kleenex multicolores. Un ours en peluche embrassait le Mickey en celluloïd. Des vases lilliputiens de Limoges, s'intercalaient entre un étui en émail de Turquie, des papillons du Honduras, un œuf en cristal, chef-d'œuvre d'un verrier vénitien. Des fleurs artificielles surmontaient la carcasse d'une tortue des Caraïbes, mortenée.

Le clown hilare, en carton mâché, voltigeait sur son trapèze au gré des bouffées d'air du ventilateur. Poussées par la même brise, une chaîne composée de pendeloques et de bracelets, une autre faite de ballons multicolores, pendaient du plafond et traçaient des ronds dans l'espace.

Trois bouteilles de coca-cola, à « basses calories », s'alignaient, sur une tablette, à côté d'une boîte de « cookies » béante et vide.

La dague persane à double lame, au manche ciselé, couchée sur un tissu écarlate, occupait toute une alvéole.

Tout s'emmêlait dans la tête d'Yvo. Des mots lui tombèrent des lèvres :

— Cynthia ! It is me, Yvo. It is me, Cynthia ! Je t'apporte mon dessin.

Il n'y eut pas de réponse. Le sol se dérobait sous les pas du jeune

74

homme. Pris de vertige, cherchant son équilibre il posa un genou, puis le second, sur le matelas d'eau.

*
* *

Ses jambes flageolèrent sur cette masse liquide, flottante. Sans pouvoir se retenir, Yvo tomba en avant, son dessin à la main, s'affaissant sur la poitrine de la jeune femme.

Réveillée en sursaut, épouvantée, la voix bloquée, Cynthia se débattit avec ses poings et ses griffes. Ses soubresauts imprimaient au matelas des compressions qui faisaient clapoter l'eau retenue.

Vacillant sur la surface agitée du lit, Yvo cherchait à se disculper, à s'expliquer, à dérouler son dessin. Cynthia ne voyait, n'écoutait plus rien.

Dans la pièce contiguë, alerté, le dogue s'éveilla, se redressa. Avançant vers la porte mi-close, il tenta d'entrer en la poussant avec son museau. De l'autre côté du battant, Yvo perçut la respiration haletante de l'animal.

Le vent tiède du ventilateur balayait sa nuque, son dos, ruisselants de sueur. Son dessin lui échappa des mains ; s'écrasa sous le corps tremblant de Cynthia. Elle se mit à crier ; de plus en plus fort.

Terrifié par ces hurlements, par ce visage déchaîné, par la présence du chien de garde qui, la porte franchie, bondirait sur lui et le déchiquèterait, Yvo se saisit de la dague, exposée sur le tissu cramoisi.

Les yeux fermés, il plongea. Indifféremment, à plusieurs reprises, dans la chair convulsive de Cynthia, dans le matelas d'eau.

Le liquide libéré s'échappait à gros bouillons.

La couche se trouva noyée sous un effroyable mélange d'eau et de sang.

*
* *

Le même jour, à des milliers de kilomètres, un orage peu commun s'abattit sur Paris.

Lydia était en visite. Serge voyageait pour ses affaires, au loin.

Le large vasistas de leur logement ne résista pas aux rafales, à la grêle, à la rage des vents. La vitre éclata. Des trombes de pluie se déversèrent sur les piles de tableaux, si méticuleusement emballées.

Abreuvés d'eau, ceux-ci se métamorphosèrent en masses spongieuses d'où dégoulinaient des ruisselets de couleurs.
Au sol, d'autres paquets flottaient sur un étang de plusieurs centimètres.

10 novembre 1986

Andrée CHEDID

PARIS, À NOUS DEUX !

Georges-Emmanuel Clancier

Bientôt j'aurais quinze ans. Ma mère pourtant s'obstinait à me refuser l'achat des pantalons longs qui me semblaient dignes de mon âge et de ma condition d'élève de Seconde. Quand sonnerait-elle l'heure de la liberté ?

Et soudain, ce fut l'heure, sinon de cette liberté, du moins de l'aventure ! Une lettre arriva qui m'invitait à passer à Paris les vacances de Pâques. Les parents d'une fillette, Odile Puynège, ma cadette d'un ou deux — une sorte de chaperon rouge maigriot et déluré avec qui j'avais joué l'été précédent sur une plage de l'Atlantique —, me conviaient à découvrir en leur compagnie les charmes de la Capitale.

Je quittai donc pour une semaine ma famille et mon Limousin natal. Fut-ce d'être parti avec trop d'enthousiasme ? La Ville-Lumière m'étonna moins que je ne l'avais espéré. Les immeubles y étaient plus élevés que ceux de Limoges, d'accord, et, souvent plus ornés, plus chargés de sculptures, de dames aux gros seins nus, de bonshommes chevelus et barbus, de gueules de lions, etc. Mais c'était quand même des maisons, et les hommes, les femmes, les enfants qui y logeaient n'étaient guère différents de ceux que je croisais dans les rues de ma ville natale.

Les Puynège et leur Odile habitaient rue des Batignolles un cinquième étage avec balcon sur la rue. Ce balcon me plaisait. J'y entraînais constamment Odile qui comprenait mal mon goût pour ce perchoir. En bas, de l'autre côté de la rue, s'élevaient des halles qui ressemblaient fort à celles de Limoges. Je signalais cela à Odile en soulignant que ces halles des Batignolles n'étaient pas plus grandes que celles de ma ville. La fillette s'esclaffait d'une voix blanche. Elle me faisait observer qu'ici un simple marché de quartier était donc aussi important que le marché central de ma cité.

Elle en concluait que les Batignolles à elles seules s'égalaient à la capitale du Limousin. — « Tu verras, ajoutait-elle, quand tu vas voir Montmartre, Notre-Dame, la Tour Eiffel, les Grands Boulevards, le Musée Grévin, tu verras ! »

— « La bourgeoise et moi », avait coutume de dire Monsieur Puynège, ou encore : « Mon gouvernement et moi, nous sommes de vieux Parigots, et pour aimer Panam, ça on peut dire qu'on l'aime ». Ils en avaient plein la bouche de leur Paris, de leur Panam, et cela me rendait, je crois, de mauvaise foi pour juger des beautés de la Capitale.

Je fis tout de même une découverte qui me subjugua, mais je ne la dus pas aux promenades organisées à mon intention par les Puynège. Il était convenu que je passerais une journée en compagnie de Youra, autrement dit : Georges Sergueiev, un jeune Russe dont j'avais fait également la connaissance l'été précédent à Saint-Georges-de-Didonne et qui vivait avec sa mère, une « Princesse », dans un immeuble de Passy. Odile m'avait expliqué que Passy, contrairement à ce que j'imaginais, c'était Paris. « Nous, on est des Batignolles et ton Sergueiev, il est de Passy. Oh ! Ils doivent se prendre pour quelque chose les Sergueiev parce que Passy, c'est les beaux quartiers ! » Madame Puynège et sa fille me conduisirent chez la Princesse. Toutes deux prenaient un air pincé pour toiser le petit appartement encombré d'un bric à brac de meubles hétéroclites et de bibelots, cependant que la Princesse avec force gestes, force sourires, force paroles où le russe et le français se mêlaient allègrement dans de grandes roulades d'r feignait le plus vif enthousiasme à nous retrouver et nous accueillir comme si nous étions pour elle d'irremplaçables amis et non pas de vagues connaissances de vacances.

Il fut entendu que la Princesse me ramènerait aux Batignolles en fin d'après-midi. Mais, à peine Odile et sa mère furent-elles parties que l'évaporée déclara se souvenir soudain de courses urgentes qu'elle devait faire et qui lui prendraient toute la journée : — « Youra, Yourouchka, roucoula-t-elle en pressant son fils contre son décolleté, ton ami est un gentleman, il me pardonnera de devoir vous abandonner. Je te fais confiance, tu prendras bien soin de cet hôte, Youri, n'est-ce pas mon Yourouchka. Tiens... Tiens... Voilà de l'argent pour vos promenades. Vous trouverez bien quelques provisions dans la cuisine. »

Prestement, elle se chapeauta, se ganta, passa un manteau à col de fourrure, déposa un baiser sur la joue de son fils, sortit un fin mouchoir pour effacer le rouge dont ses lèvres avaient orné la pommette du garçon. Elle sortit enfin laissant derrière elle un sillage de parfum.

Georges Sergueiev me regardait, l'air grave. « Ma mère est toujours très occupée », dit-il en rougissant. J'avais envie de lui dire que je la trouvais belle mais je n'osais point. Lui aussi m'était devenu étranger depuis nos jeux de Saint-Georges, et nous nous tenions, gauches, face à face, dans le salon, sans savoir que dire ni que faire. Soudain il s'anima, « J'ai une idée » me lança-t-il, « Tu vas voir ». Il quitta la pièce un moment. Quand il revint, il tenait un petit sac de voyage à la main.

— Voilà, j'ai pris les provisions à la cuisine : du pain, des œufs durs — maman fait toujours cuire des œufs durs à l'avance, des tas d'œufs durs, pour que j'aie quelque chose à manger si elle rentre très tard le soir... J'ai pris aussi des gâteaux... Nous allons pouvoir nous balader.

Il ouvrit un coffret, en sortit quelques tickets qu'il examina attentivement. — Celui-ci a déjà servi, celui-là aussi, ils ont été poinçonnés... Un, deux, trois, quatre. Il y en a quatre de bons. A la rigueur, deux auraient suffi. Les poinçonnés, je les garde quand même pour ma collection... Allez, on y va... »

— « Où va-t-on ? »

Il fronçait les sourcils pour se donner un air de mystère, me sembla-t-il. — « Tu verras. »

Dans la rue, je me demandais pourquoi on disait de Passy que c'était « les beaux quartiers ». Nous arrivâmes bientôt devant une bouche de métro. Elle ne me parut pas plus belle que celle des Batignolles. Toutes ces « bouches » me semblaient avaler goulû-ment les Parisiens. Mon ami descendit les premières marches puis se retourna pour m'inviter à le suivre.

Avec les Puynège, je m'étais promené en autobus, en taxi, mais point en métro. Je rattrapai Georges et veillai à ne pas m'écarter de lui : que ferais-je dans ces souterrains si jamais, bousculé, entraîné par la foule en proie à une étrange hâte, je venais à le perdre de vue ?

Arrivés sur le quai, il me conduisit à l'embouchure du tunnel. — « On sera juste derrière le conducteur, me confia-t-il la mine gourmande ; c'est quelque chose, hein ? Tu te rends compte des kilomètres et des kilomètres de galeries sous la ville ? Tu verras, parfois on passe sous la Seine, d'autres fois au contraire au-dessus. On peut aller au Nord, au Sud, à l'Est, à l'Ouest... Les Puynège t'ont déjà fait prendre le métro ? » — « Non... Odile, je crois que ce serait mauvais pour sa respiration, tu sais la gorge... » Il ricanait : « Sa respiration ? Moi, dès que j'ai un moment de libre, je file dans le métro, eh bien, est-ce que je respire mal ? » Timidement, je me risquai à avouer que moi-même je me sentais un peu oppressé, et puis cette odeur, cet éclairage... Sergueiev s'efforçait de me rassurer. Evidemment, concédait-il, la première fois on était impressionné, on pouvait s'imaginer à tort, bien à tort, qu'on manquait d'air, mais je ne devais pas m'inquiéter, j'allais vite m'habituer et nous nous paierions une fameuse partie de métro.

De fait, nous nous la sommes payée. Avec les quatre billets que le jeune Russe avait sortis de son coffret, j'eus l'impression de parcourir dans les entrailles de la terre un aussi long trajet que celui qui m'avait mené de Limoges à Paris. Tantôt dans le wagon de tête, tantôt dans le dernier de la rame, et, pour finir, au milieu, en première classe, lorsque Youra, voulant parachever cette odyssée en apothéose, n'hésita pas à sacrifier ses « tickets de luxe », comme il les appelait. Nous dûmes traverser le sous-sol parisien dans tous les sens. Mon compagnon m'annonçait à l'avance à haute voix le nom des stations où nous allions passer. Les voyageurs jetaient un coup d'œil étonné sur ces deux galopins dont l'un récitait la litanie des stations : Ranelagh, Alma, Etoile, Argentine, La Pompe, Trocadéro, Concorde, Tuileries, Palais-Royal, Opéra, Quatre-Septembre, Richelieu-Drouot. Il énonçait ces noms, pour moi mystérieux, comme un croyant l'eût fait de ses saints préférés. Parfois, il me prenait le bras : « Attention, on change à la prochaine. Là, nous sommes sous l'Opéra » ; ou bien : « On peut faire pas loin d'un kilomètre de marche quand on change à la République. » Je ne comprenais rien à nos trajets, trouvant que les quais, les couloirs, les tunnels et les wagons étaient partout identiques. Youra déclarait qu'au contraire les différences étaient nombreuses. Il se prétendait capable de reconnaître, les yeux fermés, sur quelle ligne il voyageait, cela au seul bruit des roues sur les rails. Il préférait, disait-il, à toutes les autres, la ligne Nord-Sud. A un moment, nous nous sommes assis sur les banquettes d'une station. Georges Sergueiev a sorti de son havresac les provisions. Il mangeait voracement pain et œufs durs comme si notre excursion se fût déroulée dans l'air salubre des montagnes ou de la mer. Pour moi, cette randonnée ferroviaire parfumée au crésyl était loin de m'ouvrir l'appétit. Nous voyant nous restaurer un clochard vint vers nous et sortit de ses besaces une bouteille qu'il nous tendit. Georges Sergueiev déclina l'offre presque cérémonieusement. L'homme alors avança le litre vers moi et j'eus un sursaut de recul. L'autre haussa les épaules, porta le goulot à ses lèvres et but une longue rasade. Il me tardait que mon ami eût terminé son repas. Je lui demandai si nous ne verrions jamais la lumière du jour au cours de notre randonnée. Il me rassura : il nous ferait gagner la ligne Etoile-Nation par Denfert-Rochereau et là nous remonterions au grand jour. Cette fois, je comprenais mieux son intérêt pour le métro : la traversée de la Seine avec vue sur la Tour Eiffel m'enchanta. Voilà qui était enfin digne de la réputation de la Capitale. J'aimais bien aussi quand notre wagon passait à hauteur des immeubles : parfois d'un balcon un enfant regardait notre train filer sous son nez. J'enviais même le privilégié qui pouvait ainsi jouir à chaque instant d'un spectacle aussi moderne. Youra ne partageait pas mon sentiment. Pour lui, le métro aérien n'était qu'une curiosité, presqu'une anomalie. Ce qu'il goûtait, c'était circuler dans les galeries souterraines, être emporté à toute vitesse au fond de la nuit que trouait la lumière artificielle. Quand nous arrivâmes enfin au terminus, il nous fit changer de ligne : — «On va prendre Nation-Etoile par Barbès déclara-t-il avec autorité. Il me faisait penser tour à tour à un explorateur qui aurait à l'avance minutieusement étudié son itinéraire aventureux et à un stratège sûr de son plan pour voler à la victoire. A la faveur d'un changement de ligne, il m'invitait à étudier avec lui sur le quai la carte du métro. Il me montrait les tracés colorés, les points et les cercles avec les noms de stations. — «Tu as saisi ? » s'inquiétait-il. Je répondais par l'affirmative alors que je confondais malencontreusement les pistes qu'il me désignait d'un index sûr. De nouveau, je bénéficiai d'une montée à l'air libre mais la nuit tombait maintenant, nous survolions des boulevards illuminés, croisions parfois une réclame dont les lumières bleues, jaunes, vertes ou rouges traçaient des mots ou des figures. — « Ah, me disais-je, là voici donc la Ville-Lumière. » Je prenais un air détaché pour remarquer : — « C'est assez chouette. » — « Quoi donc ? » — « Ces lumières, ces réclames, ces boulevards. » Sergueiev faisait la moue. — « On est à Barbès Rochechouart. C'est de drôles de quartiers... Si ma mère ou les Puynège savaient que nous passions par là, ils n'apprécieraient guère... » Puis, toujours comme l'explorateur sachant quelles sont, sur le parcours, les tribus dangereuses et celles ralliées à la loi, il ajoutait : « De toute façon, dans le métro, nous n'avons rien à craindre. Sur le trottoir, ce serait une autre paire de manches... Tu comprends, dans la rue, c'est plein de voyous, de souteneurs, de filles... » Jugeant sur ma mine que je risquais de me méprendre à propos de ces filles, il précisait : « De filles de joie, tu comprends, des courtisanes. » Je trouvais qu'il parlait bien.

Il sut me ramener avec son métro dans les parages des Batignolles, puis s'enquérant deux ou trois fois du chemin à prendre auprès des passants qui semblaient s'étonner de nous voir à cette heure tardive quasiment perdus dans Paris, il me reconduisit jusqu'à l'immeuble des Puynège. Il refusa obstinément de monter avec moi jusqu'à leur étage, ce que je regrettais car j'appréhendais les questions de mes hôtes sur ce retour à la nuit. Il me demanda si notre journée de métro m'avait plu. A l'entendre, il était fort dommage qu'il me fallût bientôt quitter Paris, sans cela, nous aurions pu faire ensemble de nouvelles équipées et j'aurais apprécié de plus en plus les agréments du Métropolitain (il prononçait ainsi de temps à autre, solennel, le mot dans sa totalité). Nous nous serrâmes la main timidement. Il déclara ne pas savoir s'il reviendrait en vacances à Saint-Georges-de-Didonne. Je n'en savais pas plus en ce qui me concernait. J'ai dû lui demander si sa mère n'allait pas s'inquiéter de son retard. — « Oh! ma mère, dit-il, va-t'en savoir quand elle rentre ! »·Il me quitta. Je montai lentement l'escalier. J'imaginais Youra courant dans les rues à la recherche d'une bouche de métro puis s'y engouffrant comme le faisait la foule ici toujours pressée, toujours fiévreuse, mais, tandis que les autres empilés dans le wagon prenaient une mine absente et triste, je croyais voir le visage de mon ami s'illuminer cependant qu'il s'enfonçait dans le labyrinthe.

Les Puynège jugèrent sévèrement la conduite de la Princesse

qui nous avait ainsi laissés, son fils et moi « à l'abandon ». Quant à Georges Sergueiev, selon eux, « il en tenait un brin, ce qui n'était pas étonnant vu la façon dont il était élevé ou plutôt non élevé... Deux gosses tout seuls, toute une après-midi à cavaler dans le métro, et ce garçon livré comme cela à lui-même constamment, à aller n'importe où dans Paris, dans Paris... Vraiment, il y avait des gens, c'était à se demander ce qu'ils avaient dans la tête ».

Ces propos ne faisaient que renforcer mon admiration pour Youra. L'image de l'explorateur qui m'était venue à son propos se confirmait dans mon esprit. Les dangers que les Puynège semblaient redouter pour lui « dans Paris » m'assuraient de son audace. Plus tard, pendant qu'Odile m'interrogeait sur mes impressions après cette journée de métro, son père et sa mère continuèrent à faire le procès de la Princesse. « Ça, une dame du monde ! ricanait Mme Puynège. Une demi-mondaine, oui ! Une... une courtisane ! » « Pauvre gosse », marmonnait M. Puynège... — « Entre La Chapelle et Barbès-Rochechouart, il y avait des filles de joie », dis-je à Odile d'un ton docte. Elle eut son rire d'asphyxiée : « Ah ! Ah !... des filles de Joua, des filles de Joua ! L'an prochain, si tu reviens, tu auras des pantalons longs je suppose, alors, avec ton Russe, vous pourrez aller à Barbès et cette fois vous irez les voir de plus près ces filles... »

Décidément, on ne pouvait se fier à personne. Je ne raconterais plus mes journées sauf à Youra, si je le revoyais. Que faisait-il maintenant dans son appartement de Passy ? Il devait regarder sa collection de tickets de métro. Sa mère était-elle rentrée ? Sinon où était-elle ? « Courtisane », lui aussi avait employé ce mot pour désigner les passantes de Barbès-Rochechouart, « Les putes », disaient les pensionnaires au Lycée Gay-Lussac ; pourtant, à Limoges on n'en voyait guère... « Courtisane », avait-il pensé à sa mère lorsque notre métro roulait au-dessus du boulevard, du côté de Barbès et de Pigalle ? J'imaginais la Princesse, élégante, majestueuse, le porte-cigarettes doré au bout de ses ongles vernis, je l'imaginais allant et venant parmi les filles. J'avais honte d'une telle pensée. J'aurais voulu en demander pardon à mon ami. Et que faisait-il, seul, la nuit, quand sa mère ne rentrait pas ? Ne quittait-il pas de nouveau Passy pour se réfugier dans le ventre du métro ?

J'ai rapporté de Paris une petite Tour Eiffel en métal doré et un porte-plume dont le manche de bois poli portait en son centre un hublot minuscule, et si l'on collait l'œil à ce hublot, on pouvait voir, comme au bout d'une lunette d'approche, l'Arc de Triomphe.

Georges-Emmanuel CLANCIER

CELUI QUI EN AIMAIT UN AUTRE

René-Jean Clot

En sortant de la gare de Suresnes, si vous vous rendez au lycée Jacques Decour, tout près du Mont Valérien, la côte est dure à grimper. Sur ces hauteurs, entre les coquets pavillons, il y a des endroits paisibles où l'on peut voir dans le lointain le tapis vert du Bois de Boulogne. L'œil enregistre au passage une caresse furtive qui aide à supporter les vapeurs d'essence.

Monsieur Gerbin, professeur au Lycée, ne s'intéresse plus à ce paysage depuis plus de trente ans qu'il monte et redescend la côte. L'a-t-il d'ailleurs une seule fois observé ? C'est seulement pendant les vacances, en été, qu'il regarde la nature. Dans cette ascension il s'en tient à l'indispensable : ouvrir l'œil en traversant une rue, regarder où poser le pied, en été marcher à l'ombre. Soixante-trois ans cette année et il vit toujours dans la gêne avec sa nombreuse famille. Ses enfants, ses petits-enfants, tous vivent chez lui en habits du dimanche avec la hargne de ceux dont les jugements sont fondés sur le seul intérêt.

Le professeur est un homme petit et chauve, le visage pâle, les épaules creuses ; il est avare de compliments et de poignées de main. Il parle à voix basse mais le plus souvent il se tait pour ne pas avoir à partager ses pensées. Ses yeux glauques étaient d'un joli bleu autrefois mais qui se souvient de ce bleu ? Sa femme elle-même en serait surprise la première. Depuis qu'il enseigne, des milliers et des milliers d'enfants ont traversé le bleu de ses yeux. Ils ont disparu comme des bandes d'oiseaux dans un coin du ciel à l'époque de la migration... Monsieur Gerbin en demeure étonné profondément, maussade. On lui a fait une injustice, laquelle ? Gare à l'enfant s'il se laisse pincer à repasser encore une fois dans ce bleu qui, aujourd'hui, a viré au gris sombre.

Jamais M. Gerbin ne rit. Aucun souvenir merveilleux du passé et rien de bon à attendre de l'avenir. Il prétend que l'effort répété de monter la côte à pied lui *décroche le cœur*, il s'obstine à ne pas conduire. Il a toujours refusé de passer un permis mais il a obtenu, bien jeune, son agrégation. Amer avec tous, amer avec lui-même au point qu'il se sent inquiet, démuni devant la joie des autres comme si on lui faisait un affront alors qu'il n'inspire plus qu'indifférence.

*
* *

Un seul être au monde l'a aimé spontanément dans la générosité de son cœur. Cet être l'aime encore d'un élan si proche de l'adoration qu'il nous semble y voir quelque chose d'indestructible mais de rebutant. C'est peut-être cela le sublime, un Ciel où le Dieu de chacun ne peut pas communiquer avec celui des autres comme si le divin était impraticable, interdit.

Plusieurs fois dans l'année, alors qu'il s'échine à monter cette terrible côte, M. Gerbin est dépassé par la voiture de son ancien élève Pierre Grosset.

On dirait que ce dernier le fait exprès, c'est presque toujours sur ces interminables pentes que se produit la rencontre. Le professeur détourne aussitôt ses yeux de l'auto, son regard prend une expression farouche. Ce Grosset était élève dans sa classe vingt-cinq, trente années en arrière... Un garçon lamentable, absolument nul, un arriéré mental ou presque. Qu'était-il venu faire au Lycée ? Il y était resté en tout et pour tout une seule année, — dans sa classe le plus beau ! Sa tête obtuse ne retenait que des sentimentalités poisseuses et le professeur avait vite cessé de s'intéresser au drôle.

Jamais une seule fois le maître n'avait dit à l'élève une parole venant de son cœur. C'était au-dessus de ses forces. Ça n'était pas seulement l'absence d'esprit de Grosset qui l'irritait mais sa physionomie, ses manières, son être. Dans une vie d'enseignant, grâce à Dieu, on ne rencontre qu'une fois cette sorte d'individu pour lequel on ressent pareille aversion. Le garçon lui *tapait sur les nerfs*, on ne raisonne pas cela.

M. Gerbin était un honnête homme, il avait toujours essayé de réagir contre son attitude malsaine. Ce qui est pénible venant d'un paresseux ne doit pas s'accompagner de vengeance en retour de la part du maître. On aurait juré pourtant que M. Gerbin voulait se venger d'une perversité commise par le gamin. Non, aucune idée de vengeance n'effleurait l'esprit du professeur, il n'aimait pas ce Grosset, c'est tout. A le constater, il était mal à l'aise, alors il faisait semblant de ne pas le voir.

Le professeur avait fait de brillantes études. Partout où il était passé, diplômes et licences, comme des figures de ballet formaient la ronde autour de lui. Aussi détestait-il spontanément les cancres. Envers et contre tout il entendait se mettre au service des seuls élèves doués : les archanges, les chérubins, ceux qui le préservaient de rabâcher ses leçons.

Que les autres apprennent un métier, que diable ! Il faut bien des manuels pour permettre à la société de vivre. Les Traine-La-Jambe avec leur mémoire aussi molle que les montres de Dali lui faisaient l'effet d'un affront personnel.

Si la Direction l'avait permis il aurait marqué les cancres d'une croix noire sur le front. Que voulez-vous, un professeur agrégé n'est pas un marchand de beignets ! Dans la mentalité du caractériel il y a quelque chose de pareil à une catastrophe morale, physiologique même, qui démoralise l'esprit. Pas de grimaces en classe. Il y a eu, il y a encore l'art pour l'art, eh bien, avec M. Gerbin c'était l'intelligence pour l'intelligence. Rien de plus mais rien de moins. Ce qui importe c'est le diplôme final et non les larmes des Mères pour l'obtenir ou le voir passer sous le nez de leur enfant.

Comme M. Gerbin avait détesté le drôle ! Heureusement, dans toute sa longue carrière cela ne lui était arrivé qu'une seule fois de prendre ainsi un élève en grippe.

*
* *

Grosset, allez savoir pourquoi, avait un culte pour son professeur ; au fond de son cœur cela ne ressemblait pas à une vertu ni non plus une marque de respect, c'était de l'amour. D'où lui était-il venu ? Aimer c'est ne pas savoir pourquoi on aime. Aimer c'est donc risquer de se tromper quand on aime. L'effort de l'élève consistait à modérer l'élan qui le portait vers son maître, il devinait que cette générosité de sa nature pouvait effaroucher, scandaliser. Suavité qui frôle une main de fer mais qui ne peut l'apprivoiser. Ses camarades, les autres professeurs, Grosset ne les voyait pas.

Assis à son bureau, M. Gerbin lui offrait chaque jour de classe l'occasion d'une contemplation parfaite. Il était fier de son intelligence, de sa faconde, elles lui permettaient de supporter l'Ecole aussi bien que sa propre disgrâce.

Non pas pour son avenir mais pour faire honneur à M. Gerbin, il aurait tellement voulu être premier. Pour cela il n'y avait rien à faire, autant demander à un homme sanguin de jouer les fantômes. S'il avait pu seulement se rendre intéressant en faisant preuve d'un don quelconque en dessin voire même en gymnastique mais rien, sur toute la ligne il était un cancre. Il n'était pas de révolte possible.

On est bête mais on est amour en même temps, à part quelques exceptions cela arrive. La bêtise est un état d'esprit, l'amour est un état d'âme. S'il était parfois rabroué, Grosset devenait mélancolique pendant quelques minutes mais bien vite sa bonne humeur reprenait le dessus. Sa simplicité d'esprit ne consentait jamais au désordre, en cela il était sage.

L'évidence de son état d'infériorité l'emplissait parfois d'un trouble poignant multiplié par les difficultés et les humiliations de toutes sortes. Courageusement il luttait contre sa bêtise en faisant preuve d'attentions, de gentillesses, avec une sincérité et une constance dignes de figurer dans une sorte de Légende dorée de l'Ecole laïque.

Le garçon portait les paquets du professeur, il lui rendait de menus services qui tiennent au rituel de la classe. Effacer les tableaux, alimenter la boîte de craie, changer l'eau, laver régulièrement les éponges, apporter chaque jour au directeur les noms des absents, veiller, toujours veiller au confort du maître, lui tendre la chaise quand il faut, apporter le parapluie oublié alors que l'averse cingle la cour, se saisir avidement de la sacoche bourrée de livres...

Tout cela et se taire. Donner son cœur avec son silence c'est-à-dire donner la fleur avec la motte de terre qui la nourrit.

Les services qu'il savait si bien rendre suffisaient à son bonheur. Dans l'ordre des valeurs établies sur les balances d'or de la justice Grosset était l'homme de peine, la femme de ménage, la *petite main* de la classe. Dévoué dans le désert au milieu des pierres et des serpents. Détaché de soi. Il n'y avait personne pour s'en apercevoir. L'état d'âme de ses proches ressemblait au sommeil, il les dispensait d'être sensibles en retour de la gentillesse de Grosset.

Fâché du mauvais exemple que le cancre donnait aux autres avec ses piètres résultats scolaires, M. Gerbin remerciait du bout des lèvres, le plus souvent il ne remerciait pas. Et cependant aucun homme sur la terre, pas même son père, n'avait inspiré une vénération égale au garçon. De son côté le professeur pestait contre le Lycée qui lui avait mis un arriéré sur les bras pour l'année.

Pendant les cours, Grosset fixait le professeur comme si la vie lui proposait à ce moment son propre rêve. M. Gerbin avait une élocution rapide, brillante avec le don d'animer tout ce qu'il disait. Un Saint-Esprit laïc. En plus du latin et du grec il parlait trois langues. D'apparence insignifiante ce petit homme devenait Zeus et même Ganymède dans sa classe. Grosset, chaque jour, s'émerveillait de le voir. S'il avait eu les moyens de s'expliquer il aurait dit : « Du moment qu'on aime on n'a pas besoin de comprendre des paroles, on peut demeurer silencieux et même bête soi-même. On a tout puisque l'autre est intelligent pour les deux. Si je ne peux pas ressembler à celui que j'aime je m'oublie en lui et, là, j'atteins mon but. Hier mon père m'a demandé ce que je faisais à l'école, je lui ai répondu que j'étais heureux de voir chaque jour Monsieur Gerbin. Il m'a dit que ça n'était pas cela qui me donnerait une situation plus tard. Si je pense à plus tard j'abîme le présent qui appartient au maître. »

Il avait de la peine à la pensée que dans quelques mois ce serait les grandes vacances : il quitterait le Lycée. Pour aller où ? L'avenir lui faisait peur sans M. Gerbin.

*
* *

Certains jours, la fixité de ce regard d'Adorant toujours posé sur lui agaçait souverainement le professeur. Il lui arrivait de faire une pause, une sorte de numéro d'acteur pour se détendre ou se concilier les bonnes grâces de la classe. Il s'adressait au garçon :

89

« Grosset ! qu'est-ce que je viens de dire depuis dix minutes ? »
Silence. Seulement le regard ardent et tendre du cancre perdu
dans son rêve, mais posé par bonheur sur la lumineuse présence
du phare. « Bon, je vais t'aider mon ami, je parlais de Louis XIV
ou de Poincaré ? » « Poincaré » répondait doucement Grosset.

La classe riait. Comme ils riaient tous ! Le rire est la clé de voûte
du mépris humain, il rassemblait à cet instant le maître avec les
premiers et les derniers. Dieu classe-t-il ainsi les Anges en pha-
langes ? Grosset riait de bon cœur avec les autres de sa sottise.

En mal de distractions vous riez ? Riez, fêtez vite votre rire,
comme la pierre qui frappe la surface de l'eau il sera bientôt
recouvert par elle, oublié. Aux cassures de ces rires la vie apparaî-
tra différente avec un changement d'optique. Mais, grâce au drôle,
M. Gerbin venait de passer un bon moment. Rien autant que la
vue de la sottise ne met en liesse les gens raisonnables. La raison
traîne à perte de vue le boulet de ses raisonnements sans rien
pouvoir conclure de définitif, il lui faut rire à un moment ou à un
autre et ce rire lui fait soudain outrage.

L'année scolaire allait vers sa fin. Ce serait bientôt la déban-
dade. Avec les premières chaleurs ce sourire qui débordait d'une
tendresse si humble exaspérait M. Gerbin. Il se disait : « Encore
un mois à supporter ce Jean-foutre ! »

Sentait-il qu'il était aimé ? Bien sûr, mais il lui répugnait d'être
choisi par un demeuré. On le lui avait imposé, il n'avait rien à
faire dans sa classe. Pour lui l'affection n'était tolérable qu'entre
des gens intelligents. On les reconnaît à leurs titres, à leur position sociale. Cette atmosphère de contentement de soi où
M. Gerbin s'élevait sur les hauteurs en compagnie de l'élite
n'avait jamais souffert une seule exception. Grosset était trop bête
pour le comprendre. Il demandait le cœur de son professeur ; pour
l'obtenir il lui aurait fallu d'abord entrer par concours dans une
grande Ecole.

M. Gerbin qui boitait légèrement (ce qui rendait encore plus
pénible la montée de la côte de Suresnes) se plantait droit devant
le cancre. Pour le remercier de cette attention, Grosset souriait.

— « Tu gagneras ta vie mon garçon, ne crains rien, tu mange-
ras à ta faim. Sur ce point je puis te rassurer tout à fait mais si tu
crois devenir P.-D.G. chez Allsthom tu te trompes... (des voix
rieuses s'élevaient dans la classe) : "Tôlier ! Plâtrier !" "Boulan-

ger !" criait un autre. "Cordonnier !" lançait un troisième. "Chiffonnier !" ... »

— « Bon, bon ! Ça suffit comme ça vous autres », grondait le professeur, puis il retournait vers Grosset : « Les porteurs de valises à la gare de Lyon élèvent leurs enfants comme les autres, toi tu es costaud alors qu'il y a tant de malades, ... tu as la santé au moins. »

Lui n'avait pas la santé ! Aurait-il préféré être à la place du cancre ? Plutôt mourir... Son compliment avait été droit au cœur du garçon, du moment que Monsieur Gerbin s'occupait de lui, rien ne lui était plus agréable. Ce bonheur le rendait muet, devant tous les autres le maître avait reconnu sa force.

En une circonstance regrettable Grosset avait fait le coup de poing dans la cour en voyant des camarades — des super-doués ceux-là — exécuter une sorte de pantomime perfide. Ils imitaient à merveille la voix et les gestes de M. Gerbin rivalisant avec l'Eternel dans sa classe. Tout y était : le débit un peu grandiloquent, la tête penchée, les yeux à demi-fermés, les pauses, les vastes gestes de la main. Leurs physiomomies avaient quelque chose d'impayable. Tous riaient aux éclats, sauf Grosset. Il était frappé de stupeur comme s'il avait vu Jésus sur sa Croix en pleine cour. Bien qu'idiot il avait compris tout de suite qu'on ridiculisait le professeur.

Dans la bagarre il s'était battu de bon cœur, un élève avait eu la lèvre fendue d'un coup de poing, l'autre la paupière bleuie et enflée, lui s'en tirait avec une dent cassée. M. Gerbin mis au courant de la bagarre punit tout le monde. La justice est sévère pour le faible qui usurpe la fonction de juge. Est-ce que le prêtre se prend pour Dieu à la messe ? Grosset accepta la punition de bon cœur tandis que les autres fulminaient contre le professeur.

*
* *

Le temps s'évade en furieux des calendriers... Ils ressemblent vite à des cages vides. Pas un seul n'échappe à une norme, un modèle commun qui est le vide. L'oiseau d'une journée qui prenait si bien la lumière s'en est allé quelque part vers l'infini. Et même les belles années ne nous empêchent pas de vieillir. Combien se sont écoulées depuis que Grosset a cessé de fréquenter la classe de

M. Gerbin ? Un certain nombre bien sûr et les élèves ont pris chacun des routes différentes.

Pour sa part le cancre a commencé par devenir vendeur dans un magasin d'importation de chemises fabriquées en Asie. Sa régularité au travail, son honnêteté et sa bonne humeur n'échappèrent pas à son employeur. Ses gestes étaient vifs, précis. Les clients voulaient être servis par lui, son don de plaire était inné.

Il y avait dans sa manière de se donner à des tâches concrètes (et souvent rebutantes) un rayonnement intense. On avait en lui une confiance spontanée. A quoi tient la réussite ? A des relations, à la mode ? A l'absence de tensions ? Il bénéficia de circonstances favorables, certes ; sa société était si agréable aux autres qu'il ouvrit enfin les yeux sur lui même : il était doué pour le commerce.

A vingt-neuf ans Grosset possédait deux boutiques d'habillement d'importance inégale, l'une rue de Buci face au marchand de fleurs, l'autre au faubourg St-Antoine. On lui proposait un magasin au 32 de la rue de la Boétie à la place d'une galerie de Tableaux qui étaient passés de mode. Les chemises étaient un filon sans fin, imposant ses lois. Elles s'étaient accommodées à merveille des talents de vendeur de Grosset.

Gagner de l'argent lui prenait tellement de temps qu'il en manquait pour le dépenser. Sa seule faiblesse : le goût des voitures de sport. Il en changeait souvent. La dernière, une Triumph décapotable, rouge (non pas un vermillon criard mais un carmin velouté, dense comme un vin de Bourgogne) montait la côte de Suresnes à un train d'enfer.

Sur le trajet du Lycée, l'un des grands plaisirs du jeune homme c'était de rencontrer son ancien professeur. De loin, sitôt qu'il l'apercevait le sourire d'autrefois l'illuminait. Il se disait : « Comme il a vieilli ! » et son cœur était triste.

Bien que ses manières ne fussent jamais celles d'un goujat, M. Gerbin n'était toujours pas de bonne humeur, ces rencontres avaient le don de l'exaspérer, de l'offusquer. Qu'avait donc ce rustre pour s'accrocher ainsi à lui ?

Le vieil homme surmontait sa hargne pour faire bon visage à l'intrus. Il faut bien continuer à vivre au-delà de ce qui nous déchire.

Grosset habitait toujours dans la maison de ses parents à deux pas du Lycée. Deux mois, trois mois se passaient sans que les deux hommes aient eu l'occasion de se rencontrer. Le jour arrivait-il enfin ? Grosset était hors de lui. Et Monsieur Gerbin l'était aussi. Deux tortures, deux malheureux regorgeant de souvenirs. Quel silence dans les premières secondes ! Deux hommes en plein soleil de juin ou sous la pluie de novembre remuant du bout des lèvres la paillasse de temps passé... Le plus jeune regardant le plus vieux avec la toute puissance d'un souvenir aimant, obstiné, l'autre réduit à l'état de fantôme vindicatif et haineux mais ne voulant rien laisser paraître du mystère qui le hantait du moment qu'il en ressentait une secrète honte. Car son aversion pour Grosset était devenue infernale avec les années. Mais même en Enfer on a sa fierté, sa bonne éducation, son rang sans doute. Et son intelligence.

Comme le prêtre aux messes basses Grosset faisait les demandes et les répons, le professeur, le plus souvent, lui renvoyait l'écho de sa propre voix.

*
* *

Voici comment les choses se passaient : au volant de la Triumph le cancre ralentissait pour ne pas effrayer le vieil homme. « Doucement... Ne lui fais pas peur ! Il marche de plus en plus mal... ».

N'empêche, il se disait qu'il avait une sacrée chance de pouvoir encore une fois manifester sa gratitude à son ancien maître. Quand il s'en irait, emporté par une ombre, il ressentirait cette disparition comme celle d'un parent très aimé.

M. Gerbin n'entendait-il pas le bruit du moteur derrière lui ? Il était sourd le malheureux ! Comme il avait du mal à grimper cette côte... C'était un crève-cœur de le voir courbé, la tête basse, vêtu en plein mois de mai de ce costume bleu marine d'un autre temps.

Mais ce qui peinait le plus le garçon c'est que M. Gerbin n'entendait toujours pas le bruit si amical de sa grosse Triumph, elle ronronnait derrière lui avec les tendres pamoisons d'un énorme chat, un tigre amoureux. « Il est devenu complètement sourd. » Son front s'assombrissait d'un nuage. Quelques secondes passaient. La Triumph obéissait docilement à l'impulsion du conducteur.

Grosset soupirait. Comme les années s'étaient enfuies !

Rêver à sa vie passée demande toujours du courage. Son professeur avait toujours été si bon pour lui ! Un homme éminent qui parlait plusieurs langues en plus du latin et du grec. Pourquoi était-il resté pauvre ? La vie est injuste... parmi les clients fortunés qu'il rencontrait chaque jour aucun ne s'exprimait comme M. Gerbin, aucun n'avait cette science en parfaite harmonie avec une fonction...

La Triumph paraissait se réjouir de l'aventure, il y avait même de la jouissance dans sa manière de s'élever facilement derrière le vieillard. On eut dit qu'elle suivait un cercueil traînant la cérémonie en longueur pour faire durer le plaisir. C'était exactement cela, un enterrement de première classe sur la côte de Suresnes.

Rouler ainsi doucement devenait insupportable pour Grosset. Devant lui, son propre rêve, dans ce costume étriqué, lui semblait une choses trop cruelle, la négation de la vie ou plutôt son injustice terrible.

N'entendez-vous pas ce bruit derrière vous, Monsieur Gerbin ? O maître intelligent et dominateur ! prêtez l'oreille, de grâce, ce n'est pas le bruit d'un moteur sur la route, c'est un soupir d'affliction, l'émotion d'un cœur fidèle. Vous êtes parvenu au seuil de l'Adieu, l'extrême bord du Destin et vous êtes seul, ensuite il n'y aura plus que la mort pour vous faire signe et votre oreille dans le marbre n'entendra plus la tendre voix de Grosset.

Seuls les poissons sont muets, Monsieur Gerbin, et vous n'êtes pas un poisson ! Pour vous consoler c'est l'enfance qui retourne à son rêve, celui de s'émerveiller d'une eau si fraîche à la fontaine de la cour du collège.

Vous n'êtes pas sur la côte de Suresnes, Monsieur Gerbin, vous êtes dans le jardin de l'Amour. Derrière vous, un Ange voudrait déployer ses grandes ailes pour vous protéger des rayons du soleil, il semble que vous refusez.

O ressentiment, grief, amertume, haine, toujours verts, verts et fânés ! toujours prompts à tisser vos toiles d'araignées sur les visages familiers !

Quelle inconcevable surdité est la vôtre, Monsieur Gerbin ! A quoi cela vous sert de parler cinq langues ? C'est la voix d'un enfant dans la rue qui appelle une grande personne pour qu'elle lui ouvre la porte. Mais vous ne voulez pas l'entendre. Attachés par un fil dans l'espace et battus par le vent les cerfs-volants ont plus de jugeotte que vous.

*
* *

94

Grosset ne se décidait pas à dépasser le vieil homme. C'était au-dessus de ses forces et devant lui M. Gerbin ne se sentait pas la force de se retourner. Tous deux avançaient lentement, l'un poursuivant l'autre.

Grosset était fasciné par ce dos courbé, ces jambes frêles qui se déplaçaient avec une pesante fatigue. Et lui, bien assis dans sa splendide voiture aurait voulu nier, gommer ce que voyaient ses yeux. Il aurait voulu porter le maître sur son dos.

Comme Monsieur Gerbin avait été bon pour lui autrefois! Brusquement il accélérait, la Triumph était à la hauteur du professeur.

— Bonjour Monsieur Gerbin! Montez donc, je vous accompagne.

Le professeur tournait la tête vers son ancien élève. « Quelle poisse ce type-là, bon Dieu, je n'en serai jamais débarrassé! » songeait-il.

Ces rencontres avaient le don de l'exaspérer à un point incroyable. Cet imbécile jetait son dévolu sur lui pour l'épater avec sa voiture. Cela soulevait en lui une tempête d'indignation. Mais il se contenait et cela aussi était très mauvais pour sa santé. Il était au courant de l'étonnante réussite du cancre, une honte pour la société. Il se devait de traiter la chose par le mépris, il lui fallait faire preuve d'insouciance, de légèreté. Son visage pâle exprimait une immense déconvenue, Grosset n'y voyait que de la fatigue.

— Ah! c'est toi Grosset... Bonjour! sa voix s'efforçait d'être aimable, cachant mal son irritation. Il avait des difficultés à respirer, sa bouche s'ouvrait comme celle d'un crapaud qui avale une mouche.

Il y avait dans la voix de Grosset une supplication tendre et presque un tremblement.

— Montez donc, Monsieur Gerbin, vous devez être fatigué...

— Fatigué? Mais pas du tout, en voilà une idée!

Le rouge de la Triumph comme la cape du torero brillait à deux mètres de lui. Ce rouge était une abomination, une provocation mais motus! il ne répondrait pas à l'impudence du gamin.

Pour bien montrer qu'il n'était pas fatigué, le professeur redressait brusquement le buste, portait sa tête en arrière d'une façon absurde, allongeait le pas d'un air martial en accentuant la cadence.

Grosset, les yeux effarés et le cœur poignardé par le refus du vieillard de venir s'asseoir à ses côtés, laissait M. Gerbin dépasser la voiture. Il était maintenant à dix mètres, quinze mètres devant lui. Mais bien vite la tête du professeur s'inclinait en avant, le dos était celui d'un homme accablé par un fardeau, son corps peinait. Grosset le regardait comme on voit s'enfuir un oiseau, un gros volatile malade qui, stupidement, refuse de comprendre qu'on veut le soigner, le réchauffer, lui rendre la vie. Sur son visage on pouvait voir son âme blessée. Chaque fois le vieillard avait le pouvoir d'éveiller une terrible mélancolie en lui.

Encore une fois la voiture rattrapait M. Gerbin.

— Quoi de nouveau au Lycée ? questionnait Grosset.

— Rien, tout va bien. Le ton était plus sec. L'homme avait un air hagard, épuisé, comme chaque fois qu'il rencontrait cet *animal*.

— Je vous quitte... Au revoir, Monsieur Gerbin.

— Au revoir.

L'auto faisait un bond de plusieurs mètres. Elle était affamée. Un monstre en rut avec ses organes sexuels peints en rouge carmin. Loin derrière, M. Gerbin faisait une pause. Son cœur lui faisait mal.

— Plus on est bête aujourd'hui et plus on gagne de l'argent, disait-il à voix haute.

Grosset était trop loin pour entendre. Bizarre, chaque fois que M. Gerbin rencontrait le cancre il avait un point au cœur. Un jour il crèverait comme un chien en montant la côte et la faute serait à ce drôle dont il n'arrivait pas à se débarrasser.

Grosset avait tant de chagrin qu'il décidait soudain de ne pas rentrer chez lui pour déjeûner, il prendrait un sandwich dans un café. Un jour il apprendrait la mort de son professeur, il se sentirait alors comme un orphelin sur la terre. L'argent qu'il gagnait n'avait aucun sens pour lui, il le laissait à la banque. Aucune femme ne le troublait. Il était seul comme M. Gerbin l'était lui-même au milieu de sa famille.

René-Jean CLOT

LA BEAUTÉ DU MONDE

Max-Pol Fouchet

Pour Robert Doisneau

Aussitôt les premiers froids, les gens ne l'entendaient plus.

Dans les maisons calfeutrées, le ronflement des poêles et davantage la haute mélopée du vent, si constante dès l'automne, sans même parler des appareils fabriqués pour distribuer des sons et des musiques, couvraient sa voix, à croire que personne, dans la grande mort de la nature, ne mourait.

Sa voix ? Si l'on peut dire... Ce n'était qu'un grincement, toujours le même, répété à intervalles réguliers. Il fallait, pour qu'on le perçût, les silences de l'été, ces torpeurs muettes qui soudain s'abattent sur les jardins et les champs, comme des mains fermant les bouches, retenant les ailes et les élytres.

Dans l'air sec, en pleine lumière de silex, ce bruit introduisait de la rouille. Les vieilles personnes, de celles qui ne sortent plus guère et ne peuvent lire les avis de décès collés sur les murs, murmuraient en elles-mêmes, pour elles-mêmes : « Qui donc est mort, aujourd'hui ? » et leurs doigts écartaient, pour le voir passer, les rideaux.

Quelle roue crissait ainsi ? Toutes les quatre, chacune à son tour, ou l'une d'entre elles, seule, promue à ce rôle d'avertissement par le hasard ? Elles étaient hautes, presque de taille humaine... Aucune d'elles ne s'accordait aux mouvements des autres. Latéralement, elles vacillaient de droite et de gauche, chacune pour soi, le bas tantôt s'écartant, tantôt penchant vers le centre, au point d'inquiéter les étrangers de passage, qui crai-

97

gnaient quelque rupture, comme on s'inquiète de la chute d'un homme pris de fatigue ou de vin.

Oblongue, la caisse était suspendue entre elles, sur des ressorts en forme de parenthèse ouverte, non fermée... Elle portait à ses quatre coins des colonnettes chantournées qui soutenaient un petit toit aux bords festonnés. Depuis longtemps, elle avait perdu tout son vernis, et son noir était si mat qu'aucun reflet n'y jouait, même aux jours clairs. Certes, il eût été difficile de ne pas songer à un berceau, mais la trappe, visible à l'arrière, avec sa poignée de cuivre patiné, décourageait la comparaison, et de toute façon, à l'intérieur, on glissait une autre caisse dont le poids sans doute était la cause du grincement des roues, de leur allure divagante, du balancement maritime de l'équipage.

Quand siégeaient les conseillers municipaux, des élus de fraîche date ne manquaient pas, dès les premières sessions, d'inscrire à l'ordre du jour le remplacement du corbillard, dont la vétusté, d'après eux, et l'aspect ridicule provoquaient la moquerie des touristes. Il fallait, déclarait-il, le mettre à la retraite, qu'il avait bien méritée, le remplacer. Les anciens, soucieux de ne point paraître conservateurs, ne disaient trop rien ou approuvaient mais du bout des lèvres, car *le cœur n'y était pas*. La «vieille aragne» (ainsi surnommait-on le véhicule) avait porté les leurs entre ses pattes, et ils souhaitaient, sans l'avouer, qu'un jour elle les portât, eux aussi, jusqu'au cimetière, comme si son ventre était le ventre même du village, où s'établissait, malgré les disputes, une fondamentale parenté. Le corbillard continuait donc de vivre et de parler.

Depuis longtemps (que ces mots reviennent sous la plume!) le même cheval le tirait. A sa naissance baptisé du nom délicat de Pompon, il avait reçu, dès lors que mission lui fut confiée de mouvoir les quatre roues, une autre appellation. Pour honorer ses voyageurs, on le nomma Bouquet, et dommage qu'il ne fût pas une jument, autrement c'eût été Couronne. L'animal était d'excellent caractère, sérieux et trapu, de bonne race, un peu panard, mais avec une hérédité de labours dans les paturons. Il ne faisait rien d'autre qu'attendre les morts, tout nourri et brossé aux frais de la commune. Jamais on ne le vit renâcler, même aux pires froids. D'ailleurs Rousset, le conducteur, avait façon de lui dire : « Allons, Bouquet », qui tenait de la confidence. Il n'en fallait pas davantage pour que Bouquet d'un pas égal se mît en marche, traînant le char, toujours vers le même endroit.

Ce fut pourtant de lui que vint le changement — ou plutôt d'un excès de l'hiver, dont il fut la victime.

Chaque année le froid est neuf, alors que les chevaux et les hommes se font vieux. La neige attendait, tapie dans le ciel gris, au-dessus des toits, et plus d'une femme disait : « Elle n'est pas loin, je la sens dans mes os. » Elle tomba la nuit. Tous la virent au petit jour, en se réveillant. Comme libéré de son poids, le ciel était bleu. Il gelait. La neige se formait en dalle.

Marcher dans les rues se révéla difficile, car le village, des premières maisons du bas à l'église du haut, n'est que pente roide. Quand le verglas s'installe, on ne la monte ou descend qu'au risque de glisser et seuls les écoliers, à l'entrée ou à la sortie des classes, se divertissent aux culbutes. Certes, le maire fait jeter du sable sur la chaussée, afin que les pieds et les roues se retiennent à des aspérités, mais cela ne suffit pas toujours et ne constitue qu'une illusoire sécurité, trompeuse même, et Bouquet le montra par sa chute, lui qui pourtant n'avait jamais trébuché.

Les efforts de ce gros corps pour se relever ressemblaient à une crise d'épilepsie. C'était pitié de voir un animal si sage frappé comme du haut mal, écumant des naseaux, les yeux exorbités, son haleine dans le froid l'entourant de vapeur. Peu de gens, ce jour-là, avaient eu le courage de suivre la voiture, beaucoup gardaient la chambre, un bol de tisane brûlante contre le rhume à portée de la main. Les présents, engoncés dans leurs pardessus, que pouvaient-ils faire ? Entre les brancards, effondré, Bouquet lançait rageusement ses pattes en tous sens. Lui porter assistance, ç'eût été courir le risque de recevoir un coup de sabot ou de chuter soi-même. Tous firent donc cercle autour de Bouquet et du char, jusqu'au moment où l'animal, qu'on avait pu libérer des courroies, renonça à la lutte, se coucha sur le flanc, désespéré.

Simon le garagiste arriva bientôt avec la dépanneuse dont la grue servait à extraire les véhicules accidentés ou tombés dans le fossé. Les pneumatiques en étaient armés de clous qui lui donnaient prise sur la glace. On passa deux chaînes dans les anneaux d'attelle et du porte-brancard, puis on les réunit dans le crochet qui pendait à l'extrémité de la grue. Simon mit la machine en marche. Surpris de ne plus peser de tout son poids sur le sol,

Bouquet eut encore quelques mouvements convulsifs, mais il s'élevait lentement, comme une grosse bouée de chair et d'os. Puis la grue le redescendit avec précaution, le reposa d'aplomb sur ses quatre pattes. Alors, on s'aperçut que l'une d'elles était brisée, et qu'il faudrait bientôt, dès que les routes seraient praticables, le conduire au bourg, à l'abattoir. Il avait fait son temps.

Après l'accident, sitôt la première mort, chacun sut que le nouveau cheval ne donnerait guère satisfaction.

La tâche n'est pas si facile, pour aisée qu'elle paraisse. Certes, elle veut de l'expérience, mais plus encore du talent, et ces deux qualités Bouquet les possédait ; son successeur, non. Passe pour la première : elle s'acquiert, à la longue, du moins peut-on l'espérer. Le talent, voilà bien autre chose. L'important, grommelaient les anciens, ceux dont les jambes avaient cent fois grimpé derrière les convois, n'est pas de tirer le char tout bêtement, mais de savoir le tirer, nous voulons dire sans à-coups ni arrêts, continûment, d'un pas égal au long de la côte. Bouquet s'y entendait. Du bas jusqu'à l'église et jusqu'au cimetière qui l'entoure, son allure ne se modifiait pas, elle demeurait constante, les quatre fortes pattes se posant l'une après l'autre sur un rythme pareil à celui des gens qui suivaient le corps des défunts. Ce rythme, reconnaissable entre mille, accordait à ceux-là une certitude de vigueur, en contradiction avec la fragilité de l'existence, et d'autres y entendaient comme le bruit solennel des grands tambours qui se joindraient aux trompettes, le jour du Jugement. Bouquet ne transportait pas les morts vers leur trou, il leur tenait compagnie jusqu'au seuil de la paix, ses sabots frappant si gravement à la porte de l'Eternité qu'on ne pouvait douter d'en voir s'ouvrir les vantaux. Il atténuait ainsi le chagrin des familles et suggérait aux vivants que le char funèbre était une charrue à labourer le temps, sa marche droite y traçant un droit sillon, d'où viendraient des récoltes. Nos campagnes retrouvaient en lui les animaux psychopompes des plus anciennes religions, toujours prêtes à se réveiller dans les brumes automnales et les feux de l'inconscience.

Que se passait-il donc avec le nouveau ? Rien qui fût comparable.

Enervé peut-être par le grincement des roues, impatienté par l'allure retenue qu'on lui imposait, trop jeune et sans savoir, il variait sa marche, s'arrêtait tout soudain en pleine côte, indifférent aux objurgations, et d'un coup repartait, mais au petit trot, entraînant la vieille aragne dans une course hors de ses moyens. Les montants du toit semblaient alors mâts de navire en mauvais océan, tandis que les défunts, dans leur caisse, étaient secoués comme châtaignes sur poêle. Bref, il livrait la mort à l'agitation, aux cahots et saccades contraires à la sérénité des fins dernières.

Le village, comme la plupart, était habité surtout par des personnes d'âge, puisque les jeunes désormais préfèrent les villes et leurs spectacles, les cités où l'on danse quand on veut et pas seulement pendant les foires. Or, la côte étant rude, les anciens ne la gravissent qu'avec lenteur, d'un mouvement qui pas trop ne réveille les rhumatismes ou n'irrite les arthrites. Les accélérations du nouveau cheval, pour ces raisons, créaient souvent un espace entre la voiture et ceux qui la suivaient. Ce vide soudain, entre les vivants et leurs défunts, ne pouvait s'admettre. Il suggérait trop l'oubli, les tombes défleuries, les couronnes aux perles perdues. Force était alors de presser le pas, de courir presque, pour rejoindre le char. Le village ne voulait ni s'essouffler, ni laisser les morts parvenir à l'église dans l'abandon et la solitude.

Des incidents pénibles résultaient de l'inconduite du successeur. Une veuve, qui avait juré de suivre son époux dans la tombe, tant elle n'avait plus de goût à vivre désormais, dut s'arrêter en cours de route, afin de ne point étouffer, disait-elle, et chacun la comprit. Le curé, brave homme que la chasteté rendait obèse, du moins l'affirmait-il, et qui se tenait, comme il se doit, en tête du convoi, se vit à tel point talonné par le char qu'il lui fallut le laisser passer, au mépris des préséances qui donnent à l'homme, surtout s'il est ecclésiastique, le pas sur l'animal, dont on ne sait encore s'il possède une âme. Seuls les enfants de chœur, espèce toujours encline à l'hérésie, prenaient plaisir aux impudences du cheval, y trouvant prétexte pour courir et sautiller d'un pied sur l'autre, transformés, par l'envol autour d'eux de la robe et du surplis, en ballerines de casino.

Le prêtre, à l'instigation de ses ouailles, décida de passer à l'offensive. Il exigea de participer au prochain conseil municipal, pour y parler, selon ses propres termes, « d'une affaire grave concernant la Foi ». Elle concernait, chacun s'y attendait, le cheval et le corbillard.

On éprouva de l'agrément à son discours, où se mariaient le plaisant et le sévère, le temporel et le Sacré. Ce gros homme cachait en lui des trésors d'esprit : les morts et les affligés, d'après lui, étaient traités *cavalièrement* — et des joyaux de culture : le nouveau quadrupède fut comparé aux quatre de l'Apocalypse, lesquels n'annoncent rien de bon, c'est le moins qu'on en puisse dire. La cause du cheval était perdue, nul ne songeait à prendre sa défense, mais il n'en allait pas de même pour le char, qui gardait toujours des fidèles.

Devinant ces résistances, le prêtre se fit pathétique : « Mes frères, pleurerez-vous sur un corbillard, quand notre Divin Sauveur, par ses souffrances, est le premier à mériter vos larmes ? Songez plutôt à la côte du Calvaire ! Pensez au Golgotha ! Qui sait si la Croix ne fut point faite du bois d'un char funèbre... Tout ici-bas, hélas, doit mourir, les corbillards comme les hommes ! » Se souvenant enfin d'un de ses confrères, illustre prédicateur lui aussi, il lui emprunta sa péroraison : « Le corbillard se meurt, le corbillard est mort [1] ! »

Il le fut, en effet, bientôt. Simon le garagiste avait en réserve, dans son atelier, un fourgon automobile ; il le proposa. L'offre parut sérieuse aux messieurs du Conseil. Ils allèrent en corps examiner le véhicule, certains même le mirent à l'épreuve. Les essais donnèrent satisfaction complète : le fourgon gravissait la côte en première, sans foucades ni caprices, à vitesse d'homme. On en décida l'achat et l'aménagement, à une forte majorité. Il fut repeint de neuf, tout en noir, même les pare-chocs, couleur du deuil en nos régions, mais des filets blancs le décorèrent de nervures élégantes, et sur les côtés la tôle reçut les trois majuscules rassurantes du *Requiescat in pace*, R.I.P.

Rip, d'ailleurs, devint son surnom. On parla de Rip comme hier de la vieille aragne, et Rip, convenons-en, faisait plus gai, car c'était le titre d'une ancienne opérette à succès, dont beaucoup fredonnaient encore les airs. A l'intérieur, on disposa deux bancs, pour que les proches parents des défunts pussent, à leur gré, cacher leurs larmes aux yeux de tous et gravir la pente sans ajouter de fatigue physique à leur épuisement sentimental. Quatre

---

1. Nous citons ici *La Gazette du Diocèse*.

plumets de nylon, disposés aux quatre coins, parachevaient l'enjolivement.

Longtemps meneur de la voiture à cheval, Rousset obtint son permis de conduire les poids lourds, et devenu chauffeur, il eut droit à un uniforme de drap noir, avec casquette à visière du plus beau jais. Par un curieux retour du passé, le surnom du précédent corbillard lui fut attribué. Tiens, voici la vieille aragne, s'exclamait-on, quand il entrait, après un enterrement, au *Café de l'Espérance*. De vrai, c'était moins plaisanterie que définition, car Rousset avait la jambe maigre et longue, les bras de même caractère, quelque chose d'arachnéen dans les gestes, que le costume funèbre accentuait. Loin de le distraire, l'héritage du sobriquet lui causa de la peine, et certains assurent qu'il fut ainsi condamné à demeurer célibataire, les garces du pays prétendant qu'il sentait le cadavre. Il en résulta pour lui — rien ne la pouvait dissiper, pas même l'alcool — une désolante mélancolie.

Le village n'en éprouvait-il pas ? Des confidences permettent de le croire. Hier, du temps de Bouquet et du char, au moins pendant la belle saison, chacun entendait le bruit des roues et même celui des sabots, et c'était la vie. Elle passait déguisée en mort, mais personne n'était dupe de son masque. Au grincement l'été empruntait sa dimension. L'ampleur des campagnes se mesurait à cette cigale parmi les cigales, à ce martèlement de sabots pareil au battage du blé sur les aires. Maintenant, comment s'y reconnaître ? Le roulement du fourgon se mêle à celui des automobiles qui montent vers l'église. Le ronflement de son moteur se confond avec celui des autres moteurs. Hier, à l'encontre de ce que profèrent les moines de certains monastères, le bruit du corbillard semblait dire à tous : « Frères, souvenez-vous qu'il faut vivre » — et vivre comme vit la terre, pour qui la mort n'est, au fond, que simulacre.

Sur la place de l'église, les gens regardaient toujours les collines, les champs, les forêts, les routes, les rivières, l'ample cercle que l'on dominait de là-haut, mais le cercle ne tournait plus autour d'eux, la grande roue restait immobile, à croire qu'elle n'avait plus d'axe autour duquel se mouvoir. Le village avait perdu son essieu, dont naguère on pouvait entendre le craquement, comme on entend les insectes travailler dans le bois des vieilles poutres, y creuser les galeries de leurs cités secrètes.

Maintenant, en toutes saisons, la mort était silencieuse. Elle avançait sans faire de bruit. Et seules les chauves-souris, dans les greniers et les granges, à la nuit, crissent, comme hier le moyeu.

Max-Pol FOUCHET

LA MAISON DU SILENCE

Alain Gerber

Je n'avais que huit ans et quand on m'accordait la permission de jouer, j'empruntais le chemin de sable qui mène à la clairière jonchée d'aiguilles de pin, où flotte l'odeur bleutée du lac qu'on ne voit pas encore.

Mes jeux étaient un mystère pour tous et, pour moi, une patiente ivresse. Je marchais à pas comptés entre les arbres, le plus lentement possible. Je fermais les yeux, serrant les paupières si fort que toute ma tête se mettait à vibrer et que j'éprouvais une sensation de vertige.

Ce rituel visait à l'abolition des apparences. Des milliers de points lumineux, déclinant dans le noir, remplaçaient le décor familier. Et tandis que je luttais farouchement, les mâchoires soudées, pour ne pas perdre l'équilibre, je me laissais pénétrer par les plus sourdes rumeurs, les échos les plus ténus, les parfums fugitifs : toutes ces nuances infimes, constamment changeantes, qui révèlent et dérobent, en un mouvement de spirale, le visage interdit de la réalité.

Et souvent, lorsque enfin je m'abattais à plat-dos sur le sable, épuisé, l'ombre des arbres avait envahi la clairière et leurs cimes tournaient au-dessus de moi, très haut, très loin, comme si j'avais observé leur manège du fond d'un puits. L'espace d'un instant, qui me semblait toujours trop bref, les couleurs de toutes choses étaient mêlées d'or et d'argent. Elles lançaient des flammes qui blessaient mes prunelles, puis les pins s'immobilisaient et les apparences reprenaient possession du monde, telle la marée qui recouvre les signes tracés sur le rivage par une main surhumaine.

Le goût de la solitude ne suffit pas : il faut aussi en avoir les moyens. J'étais le seul enfant dans ce village. Mon frère avait quinze ans de plus que moi et nous nous ignorions. Démobilisé au mois de juin, il vint aider aux travaux des champs et resta parmi nous jusqu'à son arrestation, le 16 octobre. Lorsqu'il descendit du car dont il était l'unique passager (et qui, pour cela sans doute, l'avait conduit jusqu'à notre maison, au lieu de s'arrêter devant l'église), je me trouvais dans la cour, occupé à je ne sais plus quelle besogne.

C'était la première fois que je le revoyais depuis cinq ans. Avait-il beaucoup changé ? En tout cas, je n'ai pas eu besoin de le reconnaître pour comprendre qui il était. Il m'a tendu sans un mot un paquet de sucreries entamé, un bonnet de police bleu pâle à liseré rouge, qu'il avait plié en deux et serré dans une poche de sa veste de chasse en velours, bien trop chaude pour la saison.

Tout de suite, il m'a déplu — impression qui, je crois, fut largement partagée. D'ailleurs, peu de gens m'étaient d'un commerce agréable, et la plupart de ceux qui me rencontraient me trouvaient, quant à eux, terne, renfermé, en tout point dépourvu des charmes de mon âge. Je me félicitais secrètement de leur désaveu, sans aller pour autant jusqu'à le provoquer par des manquements délibérés aux convenances. La prudence dont j'entourais mes paroles et mes actes, dès que je n'étais plus seul, avait le don d'exaspérer mon père.

La maison que j'aimais n'était pas celle où il me fallait vivre le plus souvent, sous le regard d'autrui et dans un perpétuel brassement de voix. C'était l'autre, un peu en contrebas, à mi-chemin du lac et de la clairière : la maison du silence. Un simple chalet, gracieux toutefois avec sa balustrade de bouleau et ses deux vérandas exposées, l'une pour voir monter le soleil à travers la brume, l'autre pour le regarder, s'abîmer dans les collines sanglantes.

Un oncle de ma mère l'avait fait bâtir autrefois, désignant lui-même aux bûcherons, l'un après l'autre, les arbres qui lui paraissaient dignes de mourir pour l'édification de cette retraite (qu'il n'habita jamais, préférant s'expatrier à l'île Maurice sur un coup de tête, avec pour seul viatique quelques contes de Joseph Conrad, dans une édition dédicacée par l'auteur). Comme il n'y avait pas de serrure à la porte, les trois pièces servaient d'abri aux chasseurs du voisinage, quand un orage menaçait. Ceux qui venaient de plus loin y dormaient quelquefois, veillant scrupuleusement à l'entretien des lieux en vertu d'un pacte tacite.

L'été, une fois l'an, ma mère organisait pour nous un piquenique. On s'asseyait sur les marches de la véranda et, tout en mastiquant un morceau de volaille froide, on cherchait à repérer les reflets de l'eau dans les interstices du feuillage. On se baignait après la digestion ; le lac était d'huile noire et, à trois brasses du bord, n'avait plus de fond. Mon père, alors, s'arrêtait de parler et de rire : il contemplait le ciel, longuement, puis la terre entre ses genoux. Il semblait avoir le regret de quelque chose — peut-être d'avoir trop parlé, trop ri — et le soupçon me traversait, en ces instants privilégiés, que nous n'étions pas si différents l'un de l'autre. Je retenais mon souffle. J'attendais, le cœur serré, le soupir qu'il allait pousser, si lourd, si mélancolique, juste avant de se relever et de rajuster sa cravate. Puis la lumière virait subtilement et les rayons de soleil, entre les arbres, se chargeaient d'une poussière dorée, roulant en écharpes diaphanes.

Les jours étaient pareils aux jours, à perte de vue. En ce temps-là, l'été s'annonçait vers le milieu du mois de mai et se prolongeait fort avant dans l'automne. Simplement, au début, le ciel était plus mobile. A la fin, les arbres changeaient de couleurs ; les crépuscules, plus précoces, sentaient le pain chaud ; ils enveloppaient la terre d'une coulée de miel. Peu à peu, les après-midi cessaient de bourdonner à nos tempes, l'eau du lac se ridait, les chasseurs arpentaient les rives, les premières feuilles se détachaient des branches et moi, je quittais la clairière pour loger mon désarroi dans la maison du silence.

L'autre maison était construite à flanc de colline, légèrement à l'écart du village. Mon frère avait repris possession de sa chambre. Plutôt que de partager son odeur (un remugle de linge acide et de vieux fer l'environnait en permanence), j'étendis mon matelas dans la touffeur des combles. Certains soirs, la poussière mêlée de suie collait à ma peau moite comme de la sciure de bois. J'étais toujours le premier levé. Entièrement nu, j'escaladais l'abreuvoir et m'y laissais couler les yeux ouverts, pour admirer, à travers l'eau le vaste balancement du ciel.

Depuis le retour de mon frère, notre père se montrait un peu plus taciturne. Mon frère décourageait tout dialogue, restant des jours entiers sans desserrer les dents. Lui arrivait-il de rire ? Son rire était amer et bref, suivi d'un haussement d'épaules. Tandis que notre père débitait d'anciennes plaisanteries, à la fin des repas, mon frère taillait des bâtons. Je ne riais pas non plus : ces plaisanteries n'étaient pas pour moi. Notre mère feignait de ne pas les entendre. Aussi riait-il seul, avec une sinistre persévérance, pour masquer son dépit.

Dans les premiers jours du mois d'août, le ciel prit l'aspect d'un immense bloc d'acier. Ma soupente se métamorphosa en fournaise. J'obtins d'aller dormir sur la galerie, à l'arrière du bâtiment. Les vignes abandonnées dévalaient la pente, jusqu'à cette bande de cailloux, aride et pâle, qui rappelait qu'en une autre saison, un ruisseau murmurait au fond de la vallée. Même les étoiles semblaient brûlantes. C'est alors qu'un matin, émergeant de l'abreuvoir, je vis s'avancer Mylenha, telle une déesse des vieux livres, un éclair d'argent à la main...

Il s'agissait en fait d'une petite valise en fer blanc — un de ces pauvres objets que bradent les colporteurs — sur laquelle s'acharnait le soleil. Mylenha marchait vers moi ; la réverbération, déjà, faisait vibrer la route, onduler les piquets et jetait contre les murs de torchis d'incandescentes éclaboussures. Les deux mains plaquées sur mon ventre, je courus me réfugier à l'intérieur de la maison.

J'ai beaucoup aimé Mylenha. Trente ans plus tard, l'idée me vient qu'elle fut le seul être que j'aimai du premier coup, le seul que j'aimerai à jamais. Bien des choses sont mortes en moi, mais il me reste cet amour, qui me survivra (et qui sans doute, d'une certaine façon, m'avait précédé). Mylenha, me dis-je, est l'autre nom de ton âme, Anton. Prononce-le à voix basse, et souvent.

Les jours avec Mylenha furent comme ma maison de silence : un morceau d'éternité. Je ne sais pourquoi, du moment où elle entra chez nous, on me laissa jouer dans la clairière tous les après-midi. Je fermais les yeux et je la contemplais encore, car elle existait au-delà des apparences, avec sa chevelure qui ployait sa nuque en arrière, offrant son visage aux promesses des lointains. Avec sa robe étroite et légère, boutonnée sur le devant. Avec ses sandales dorées, qui glissaient sur le parquet, dans la chambre de mon frère. Et le gonflement de sa lèvre, parfois.

Mylenha riait de bon cœur aux propos de notre père. Mon frère refermait son couteau et se levait avec violence. Il n'était plus hautain, mais irascible. Il brisait ses bâtons sur son genou. Un jour, je l'entendis hurler : « Continue comme ça avec le vieux, et tu n'auras même plus l'occasion de le regretter ! » Lorsqu'elle riait, Mylenha secouait la tête et ses cheveux volaient autour d'elle.

« Que peux-tu bien fabriquer là-bas toute la journée, Anton ? » me demanda-t-elle.

Je me troublai, parce que j'ignorais la réponse.

« Je regarde, dis-je enfin, avalant ma salive avec peine.

— Et qu'y a-t-il de si intéressant à voir ?

— Rien, dis-je.

— Tu es un étrange garçon, Anton.

— Il y a une clairière, dis-je... Et puis la maison.

— La maison ? »

Nous étions seuls. Les autres rassemblaient la moisson. Je l'aidais à préparer le repas.

« La maison du silence, près du lac.

— Je ne savais pas que le silence habitait quelque part », dit-elle. (Et, presque aussitôt, son sourire s'éteignit.)

« Viendrez-vous la voir, Mylenha ? »

Elle scruta ma figure avec attention, repoussant machinalement une mèche de cheveux avec le dos de sa main blanche de farine.

« Si tu m'invites, Anton.

— Je vous préparerai du thé », promis-je.

Pendant des semaines, il ne fut plus question de cette visite. Mais j'avais apporté là-bas tout ce qui me serait utile pour faire du thé, le moment venu. Mon père et mon frère ne s'adressaient plus du tout la parole. Le calme des soirs était à peine troublé par les chuchotements des femmes, qui conversaient sur la galerie, assises côte à côte, leurs regards parallèles fixés sur l'autre versant de la vallée, où brillait une lumière unique, quelque fragile balise assaillie par les ténèbres. Jamais je ne veillai assez longtemps pour la voir s'évanouir. Dans son obstination solitaire, cette lueur prenait à mes yeux une signification pathétique. Chez nous, on restait dans le noir, sous prétexte de se garantir des moustiques ; mais je savais bien qu'une lampe aurait brûlé sur la table, si nous avions redouté quelque chose ensemble, plutôt que d'avoir peur les uns des autres. Au moins n'avais-je pas peur de Mylenha, mais nous n'étions plus jamais seuls tous les deux.

J'emportais son visage dans mon sommeil. Je le retrouvais sous mes paupières, m'étant allongé sur le parquet disjoint de la véranda la plus fraîche, dans la maison du silence et des étés sans fin. Ce visage-là. Le visage interdit de la seule réalité qui valût la peine, et que je ne pouvais même pas nommer...

Le vol des oiseaux devint plus vif et plus ample. Insensiblement, des vapeurs reparurent au-dessus du lac, s'élevèrent de plus en plus haut entre les arbres. On devinait que l'invisible horizon ne se trouvait plus à la même place. C'était le commencement de l'automne. Les ombres étaient froides ; le ciel repartait en voyage et de soudaines pâleurs lui faisaient escorte. Le métal de la bouilloire lançait dans la pièce du fond des reflets assourdis. Bientôt, le premier chasseur s'approcherait et s'immobiliserait au pied des marches, frappant dans ses mains pour signaler sa présence et se concilier l'esprit des lieux. Avant de repartir, il suspendrait une offrande à la balustrade, au moyen d'un cordon rouge. Ma mère accommoderait la pièce de gibier, observant dans ses moindres détails une recette à quoi la tradition conférait la gravité d'un rite. Et le lendemain matin, le sable ressemblerait à de la cendre.

La paradoxale amertume de mon frère s'était encore exaspérée. Vers le milieu du mois d'octobre, alors que j'avais regagné les combles, je fus tiré de mon sommeil par des éclats de voix provenant de sa chambre.

Il adressait à Mylenha des paroles abominables, entrecoupées de jurons, de coups de botte assenés par terre et de menaces confuses. Je quittai mon matelas et m'allongeai sur le sol afin de pouvoir y coller l'oreille, mais mon frère avait brusquement retrouvé son calme. Je l'entendis seulement qui disait : « Oui ! Ton âme aussi, Mylenha, ton âme aussi ! Est-ce ma faute si la guerre a fait cela de moi ? Oh ! mon Dieu ! mon Dieu ! » Puis quelqu'un se mit à sangloter dans ses mains et je crus tout d'abord que c'était Mylenha, mais je me trompais.

Quand je compris ce qui se passait réellement au-dessous de moi, je sentis que mon cœur se transformait en une pierre glacée, qui se décrocha et roula jusqu'au fond de mes entrailles. Sous mes couvertures, je me mis à claquer des dents. J'aurais donné ce que j'avais de plus cher si cela avait pu me faire perdre le souvenir de l'inintelligible et intolérable désespoir de mon frère. Ce mystère que je venais de frôler, il aurait mieux valu pour moi que je n'en pressente jamais l'existence.

L'après-midi du jour suivant, je me trouvais dans la clairière. Il faisait encore chaud, mais l'air était d'une grande légèreté. L'odeur capiteuse des pins, ces dernières semaines, s'était estompée au point de n'être plus que son propre fantôme. Les autres essences offraient le somptueux spectacle du trop court triomphe qui précède l'agonie des feuilles : le seul moment de l'année où la secrète beauté du monde perce le voile des apparences.

Je gardais les yeux bien ouverts et le vertige me visitait quand même. Du fond de ces images chavirées, cette fois encore, je vis s'avancer Mylenha.

« Tu n'as pas oublié ta promesse, Anton ? » me dit-elle.

Son visage et sa voix me parurent empreints de lassitude. Mais mon bonheur était trop grand pour que je m'arrête à d'aussi fragiles impressions.

Elle me suivit sur le sentier, dans sa robe du premier jour, avec sa chevelure dont les vagues profondes mouraient à présent dans le creux de ses reins. Du lac nous parvenaient des froissements fugaces et des appels d'oiseaux. La balustrade de bouleau remuait un peu sous ma main. Nous sommes entrés dans la maison du silence.

Aucun mot n'aurait pu franchir mes lèvres. Je lui ai simplement désigné, d'un geste de la main, la bouilloire et les autres objets. J'ai procédé aux premières manipulations. J'ai allumé le feu que j'avais amoureusement construit dans le foyer de la cheminée, quand la forêt sentait encore le gril et la boulange. Je suis allé chercher de l'eau.

A mon retour, elle s'était installée au centre de la pièce, assise sur ses talons au bord du losange de lumière rousse découpé par la fenêtre. Ses genoux, dépassant de la robe, prenaient appui sur le plancher (que j'avais balayé chaque jour au moyen de branches coupées). Lorsque le thé fut prêt, j'emplis un verre et le lui présentai.

Un instant, elle le tint entre ses doigts puis, sans incliner le buste, le reposa devant elle. Une indéfinissable émotion me submergea ; un frisson remonta le long de ma colonne vertébrale. Ce que j'éprouvais ressemblait à de la peur, mais ce n'était pas de la peur. Mylenha ne m'avait pas quitté des yeux. Elle approcha lentement de son cou la main qui avait porté le verre.

« Tu m'as révélé un grand secret, Anton, murmura-t-elle. Que demandes-tu en échange ? »

Je secouai la tête, plus mort que vif, mais ce n'était pas la peur qui provoquait mon trouble.

« Il faut me demander quelque chose, dit-elle encore. Chacun doit obtenir son dû. »

Même si j'avais été capable de parler, je n'aurais pas su quoi répondre.

« Ne reste pas ainsi. Assieds-toi devant moi. »

Je lui obéis, adoptant la même position qu'elle, le dos à la fenêtre. J'eus conscience, ce faisant, que je tremblais de tous mes membres. Sa main droite continuait de s'élever.

« Anton, me dit Mylenha, son regard violet emplissant mon regard, il n'y a rien à comprendre, le sais-tu ? Le silence n'est que le silence et lui seul habite la maison du silence. As-tu deviné cela ? J'ai l'impression que tu devines beaucoup de choses... Un jour, avec le temps, tu te rendras compte. Tu es différent, c'est vrai, pourtant... Écoute bien, Anton. Nous boirons ce thé tout à l'heure, rien ne presse. Chacun de nous a sa maison de silence. Ton père, ta mère, ton frère. Et moi... Je veux te la montrer, ma maison, pour que tu t'en souviennes plus tard, si comme je l'espère tu demeures le même garçon qu'aujourd'hui. »

Sa main se referma sur le bouton supérieur de sa robe.

« Regarde », dit-elle.

Elle dégrafa ce premier bouton, puis les quatre suivants, posément, presque paresseusement, et quand elle eut terminé, elle porta sa main gauche à la hauteur de sa main droite.

Elle allongea les pouces contre les pans du corsage et glissa les autres doigts entre l'étoffe et sa chair. Alors elle écarta largement les mains, remontant à mesure vers le col de la robe, de manière à dégager ses épaules et à maintenir béante l'échancrure.

On eût dit qu'une flamme d'ivoire avait jailli de cette brèche et s'apprêtait à embraser la pièce. Je fus ébloui par cette explosion de blancheur. Instinctivement, je levai le coude pour protéger mes yeux. Mylenha, cependant, restait comme pétrifiée, l'or poudreux des automnes se déposant en fine couche contre ses seins, tandis que l'ombre de ma tête s'allongeait imperceptiblement jusqu'à ses genoux, remontait vers l'ourlet de sa robe.

Maintenant, elle regardait à travers moi, par la fenêtre grande ouverte, et moi, en vérité, je ne cherchais plus ni la fascination, ni le refuge ni les obscures confidences de ce regard. Une autre énigme accaparait tout entier mon esprit, mon cœur et mes sens.

112

Et c'était en effet la plus silencieuse de toutes les questions que le silence pouvait se poser à lui-même. Je comprenais qu'il n'y aurait jamais de réponse, nulle part en ce monde et que de cela, oui, de cela je me souviendrais plus tard, et plus tard, et plus tard, et jusqu'au terme de ma vie.

J'aurai bientôt quarante ans et je n'ai pas oublié. Nulle journée ne s'épuise, nulle nuit ne creuse la détresse des faubourgs, sans que je songe à cette minute éternelle et que j'observe, à l'abri de mes paupières closes, la gorge douce et blonde de Mylenha, entre les pans à jamais écartés de l'étoffe.

Ce jour-là, pourtant, dans la maison du silence, je fus distrait de cette vision poignante. Un bruit inattendu parvint à mon oreille, depuis le sous-bois qui monte vers la clairière aux aiguilles de pin. Je regardai par la fenêtre. Je détournai les yeux de la réalité ultime.

Un homme venait parmi les arbres, le fusil à la main. Ce n'était pas un chasseur. C'était Kosma, c'était mon frère.

Alain GERBER

PERMAFROST
OU
L'HOMME QUI VOULU RENCONTRER
LE PRINTEMPS

Jacques Lacarrière

Curieux comme cette neige insiste sur les choses. Elle semble légère, égarée entre ciel et terre mais finalement elle tombe. Oui, elle tombe ! Et pourtant, chaque fois qu'il prenait un flocon dans ses mains, il se disait : comment fait-il donc pour tomber ? Il est si léger, plus ténu qu'un flocon de laine. Il devrait flotter ou s'envoler vers les étoiles. Pourtant, il tombe. Et tous les autres en font autant. Besoin d'imitation peut-être. Ou manque d'imagination. Flocons de neige, flocons de laine, tous des moutons ! Elle durait vraiment longtemps, cette neige, pour une eau provisoire, un cristal éphémère. Moins, c'est vrai, qu'en d'autres périodes de la terre, à l'époque glaciaire par exemple. Comment ont-ils fait alors, tous ceux qui n'avaient rien ou presque rien pour se chauffer — et en tout cas ni mazout ni électricité —, comment ont-ils donc fait pour résister et pour survivre ? En fait, il avait son idée là-dessus et se disait que de nos jours, en cas de nouvelle glaciation, il n'était pas très sûr qu'on y résisterait comme au temps des cavernes. Oui, il avait sa petite idée sur cette survie providentielle des hommes préhistoriques : tout simplement, ils ne savaient pas qu'il s'agissait d'une glaciation. Ils ne savaient pas qu'ils étaient à l'époque glaciaire. Ainsi purent-ils survivre grâce à l'absence de média et de moyens d'information. Car s'ils avaient dû subir quelque émission radio du genre : *Et voici le bulletin quotidien Glaciation*, ils auraient fatalement appris que ce froid s'étendait sur la moitié du globe et que — selon les prévisions les plus optimistes

— il durerait encore dix mille ans. Heureusement, par cette absence inespérée de presse et de radio, l'espoir put demeurer en chacun d'eux. Et une flamme secrète perdura qui leur disait qu'un jour le printemps finirait bien par revenir. C'est cette flamme-là — et elle seule — qui était venue à bout des glaciers...

Dehors, la neige persistait donc depuis un temps qui lui parut quasi incalculable : semaines, mois, années ? Il avait l'impression qu'il était né avec cette neige, qu'il avait grandi avec elle. Mais ce qui le frappait était moins cette toison obstinée et, d'ailleurs, de moins en moins blanche que l'empreinte amère qu'elle laissait dans les esprits. Car à l'inverse de leurs ancêtres des cavernes, ses contemporains semblaient capituler devant le froid, se résigner à l'enfermement. Chacun restait chez soi, calfeutré dans son attente ou dans sa peur. Comme si partout cette neige ne bloquait pas seulement la circulation des hommes mais également celle des idées. Serait-ce une nouvelle glaciation, non encore intégrée à la classification de Riss et de Mindel ? Mieux valait ne pas poser cette question. Tout au moins de vive voix. On n'imaginait pas — dans le climat régnant ici — un journaliste innocent (ou pervers) demandant aux Autorités : ce froid va-t-il durer encore dix mille ans ? C'est alors que l'information eut été elle aussi gelée sur les antennes ! Mais après tout cela était dans la logique des choses, je veux dire dans la logique de la planète. La Terre, depuis des milliers d'années, ne cessait de se refroidir (même si certains savants portés à l'optimisme croyaient déceler ici et là des zones locales de réchauffement) puisque le soleil là-haut faisait de même. Un jour, on le savait, il perdrait ses flammes, sa couronne de roi des astres et ses si belles protubérances. Quand ? Pas dans l'immédiat, c'est certain, mais les calculs étaient faits et on pouvait les consulter aux instituts d'astrophysique : dans trois cents millions d'années *environ*. Soit. Voilà qui donne un peu de répit, songea-t-il, pour résoudre les contradictions du socialisme et du capitalisme. Et puis, de toute façon, cela ne changeait rien à cette neige insolente, agressive, comminatoire. Etouffante, surtout.

Les hommes ne se parlaient plus ou se parlaient très peu. Et de préférence sur des sujets anodins : la pluie et le beau temps, par exemple. Encore que même cela n'était guère facile : le beau temps, on ne pouvait en parler qu'au futur. Quant à la pluie,

116

depuis que durait cette neige, on avait presque fini par l'oublier et par souhaiter qu'elle tombe. Au moins, elle serait signe de dégel. Si bien qu'on parlait surtout de la neige mais discrètement, à mots *couverts*, comme le temps — si l'on peut dire. Les Autorités n'appréciaient qu'à moitié ce genre de conversation. Car la neige — faut-il le répéter ? — était aussi dans les esprits. Et les mots : froid, gel, glacier, glacis (et d'autres moins courants, comme inlandsis ou permafrost) prenaient des résonances étranges et, pour tout dire, subversives. La neige elle-même devenait un sujet délicat car on ne savait jamais très bien laquelle était en cause : la vraie ou l'autre ? Et jamais, dans le secret des chambres et des bibliothèques (celles du moins que n'avaient pas encore visitées les grands inquisiteurs), on n'avait tant consulté les théories des glaciologues et les ouvrages de glaciologie. Ceux-là, pour le moment, n'étaient pas encore interdits. A toute chose malheur est bon, songea-t-il. Le frimas persistant engourdissait quelque peu les esprits, à commencer par ceux de la censure.

Aussi dans les appartements, à voix feutrée, ou dans les rues, à voix très basse, les conversations avaient d'étranges allures scientifiques. Des noms bizarres, inconnus jusqu'alors de la foule, firent leur apparition : ceux des savants qui avaient eu autrefois le courage de baptiser de leur nom propre les différentes périodes glaciaires et même interglaciaires, Wurm, Riss, Mindel et Gunz. Mais on s'intéressait surtout à la dernière en date, la cinquième d'après la classification de Von Lizorski et les plus audacieux recopiaient à la main et diffusaient clandestinement les pages du traité où il la mentionnait : *Cryopédologie. Etude des sols gelés.*

« ... *C'est avant tout entre l'Elbe inférieur et la Vistule moyenne, avec quelques langues de décharge ou iceström jusqu'en Bohême, que les vallées primitives héritées de la grande glaciation se sont maintenues jusqu'à nos jours. Et elles servirent à nouveau de voies d'écoulement pour les eaux de décharge glaciaire lorsque la dernière des glaciations — dite de la Vistule — occupa non seulement les "croupes baltiques", c'est-à-dire la région des collines comprises entre le Schleswig-Holstein et la Prusse orientale, mais encore les dépressions situées au sud. Alors, ces vallées primitives devinrent des vallées mortes et leur dessin perdit sa netteté, tout en restant plus ferme dans les régions voisines de l'Ouest.* »

Un véritable brûlot, cette étude des vallées glaciaires ! Quant aux causes de la glaciation — de la nouvelle, celle qui s'étend jusqu'à nos jours — et de cette neige persistant sur les choses et les êtres, un autre traité en parlait, qu'on se passait de mains en mains : le *Climatic accidents in Northern and Central Europe* (œuvre d'ailleurs d'un glaciologue néo-zélandais de Christchurch) où l'on pouvait lire : « *... le refroidissement qui est à l'origine de la glaciation quaternaire a débuté à une date estimée, suivant les méthodes, à 500 000 ou un million d'années. Cette glaciation — dont certains effets se font encore sentir en ces régions — résulte de causes planétaires, le relief n'intervenant que comme un facteur secondaire sur la répartition de ce glacis* ».

Cette dernière phrase avait tout, à ses yeux, d'une lapalissade ou d'une provocation. Le relief, c'était évident, n'avait pas grand-chose à voir avec leur vie présente, avec l'engourdissement de ce glacis. Il croyait davantage, lui, aux fameuses causes planétaires. Mais si les causes sont planétaires, c'est en haut lieu qu'il faut alors résoudre le problème, en haut lieu qu'il faut rechercher le Printemps. Le retenait-on quelque part ? Etait-il prisonnier d'une secte, d'un parti politique, voire d'un groupe d'écologistes résolus n'ayant trouvé d'autre moyen de protester contre les atteintes au climat qu'en séquestrant le Printemps parmi eux ? Il fit part de son projet à un ami, à mots *couverts* comme il se doit :

— Le sol ne peut rester gelé en permanence. Le pays ne peut demeurer un éternel permafrost. Je vais à la recherche du Printemps.

— Mais comment vas-tu quitter l'inlandsis ?

— Je verrai. Inutile, de toute façon, de solliciter un visa. On ne délivre pas de visa valable pour toutes saisons. J'irai par mes propres moyens. Le difficile, c'est de percer le front glaciaire, d'éviter les séracs aux frontières.

— Prends garde aussi aux blocs erratiques. Aux laissés-pour-compte des glaciers. Plus d'un erre aujourd'hui en des pays où il est inutile.

— J'y veillerai.

Sur ces mots, ils se séparèrent.

L'homme partit vers le Printemps. Il lui fallut d'abord traverser longtemps des gélisols, des sols gelés en leur surface où ne poussaient ici et là que des pensées sauvages... Comment font-elles pour croître ici ? se dit-il. Que peuvent-elles bien trouver sous

118

cette croûte de glace ? Pourtant, elles poussent... et il songea à Galilée. Au-delà commençait un pays moins gelé, moins sauvage, avec par endroits des nunataks, des sommets émergeant de la glace couverts d'une rase végétation. La terre aussi lui semblait arasée comme le crâne d'un déporté. Seules, des touffes d'arbres, des arbustes en épi ébouriffaient le crâne, torturés par les vents. Et des buttes émergeant sans grâce d'une sorte de toundra. « Tant que je suis dans les pages d'un livre, pensa-t-il, je suis en sécurité. Le drame — et les problèmes — vont commencer quand les pages vont se terminer, et que, devant moi, je rencontrerai le premier perce-neige. Là, il faudra que j'ouvre l'œil. »

Il ouvrit l'œil et il le vit très vite, ce premier perce-neige, ce premier signe que la glaciation prenait fin. Il s'étonna un peu de le trouver seul dans la steppe et sans aucune surveillance. Il sortait librement de la dernière neige, poudreuse et fine, agonisante en somme. Le Printemps devait être proche et loin, les terres de Permafrost. Il se mit à marcher plus vite dans la tiédeur insolite du jour. Un jour or et rose comme une aurore qui ne finirait pas. Et il comprit qu'il venait d'arriver vraiment au pays du Printemps quand il vit, blanche et nette, la première maison entourée du premier jardin où poussaient, en bouquets jaunes et denses, les premières primevères. D'abord il n'en crut pas ses yeux — il n'en avait plus vu depuis de si longues années —, et il les regarda comme ces fleurs rares, inaccessibles, des montagnes qui survécurent aux périodes glaciaires et qui portent des noms chantants : astragale des Alpes, saxifrage-toujours-verte, androsace, mousse d'azur, gentiane printanière... Elle aussi, cette primevère, lui parut être une survivante des grands froids. Et, l'habitude aidant, il songea à ce traité de climatologie qu'il lisait et relisait le soir à ses amis, où il était écrit : « *Les contrastes de densité entre les différentes zones climatologiques provoquent des déséquilibres expliquant les mouvements de l'air. Ainsi, lorsqu'elles surviennent, les masses chaudes et claires compensent l'infériorité des régions à bilan thermique déficitaire.* » On ne pouvait mieux dire. C'est là exactement tout ce qu'il ressentait : la fin pour lui d'un long bilan thermique déficitaire. Et d'instinct, il rendit grâce aux mouvements advectifs et convectifs de l'air qui avaient permis ce miracle : des touffes de primevères.

Une femme apparut sur le seuil et le regarda, étonnée. Elle

avait de grands cheveux ébouriffés, nimbant son front comme des rayons qui lèvent.

— Je regarde vos primevères, dit-il. Ce sont les premières que je vois. Quand donc ont-elles fleuri ?

— Ici, elles poussent et elles fleurissent toute l'année, répondit-elle. Et l'homme eut l'impression qu'un zéphyr caressait son visage.

— Toute l'année ! Comment est-ce possible ?

— Demandez-le lui, fit le zéphyr.

— A qui ?

— Au Printemps. Il sort d'ici. Il ne peut être loin — et son bras — or et rose — désigna un point vers l'horizon.

L'homme reprit son chemin. « Cette fois je ne suis plus dans un livre mais dans une peinture », se dit-il. Et il est vrai qu'autour de lui les choses — prés, haies vives et ruisseaux — semblaient illuminées de l'intérieur, brillant d'une patine douce comme sur les vieux tableaux de paysages. L'air était transparent, et l'horizon à portée de voix d'ange. Un arc-en-ciel jaillit de la paume de l'homme ou parut en jaillir car il irisa tout. Une lumière plus vive scintillait derrière le bosquet. Il s'approcha. Un jeune homme était étendu, une jambe allongée sur le sol, un coude replié. Il regardait le ciel. Il était blond, avec un visage poupin, des yeux bleus et un rire sur le visage. Non, pas un rire exactement mais un sourire étrange qui ne le quittait pas. L'air bruissait d'ors.

— Vous êtes... le Printemps ? demanda l'homme.

— Je suis le Printemps.

— Alors, venez vite chez nous. On vous attend depuis si longtemps. Pourquoi restez-vous là ?

— Ma place est ici... pour l'instant. Et j'ai encore beaucoup de terres à parcourir. Je viendrai chez vous. Plus tard.

— Pourquoi plus tard ? Venez maintenant. Venez tout de suite !

— Ce n'est pas moi qui commande au soleil. Je fais ce qu'il me dit. Mes amis les climats sont des frères inconstants. Et puis, je ne peux venir seul. Il faudrait prévenir l'Eté, puis l'Automne. Vous voyez bien que ce n'est pas si simple...

— Mais pourquoi restez-vous à l'écart ? Qui vous a dit de nous ignorer ?

Le jeune homme se releva légèrement et se tourna vers lui. Ses yeux bleuirent plus encore et le sourire demeura sur ses lèvres :

— Vous savez bien, murmura-t-il. Les causes planétaires...
Quand le soleil me le dira, j'irai. Je vous promets. Pour l'instant, je
ne peux y aller. Je ne veux pas qu'on me mette en prison.

— En prison ? Comment pourrait-on vous emprisonner, vous ?

— Cela arrive quelquefois. Cela m'est déjà arrivé. Bien sûr, je
n'y reste jamais longtemps. Mais... je n'aime pas l'ombre, vous
savez. Que deviendraient les autres pays, ce temps-là ? Je revien-
drai quand le climat le permettra.

Il avait prononcé ce mot avec une nuance de tristesse. Le Printemps n'aimait pas parler du froid et des prisons. Mais son sourire persista. Le Printemps ne pouvait être vraiment triste.

— Je peux vous toucher ? Vous toucher la main ? demanda
l'homme.

Il s'approcha. Le Printemps se leva et les arbres aveuglèrent de
lumière. A l'homme, il tendit sa main — or et rose.

— A demain, lui dit-il. Aussitôt que le soleil me le dira... et il
s'éloigna en effleurant les herbes.

Est-ce tout ? J'ai oublié de préciser qui était l'homme qui quitta
Permafrost à la recherche du Printemps. Et quand il écrivit ce
conte. Il était tchèque. Et il a daté son récit :

Prague. Printemps 1979.

Jacques LACARRIÈRE

FLORA DES MONTAGNES

Charles Le Quintrec

à Guy et Ana Gloria Rouquet
à Béatrice, Véronique, Marie-Noëlle

Dans ce pays on était berger de père en fils et l'on poussait vers les hauteurs des moutons qui s'agrippaient à la paroi rocheuse et tondaient en silence une herbe rase, mais de bonne justice.

Et, parmi tous ceux-là qui soulageaient les brebis d'un lait tendre et suret, la nouvelle arriva d'une étoile qui se levait à l'Orient et que les pasteurs avaient reconnue, entre toutes les étoiles, comme étant la leur.

Désormais, quand il faudrait aller chercher une bête perdue dans la nuit et le brouillard, ils auraient à leur disposition cette clignotante lumière pas plus grosse qu'un grain de sel, mais comme lui, particulièrement efficace.

Partir à la recherche des agneaux qui s'étaient avancés jusqu'aux précipices, égarés dans les ravinières, c'était un risque qu'on n'osait plus prendre. Un accident est si vite arrivé aux audacieux qui, à l'heure crépusculaire, s'éloignent des refuges. Ils se heurtent à des buissons coupants, tombent de leur haut dans des crevasses, restent des heures et des heures à crier leur froid et leur peur plus encore que leur souffrance.

Ceux qui en réchappent ne cessent plus de décrire le désordre des fondrières sous la sérénité du firmament et le sabbat toujours renouvelé des ailes sombres et frôleuses.

C'était ainsi depuis toujours, mais ce ne serait plus ainsi puisque, jusque dans le ciel, on parlait de recomposer le feu et de réconcilier les hommes.

C'était ainsi et ce ne serait plus ainsi puisqu'un signe avait été donné à ceux qui, sur les hauteurs, avaient appris à codifier les événements et à interpréter les signes.

Yosef n'ignorait rien des dangers que réserve la montagne à ceux qui, par audace plus encore que par imprudence, n'hésitent pas à la braver. Il se rappelait des bûcherons et aussi des bergers réduits à l'état grabataire pour des escapades sans importance. Pourtant, Toinon, sa chèvre, ayant disparu, il résolut — sans en aviser qui que ce fût — et à nuit tombante, de se lancer à sa poursuite.

Son père était là-haut avec le troupeau. Dans leur maison de planches et de rondins, sa mère soignait Flora, sa sœur, qui ne voulait pas guérir tant que la biquette et les chevreaux — qu'on avait vendus en secret au boucher des Closes — ne seraient pas rentrés à l'étable.

Comme Flora — et sans expliquer davantage ce qui s'était passé — la chèvre avait été malheureuse qu'on lui eût enlevé ses petits. Ils étaient trois, crépus comme des nuages, à bondir dans les ronces et à gambader à l'entour de ses cornes jusqu'à lui disputer son lait. Tout le jour, elle avait boudé douloureusement aux clôtures et agité la clochette pendue à son cou. A l'heure où les ténèbres gagnent sur les collines, elle était partie, droit devant elle, bêlant à fendre l'âme.

Le temps pour Yosef de rassembler ses esprits et de se demander ce qu'il allait faire, et Toinon avait gagné le chemin de bordure d'où elle s'était comme volatilisée. À croire qu'on l'attendait dans l'ombre, que quelqu'un était venu au-devant d'elle pour la conduire dans une autre prairie.

Dans l'obscurité, le jeune garçon entendit un bruit de sonnailles qui se mêlait au clapotis d'une cascade et se reprit à espérer. Cependant, sur sa droite, il reconnut une combe d'où montaient des clameurs tandis que, sur sa gauche, un animal inconnu émit en tourbillonnant un nuage de fumée derrière lequel il s'exerça à des glapissements.

La nuit bougeait au fond des étangs et remuait une masse de formes qui se recouvraient, qui se chevauchaient les unes les autres. Elle interprétait à sa façon la chute d'une pierre qui paraissait devoir se briser sur l'à-pic d'une roche ou sur quelque moraine. Elle émettait de longs appels comme en lancent les âmes en perdition le soir, à la veillée, dans la bouche du conteur.

124

Au pied des arbres, on observait des poussières d'or et des champignons qui changeaient de couleurs comme des étoffes ou des moisissures sous les caresses de la lune.

C'était une nuit d'anarchie, sans repères, sans promesses et qui semblait aller se perdre dans les ronces.

Cependant, impatient de retrouver sa chèvre, Yosef traversa deux ou trois villages que même les chiens avaient déserté. Des rats surpris en pleine ruelle se retournèrent sur le voyageur et parurent vouloir l'empêcher d'aller plus loin. Il ramassa une pierre qu'il lança dans leur direction, mais prit un autre chemin.

D'une haie d'avoine folle, un petit âne passa la tête, et ricana. Yosef en eut pitié, vint poser un baiser entre les hautes oreilles et parla doucement comme on le fait à un ami.

Ainsi, ayant d'abord couru puis beaucoup marché, il fut abordé par un homme près du fleuve. De grande taille, avec de larges épaules, une houppelande et des bottes, l'étranger poussait à bout de gaffe des porcelets dans une embarcation. Il dévisagea Yosef, remarqua la modestie de sa mise, les lanières de cuir de ses jambes, sa veste de chamois. Un enfant, un enfant avec de l'homme en lui qui monte en graine ! Un vaurien qui aura échappé à ses maîtres pour descendre à la ville faire danser des marmottes. Peut-être aussi un malheureux petit bonhomme...

— Dis — oui, c'est à toi que je parle ! — tu veux me voler mes cochons ?

— C'est notre chèvre que je cherche, monsieur.

— On n'a jamais vu de chèvre lever le pied dans les parages. Que me contes-tu là ?

— Elle a quitté notre enclos il y a quelques heures à peine. Mon père est dans la montagne. Ma mère soigne Flora, ma sœur, qui est malade de chagrin. Il n'y a que moi pour courir après notre téméraire. Dieu seul sait quel sentier elle a bien pu prendre.

— Tu as raison, petit. Dieu est avec nous ce soir.

Dans la poche de la houppelande, un faon des plus fins paraissait vouloir déjouer toutes les courres et une licorne ajoutait à sa grâce en dressant une oreille de demoiselle, en se frottant de la patte un tendre museau de malice.

Autour du cou de l'étranger, flottait une sorte d'écharpe de mousse, et Yosef admira qu'avec une telle carrure l'homme eût la voix presque aussi douce que celle de Flora et timbrée cependant comme celle de son père lequel ne mâchait pas toujours ses mots lorsqu'il redescendait dans la vallée faire provision de nourriture et apporter les fromages.

— Ne crains rien, petit. Ta chèvre te sera rendue.

— Vous l'avez vue? Vous savez le chemin qu'elle a suivi?

— Ce que je sais, c'est qu'elle n'est pas perdue. Vois-tu, ce soir, rien ne se perdra.

Il scruta le ciel. Il avait l'air de savoir lire dans les astres. D'un mot il commanda à ses porcelets de se taire et fut obéi.

— Demain matin, sois à ce même endroit. Tu verras que ta téméraire t'y attendra bien sagement.

— Vous me l'aurez ramenée?

— En tout cas, pas un poil ne manquera à sa robe, mais elle sera grosse de lait. Tu pourras reprendre force et courage en tétant à ses mamelles.

— Demain matin! Vous avez dit demain matin? Je devrai donc attendre toute la nuit? Mais maman et Flora vont s'inquiéter!

— Attendre, en vérité.

— Flora va vouloir partir à ma recherche.

— Tu seras sa petite chèvre!

Il rit puis ajouta avec une infinie gravité :

— Ce soir, nous serons tous dans l'attente de quelque chose et de quelqu'un. Tu comprendras bientôt.

— Mais que vais-je faire ici à avoir peur des gens qui passent, des bêtes qui rôdent, des loups qui ne doivent pas être très loin... Maman m'a dit que les loups ne sont jamais loin des enfants qui dorment dehors.

L'homme négligea de répondre et souleva son chapeau en forme de cloche. Il y tintait une musique d'étoiles pareilles à celle qu'on entend sur les hauteurs quand les pasteurs jouent de la vielle et boivent du vin clairet et que les enfants accourus depuis la vallée vont, pour un jour, à la bonne école du cœur où l'on apprend à cueillir des herbes, des simples, à les faire bouillir entre les pierres, à porter dans ses bras l'agnelet tremblant et triste qui vient de naître.

— Monte dans mon bateau, petit. Je vais te faire passer sur l'autre rive. Tu n'auras plus ensuite qu'à marcher droit devant toi jusqu'aux lumières.

Yosef n'éprouva aucun mal à se hisser dans la barge, mais les porcelets qui vinrent à la gaudriole le renifler et prendre son odeur lui inspirèrent quelque crainte. Cependant qu'ils s'esbaudissaient de criailleries en galipettes, qu'ils couinaient comme des rats, qu'ils se poursuivaient avec jubilation pour se monter dessus et se mordre la queue, l'homme regardait au loin comme si derrière la nuit il y avait une autre nuit qui lui faisait signe et dans laquelle il avait aussi ses habitudes.

— N'oublie pas, petit, demain matin, sois ici-même. Oui, demain, à ce même endroit, tu retrouveras ta biquette. D'ici-là, marche !... Tu ne regretteras pas le chemin parcouru.

Les oreilles droites, les yeux mi-clos, le groin encore à la grogne, les cochons pressés les uns contre les autres écoutaient remuer les ténèbres. Quelquefois, leurs corps avec du duvet et du poil autour, étaient traversés de soubresauts. Quelquefois, comme pris dans une nasse dont ils n'arriveraient pas à se libérer, ils poussaient des cris pareils à des plaintes.

L'homme appuya sa gaffe contre la berge et l'embarcation s'éloigna des roseaux au milieu desquels il y eut des vols rapides, presque agressifs, et des chuchotis semblables à ceux qu'on étouffe dans la salle de classe lorsque le maître, ayant réclamé le silence, saisit la baguette de discipline et libère un bourdonnement de mouches occupées à butiner les encriers et les carreaux.

Peut-être y avait-il aussi une école dans les roseaux pour les chouettes chevêches et les balbuzards ?

La barque gagna le milieu de la rivière. D'une main ferme et rassurante, l'homme la dirigeait avec douceur. Il paraissait bien connaître les courants et les remous. Il se laissait déporter de quelques brasses, donnait un coup de gaffe, et ramenait l'embarcation dans la direction de son choix.

On accosta près d'un bouquet d'arbres au-dessus duquel la lune se fit plus ronde. Elle avait comme une figure de femme froide et distante, un de ces visages que les moutons redoutent à mi-pente et dont les cochons — il en avait le spectacle sous les yeux — dégoisent à l'envi.

— Brouooouuh ! Leur lança l'homme, courez mendier !

Yosef les vit aussitôt disparaître dans les broussailles en poussant le cri de la main tendue à la porte des notables où les miettes sont nombreuses et quelquefois jetées aux chiens. Devrait-il, lui aussi, tendre la main toute la nuit afin de gagner son voyage de retour ?

— Sois sans crainte, petit, ta main tu la tendras seulement aux lumières.

— Aux lumières ? Quelles lumières ?

— Tout à l'heure, tu les verras nombreuses autour de toi. Ne les lâche pas, tu entends, ne les lâche pas !

Il remonta dans sa barque et mit le cap sur la rive opposée. D'un coup, la nuit fut plus sombre et le silence plus sourd.

— Quel étrange passeur, se dit Yosef. Je suis sûr que notre père qui connaît tout le monde ne l'a jamais rencontré. Il est vrai que la route de transhumance évite cette rivière. Flora non plus ne doit rien savoir de lui. Et maman qui ne m'en a jamais parlé et qui serait si heureuse de le recevoir à notre table et de lui servir une fondue ! Mais ce n'est pas un homme d'ici.

Il vérifia les embûches du chemin, évita de son mieux les ornières où croupit une eau fangeuse pleine de ces larves qui s'accommodent d'argile liquide et de purin.

Un arbre vint à sa rencontre.

Ce n'était qu'un têtard qui se cognait aux bosses du talus. On l'aura deviné, Yosef n'avait pas peur des arbres. Toujours, il avait vécu dans leur intimité. Il aimait les érables et plus encore les bouleaux qui paraissent si fragiles et qui résistent cependant à tous les rudes hivers. Les uns et les autres l'accompagnaient d'enthousiasme lorsqu'il partait pour la communale. Il arrivait aussi que les chênes bossus, ventrus, accablés de corneilles, et les châtaigniers prissent un malin plaisir à lui poser toutes sortes de questions sur l'unité de poids et de mesure, sur les Guelfes et les Gibelins, sur ce qui pouvait diviser les Capulet et les Montaigu et sur la différence qui existe entre tous les visages, cependant tous semblables à celui du Créateur.

Face au tableau noir, quand les camarades mettent un frein à leur disssipation, Yosef réfléchissait longuement à ce que lui disaient les arbres, réfutait les têtards et les trognards jetés dans des convulsions, mais approuvait les mélèzes dans leur sombre gravité.

Ce qui le chagrinait le plus en cette affaire, c'était le scepticisme de son bon maître qui se moquait des esprits candides et superstitieux et qui affirmait que les sapins et les hêtres et tous les conifères et tous les feuillus n'avaient jamais — partout ici-bas — eu le don de parole. Tel n'était pas l'avis de Yosef qui était déjà entré en tiers dans maintes palabres sylvestres et, cette nuit-là, ce fut d'un orme, adolescent et majestueux, qu'il reçut la première lumière, sorte de lampe-tempête qu'il prit à bout de poing.

En un moment, il se rendit compte que son falot en attirait d'autres, des milliers d'autres. Bientôt il entendit les sabots tapants d'une foule en marche qui paraissait à la fois le suivre et le précéder.

Graves, silencieux, les hommes marchaient devant. Ils donnaient l'impression de porter le poids du monde sur leurs épaules et de faire en sorte qu'il tînt en équilibre à cette hauteur. Derrière les hommes, les femmes chantaient et promettaient gloire à une autre femme infiniment plus méritante qu'elles toutes ensemble.

Yosef pensa qu'on ne pouvait être plus vaillante, plus méritante, plus douce, plus têtue à l'ouvrage, plus experte au bonheur que sa bonne maman, laquelle soignait Flora qui ne voulait pas guérir à cause de Toinon qui était partie et des chevreaux qui, depuis des jours déjà, n'étaient pas revenus.

Mais ils reviendraient ! Oui, Toinon serait bientôt de retour dans l'enclos. Le passeur l'avait dit qui avait partie liée avec la nuit et toutes les choses qui s'y passent sans la pouvoir troubler. De cela, de ce bonheur recommencé dans une famille à jamais heureuse, Yosef maintenant en était sûr !

Ces gens autour de lui, ces chants repris en chœur, ces voix alternées, ces notes plus hautes ou plus aiguës, ces cadences exaltantes et ces falots dansants le long des sentiers, le conduisaient non plus seulement vers la lumière, mais vers une clarté. On la voyait de loin cette clarté promise. Peut-être venait-elle du ciel. Pourtant, on eût juré qu'elle émanait de terre. Les arbres la répercutaient de leur mieux et la montagne, à son plus haut sommet, en était embrasée.

Yosef n'avait jamais encore vu spectacle si grandiose. Une féerie !

Comme cette foule — et lui au milieu d'elle ! — arrivait dans une bourgade, il reconnut les cochons du passeur qui poussaient devant eux, moitié grognant et moitié riant, le cri de la main tendue.

— Un pauvre nous est né, dit un magicien dont le toupet de cheveux était retenu par un anneau d'or. C'est pour lui, en son honneur, ce long chemin d'hommes et de femmes. D'habitude, l'on ne se déplace que pour les rois et les fils de roi. Drôle d'époque !

— Drôle d'époque en vérité, dit une femme en secouant sa pèlerine. Les pauvres naissent maintenant comme des princes !

— Il nous faut un prince, et qu'il marche devant nous, reprit le magicien avec une sorte de véhémence. Les chemins du monde doivent être aplanis. L'aire à battre le bon et le moins bon froment doit être régalée. Les vivants et les morts se doivent miséricorde.

— On a vu des morts se lever d'entre les tombes pour nous accompagner, lança un muletier. J'en ai reconnu quelques-uns qui étaient déjà vieux comme Hérode lorsque j'étais enfant. D'autres, ensevelis d'avant-hier, sont dans le cortège. La joie les garde ! Je dis que la joie les garde ! Et nous garde, qui mourrons aussi dans la terre !

— L'eau jaillira de la roche et les enfants d'Abraham sortiront de la pierre s'il faut encore une preuve !

— Alleluia !

— Alleluia ! les étoiles sont avec nous. Et regardez, la plus lumineuse vient de s'arrêter.

— Les hommes, dit un grand vieillard avec de la barbe jusqu'à la ceinture et une sorte de casaquin par-dessus le paletot, seront appelés un par un et sauvés tous ensemble.

— La lumière vient des hommes, mais la clarté est de surcroît, dit un quidam en fendant la foule qui le regarda s'éloigner avec respect.

C'était le temps de la neige.

Elle se mit à tomber à fins flocons comme les voyageurs du bout de la nuit traversaient une nouvelle agglomération. Elle transformait toute chose, encapuchonnait les rats fielleux et adoucissait les voix mécréantes. Les jeunes filles se taillaient manteaux d'élégance et robes de pureté dans cette toison tombée du ciel. Les jeunes garçons y inventaient des jeux, y roulaient des bonshommes avec de grosses têtes à rire et à pleurer et un manche de houx en travers du cœur.

Quelqu'un fit de la musique. On entendit grelotter la guitare à deux cordes et des saltimbanques passèrent en farandoles. Leurs chevaux et leurs ânes rivalisaient de grelots.

Il neigeait tellement qu'on eût dit que le père de Yosef et ses amis bergers s'adonnaient, là-haut, à une tonte exceptionnelle.

Cette foule traversa encore deux ou trois villages où des braseros dispensaient des langues de feu, où des chiens aboyaient à l'attache mais sans férocité, où d'autres loupiotes sortant des remises et des corridors, permettaient aux uns et aux autres d'éviter les fondrières. Une odeur de châtaignes grillées monta d'un muret derrière lequel un homme veillait que chacun en eût sa part. On but aussi à la fontaine effervescente une eau très légèrement parfumée. Puis ce fut comme si l'on était arrivé au bout de tout voyage.

Le vieillard joignit les mains et dit :

— Qui ne voit que nous sommes, ici, à la source de clarté ? Toute lumière est maintenant inutile. Eteignez donc vos lampes et approchez sans crainte. L'amour est notre affaire.

— Alleluia !

Ils approchèrent tous ensemble, mais sans bousculade et virent dans une grotte, entre un âne et un bœuf, un tout petit enfant qui dormait sur le sein de sa mère.

Une matrone dit qu'il était repu et que son sommeil ressemblait à celui d'un ange. Une autre femme, avec une tête de Victoire adornée d'un touret déclara qu'elle n'avait jamais vu si beau spectacle et que la jeune maman devait être bien fière d'avoir donné le jour à pareil chérubin.

— Nous ferons un gentilhomme ! décréta une douairière.

— Nous allons faire en sorte qu'il ne manque de rien. Moi, je vais, céans, lui donner mes douleurs et ma vieille misère.

— Moi, depuis le temps, j'ai de l'or dans mon jardin. Je vais le déterrer et le lui offrir.

— Moi, dit une paysanne qui semblait souffrir des hanches, je m'en vais lui apporter mon coq. Il n'en est pas de plus beau même dans l'enceinte du Temple.

— Moi, dit un tzigane habillé de parade, mes trois cercles de lumière qui me permettent le saut périlleux seront pour lui. Maintenant, chaque soir, au trapèze, je me lancerai vers les étoiles.

— Le divin enfant, mumura une adolescente de l'âge et de la figure de Flora en croisant ses mains sur son cœur.

Yosef essayait de découvrir l'ange dont la matrone avait parlé, mais les anges ont des ailes et une splendeur autour de leur personne alors qu'il n'y avait, ici, que de pauvres gens à l'étape.

L'homme qui ressemblait à l'ânier du village faisait bouillir quelques herbes dans un récipient qu'il avait fixé sur trois pierres en forme de triangle. La femme souriait à son compagnon et jetait sur son enfançon un regard d'une infinie tendresse. L'enfant, lui, dormait, indifférent semblait-il, à la présence des montagnards.

Yosef eut un fol espoir : que sa chèvre fût là, dissimulée par le bœuf, là, derrière l'âne, ou bien encore là, cachée par la mangeoire, sagement à l'attendre. Mais non, il eut beau regarder dans la grotte, il ne vit pas sa téméraire. Alors il ressentit toute la fatigue du chemin parcouru et chercha, un peu à l'écart des gens, un endroit où reposer sa tête.

— Pourquoi sommes-nous venus de si loin ?... demanda le magicien. Ce n'est après tout qu'un enfant sur de la paille !

— Mais la paille a du poids ! rétorqua un paysan. Elle est grasse, et elle luit.

— Ce n'est qu'un petit cœur, déclara un aveugle. Je le vois qui me regarde. C'est drôle. Ce que l'eau de Sychar et de Siloé n'a pu faire est en train de se réaliser. En tout cas, c'est la première fois que je vois quelqu'un. C'est la première fois que je me vois dans un autre. Grâce à ce petit, mon visage me fait moins peur.

Dansant et chantant, les saltimbanques offrirent leurs haillons et leur errance et la plus jeune des filles de Bohème, par des tours de magie, alla chercher des deniers dans les poches les plus impécunieuses afin de les déposer au pied du poupon. On fut ravi de ces tours-là et d'autres, qui eurent autant de succès.

Le grand vieillard dit à la foule :

— Peuple de la montagne, vous n'êtes pas monté pour rien. Vous avez vu, de vos yeux vu ce que, de par le monde, dans les siècles des siècles, tant et tant d'hommes auraient voulu voir !

Yosef pensa que le vieil homme se trompait. On n'avait pas gravi les pentes, mais descendu vers le fleuve, et traversé celui-ci.

— Que voyez-vous, dit le grand vieillard ? Voyez-vous un oiseau, un agneau, un roi entouré de ses conseillers et de ses bouffons ? Un nécromant, un alchimiste, un homme habillé de riches pelisses, un surhomme ? Que voyez-vous qui ne soit conforme ?

— Je ne vois qu'un enfant comme emmailloté de sommeil.

— Je ne vois rien que ses langes, dit une lavandière. Je les aurai souvent rincés au torrent.

— Il est des nôtres, lança un lévite en faisant semblant de s'émouvoir, il servira le Temple pour la fête de la Purification.

— Non, il est à nous ! laissa tomber un homme qui s'en revenait de la guerre avec la moitié d'un bras arraché. Les marmousets de cette espèce font des chefs et gouvernent bien les batailles. Je vous fais remarquer qu'il est roux.

132

— Roux ! Je le voyais avec des cheveux d'or.

— Moi, je ne vois rien, dit un villageois qui portait sa lanterne au bout d'une fourche. Vous me parlez d'un enfant, mais c'est d'un domestique avec tout le travail que j'ai besoin.

En vérité tous ceux qui étaient là éprouvaient le besoin de se sourire, de se reconnaître, d'échanger des impressions, de faire des allusions au rude métier de vivre. Seuls, les bergers ne disaient rien, mais dépendaient de leur nuque des agnelets bêlants que la flamme du feu faisait frissonner.

On disait que ces bêtes innocentes seraient agréables à l'enfant qui, à son réveil, les compterait tête par tête.

A cette idée, Yosef eut grande joie. Puisque maintenant une telle clarté allait demeurer sur la montagne, on pourrait sans risque ou presque courir de nuit après les chèvres folles et les brebis perdues. Mais cette clarté qui tant faisait parler les uns et les autres, où brillait-elle donc ? Yosef eut beau regarder autour de lui, il ne vit pas autre chose que le feu triangulaire de l'homme et, assoupi sur le sein de sa mère, l'enfant que Flora eût aimé.

Il pensa qu'il n'avait pas d'agnelet à offrir. Pas même de chevreau. Ceux de Toinon qui avaient été vendus, où étaient-ils maintenant, les pauvrets ?... Il n'avait rien et regretta que son père ne fût pas là pour donner quelques fromages de sa composition.

En fouillant dans ses poches, il découvrit une flûte, l'essuya, la porta à sa bouche et modula la danse des béliers qui s'éloignent des chiens et les narguent et prennent, flanc contre flanc, chaleur et suint à respirer les hautes lavandes.

Yosef jouait pour bercer le sommeil de l'enfant et pour l'entraîner à la suite vers les sources et les bois jusqu'à Flora qui joignait les mains de ravissement.

On le regardait, on l'écoutait. Le magicien lui mit la main sur la tête en disant : « C'est bien, c'est très bien, petit drôle ! »

Quel jeu brusquement ! Quel espoir ! Quelle hâte vers les aiguilles d'escalade d'où l'on découvre à perte de vue le royaume des hommes !

Yosef n'en finissait plus de s'émerveiller. Il y avait en lui, au plus secret de lui-même, une mer bleue, tiède, jeteuse de parfums, bordée d'orangers, une mer qui ajoutait à sa joie de porter dans son cœur le silence des cimes.

Toujours soufflant dans son instrument — où la montagne répercutait des bruits de branches qui se brisent et de broussailles qui s'embrasent — il revint vers le fleuve, appela le passeur, regretta son absence.

De nouveau il joua de sa flûte et les eaux se retirèrent de telle sorte que ce fût à pied sec qu'il atteignit l'autre rive.

Toinon l'y attendait au milieu des bruyères. Il la gronda d'importance, la soulagea de son lait et lui promit le piquet dans l'enclos de Flora.

Au moment de quitter le fleuve, il vit une centaine de petits pourceaux qui se poussaient du groin, de la patte et de la queue dans sa direction.

— Brouooouuuh ! Courez mendier ! leur ordonna-t-il. Mais au lieu de lui obéir ils s'attachèrent à ses pas et le suivirent jusqu'au village où la maison paternelle s'appuyait sur une épaule d'argile rouge.

Rieuse, blonde, espiègle, Flora était au jardin, heureuse encore des papillons qu'elle enseignait, des arbres qui faisaient cercle pour l'écouter et des chevreaux — pareils à ceux de Toinon — qui bêlaient à ses pieds.

L'air était tiède. Là-haut, les chiens aux ordres, les moutons comptés, les pasteurs s'appelaient en riant dans le crépu du jour.

— J'ai vu un enfant, dit Yosef. S'il n'avait été plus pauvre que nous, je l'aurais pris pour un fils de roi.

— Où l'as-tu rencontré ?

— De l'autre côté du fleuve.

— De l'autre côté, vraiment ?

Flora regarda son frère et ajouta en souriant :

— De l'autre côté du fleuve ? Mais je croyais qu'on n'y allait qu'en rêve ?

Yosef détourna son visage. Il savait que ce n'est qu'en songe que les anges apparaissent aux hommes ; en songe, que la terre cesse de tourner ; en songe, que le ciel se renverse au fond de l'étang ; en songe, que les fées glissent sur les eaux comme de grands nénuphars, que les arbres quittent les clôtures et que nous recevons de temps en temps des messages de l'au-delà.

A la communale, le maître ignorait tout des songes. En revanche, le grand vieillard affirmait que c'est toujours en songe que Dieu parle à son peuple et lui fait connaître son bon plaisir et ses volontés.

Ce jour-là, comme il n'y avait pas d'école, Yosef et Flora restèrent jouer dans l'enclos non loin de Toinon et de ses bondissants petits. La bonne odeur du jour plaisait aux abeilles. Quelque part, sur les bords d'une mer bleue, les arbres eux-mêmes respiraient le bonheur. Il n'y avait qu'à pousser le cri de la main tendue pour y cueillir les fruits les plus savoureux.

Cette année-là, les oranges étaient si belles qu'on les entoura de papier doré. Les bœufs et les ânes étaient si doux qu'ils acceptaient à leurs flancs et dans leurs oreilles les mouches musiciennes des chemins et des ruchers.

C'était l'année de Flora et de Yosef. L'année où les brebis et les chèvres perdues furent toutes ramenées aux refuges.

Charles LE QUINTREC

LE PALMIER

Michèle Mailhot

Rien ne bouge dans la ville. Tout est arrêté dans une chaleur infernale, plaqué sous une lumière impitoyable. L'air — mais est-ce de l'air que cette masse compacte et immobile ? — brûle les yeux et la gorge, écrase les corps au fond des chaises longues, détruit jusqu'à la moindre velléité de mouvement. Le seul geste possible en est un de survie : tendre la main vers son verre d'eau.

Lorsque Pauline soulève la tête pour prendre une gorgée de soda, son regard glisse vers la masse endormie de Lucien, écroulé dans son transatlantique. « Dort-il ou s'est-il noyé dans son *Gin Tonic ?* » L'image d'une éponge molle et brunâtre, imbibée d'alcool, lui passe par la tête puis « non, c'est vraiment à un ouaouaron qu'il ressemble... même gros ventre lisse, mêmes yeux globuleux, mêmes courtes pattes torses ». Cette image, insolite dans un tel désert, lui vient sans doute d'un cauchemar de la nuit dernière, mais elle n'arrive pas à s'en souvenir clairement. Souvent ainsi, la nuit lui ramène son lointain pays en rêves morcelés, sans doute les mêmes qu'inlassablement elle poursuit durant le jour.

Son regard se décolle du batracien trempé de sueur et, d'un battement de paupières, plane vers le palmier et s'y agrippe. « *Mon* palmier » dit fièrement Lucien à ceux qui ont encore le courage de leur rendre visite : un ou deux enfants assez dégoûtés de l'hiver québécois pour préférer venir ici quelques mois, dans le

137

sud des Etats-Unis, trouver un soleil pourtant toujours assombri par l'ombre paternelle. « Et quelles sont vos dernières bêtises, fistons ? Grands dieux que vous êtes stupides ! Que j'ai donc bien fait de quitter un pays rempli de pareils idiots ! Vous votez encore pour le parti de Q ? » Il n'appelait jamais autrement le Parti du Québec qui avait battu le Rassemblement libéral aux dernières élections. Cette appellation, vulgaire et usée jusqu'à la corde, il l'aimait justement pour sa trivialité qu'il trouvait parfaitement juste. « Ils se définissent eux-mêmes dans leur bêtise, je n'arriverai jamais à les battre sur ce terrain-là. Je ne suis pas un intellectuel moi, je suis un bûcheron. » Il disait cela avec la fausse simplicité des parvenus orgueilleux, signifiant par là qu'il était parti de rien, qu'il s'était fait tout seul, sans l'aide de personne (et les politiciens ?) et qu'il était extrêmement fier du résultat. Il sait à peine lire, et il s'en vante, mais sait très bien compter ce qui est essentiel puisqu'il a réussi. Réussi quoi ?

Pauline pense à ce succès figé autour d'eux : un bungalow flanqué de l'inévitable piscine où il ne se baigne jamais (c'est un peu violent comme exercice et puis, n'est-ce pas encore mieux vu de ne pas trop l'utiliser ? Le signe d'un détachement blasé, d'une sorte de nonchalance princière), un bungalow parmi des centaines d'autres pareils, juste un peu plus petits, de longues boîtes plates écrasées le long de rues désertes, sans arbres. Car cette ville neuve a été créée à même un terrain marécageux qu'on a irrigué, nettoyé, parfaitement séché. L'eau ne file plus que dans les tuyaux enfouis dans le calcaire propre et blanc et lisse comme du marbre. Dans ce décor lunaire, le palmier de Lucien se dresse comme un mât solitaire.

« Mon palmier » disait-il encore aux rares amis, des exilés eux aussi, d'un pays ou d'un travail ou des deux. Des vieux plein la banlieue. Un ghetto. Le four solaire compris. L'arthrite ou les enfants ingrats ou le froid ou le désœuvrement, tout cela d'horrible que rassemble le dernier bout de la vie les a poussés là tous ensemble à se garer sur un même quai pour un même départ. « Mais non, mais non, ce n'est pas pour ces raisons-là que je suis ici, protestait Lucien ; moi j'ai investi dans cette ville. Dans dix ans, je vous garantis que les prix auront triplé. Et puis, ici, le gouvernement a de l'allure ; voilà pourquoi j'ai choisi South City (USA). »

Dans ses conversations, Lucien n'employait jamais le « nous » comme un conjoint le fait ordinairement après quarante ans de vie commune. Il disait « quand je suis parti du Québec, quand je suis arrivé ici », comme si Pauline n'était pas partie elle aussi, comme si elle n'était pas là, avec lui, sous ce palmier maudit, planté tel un plumeau renversé. « Profession : ménagère », pense-t-elle.

Ses références sont celles de ses connaissances : tenir une maison, élever sept enfants, accompagner son mari aux cérémonies officielles (elle a vu un nombre record de « rubans coupés »). Parfois invitée seule — pour des dépouillements d'arbres de Noël dans les hôpitaux par exemple — mais toujours comme femme du député. Et puis rien d'autre. Les usages comme credo, l'habitude comme pensée. Jusqu'à ce qu'elle arrive ici avec Lucien et que s'écroule le décor où elle avait si bien tenu son rôle. Plus personne, ni sur la scène, ni dans la salle. Plus de texte non plus. Seuls tous les deux sous ce plumeau figé, presque plastifié, dérisoire et cruel comme un dernier vestige de vaudeville...

Petite fille, Pauline avait pourtant rêvé si ardemment de palmiers ! Jamais alors, elle n'aurait osé croire qu'il s'agissait là simplement d'un arbre, jamais elle n'aurait réduit à ce mot banal ce qui était l'image même des pays divins où règnaient l'éternel été, l'éternelle vie. Un palmier, c'était la douceur, la grâce, la foi, Jésus, le Jourdain, l'exotisme, le ciel sur terre, déjà.

Au printemps, quand son village émergeait de la neige, quand les bardeaux gris des maisons luisaient au soleil comme des écailles argentées sur un fond de ciel absolument bleu — d'un bleu riche et profond, si différent de celui-ci, pâlot, répandu autour du palmier comme la couleur délavée d'une mauvaise carte postale — le dimanche des Rameaux éclatait comme une fête, celle de la neige fondante, de l'odeur de mars, de la lumière transparente. « Les fidèles avaient déposé des rameaux sous les pas de l'âne qui portait Jésus dans les rues de Jérusalem » racontaient les religieuses ravies, exaltées par ces histoires merveilleuses. En souvenir de cet accueil, on célébrait encore la fête en décorant les églises boréales de ces longues et gracieuses palmes.

Non, jamais la petite Pauline n'aurait pu croire un seul instant que ces souples tiges, portées par les prêtres comme des sceptres royaux pouvaient être des arbres. Sur le perron de l'église, après la messe, les paroissiens achetaient des palmes tressées en croix, en auréoles, spécimens secs et jaunis qui gardaient toujours en eux les arômes d'un Orient fabuleux. Pauline rapportait pieusement à la maison le rameau bénit qu'on exposait au-dessus de la porte ou au fond d'une chambre selon qu'il était grand ou petit... Chez les parents de Lucien, elle avait déjà aperçu un minuscule rameau, loin, bien caché au fond d'une chambre. Prenait-il aujourd'hui sa revanche en affichant un palmier complet devant sa maison ? La foi, grâce à la fortune, sortait des placards et s'étalait toutes palmes dehors. Pauline en est gênée comme elle l'avait été ce dimanche où Nicole, une compagne issue d'une famille prospère, avait acheté un rameau *entier* et l'avait porté au bout de son bras tendu avec une raideur ostentatoire et ridicule, déplacée surtout, car un rameau entier ne pouvait convenir qu'aux prêtres drapés dans leurs chasubles et enveloppés d'encens. Une petite fille ne pouvait s'accaparer un tel privilège sans enlever quelque chose à la grandeur du rite. Sans doute, quelques enfants de chœur avaient-ils parfois, eux aussi, la permission de tenir les longues palmes mais ils portaient également la tunique blanche... Ce n'était plus de simples petits garçons mais plutôt des anges flottant dans les munificences de la liturgie.

Non, les palmiers ne pouvaient être des arbres ordinaires comme les sapins, les érables, les chênes qui l'entouraient (Oh ! revoir en cet instant même un sapin jailli de la neige et pointé dans un ciel vraiment bleu), ils relevaient d'un ordre différent, sacré.

Mais n'en est-il pas toujours ainsi ? Ce palmier, devant elle, ne reste-t-il pas le symbole de l'autorité et de la puissance de son seigneur ? Car les arbres, c'est la spécialité, le domaine, la *business* de Lucien. Quand il répète « je ne suis qu'un bûcheron » les gens entendent qu'il a trimé dur alors qu'ils devraient prendre la déclaration au pied de la lettre. Lucien, en effet, avait été un authentique bûcheron. Oh ! il n'avait jamais utilisé lui-même la scie mécanique (il n'avait fait que mimer le geste, une fois, à la demande d'un journaliste-photographe lors de l'inauguration de son chantier dans les sompteuses forêts de la Haute-Mauricie, là où ses amis du gouvernement lui avait cédé les droits de coupe sur un immense territoire. Des milliers d'hectares à exploiter) mais il avait employé des centaines d'ouvriers pour le faire à sa place. Pendant trente ans il avait ainsi rasé des forêts entières pour les vendre aux usines de pâtes et papiers américaines. Il tenait sa richesse des richesses d'un pays qu'il avait systématiquement défloré. Les arbres, il ne les avait jamais aimés qu'abattus et coupés en tranches de dollars déposés directement dans les banques américaines de manière à échapper même au fisc de son pays. Et cela jusqu'à ce que le nouveau Parti au pouvoir reprenne les forêts — du moins ce qui en restait — pour les remettre à tous ceux à qui elles appartenaient. « Mais attendez, disait Lucien, que ces blancs-becs goûtent au gâteau. »

Ce palmier intact, c'était donc l'exception à la règle, le seul arbre qu'il ait jamais touché autrement que pour l'abattre. Il le soigne, le nourrit, le couvre. Peut-être rêve-t-il secrètement d'une palmeraie qui pourrait fournir des rameaux à toute la chrétienté ? Un marché plein d'avenir maintenant que les cèdres du Liban brûlent comme des torches et que les palmes de la Palestine éclatent comme des fusées. Reboiser la chrétienté, ne serait-ce pas faire une œuvre d'expiation en même temps qu'un geste pacifique ? Obtenir le prix Nobel de la paix, la palme des palmes et, plus tard, très tard, finir ses jours sous une enseigne prestigieuse : « Lucien Premier, fournisseur officiel de rameaux auprès de la cour pontificale. »

« On ne sait jamais avec lui, pense Pauline, il ne m'adresse jamais la parole. » C'est à son palmier qu'il parle, à cette chose si singulièrement laide qu'elle ne sait plus comment la stigmatiser. Elle a épuisé à l'intention de son mari qui ne semble même pas l'avoir entendue, toutes les appellations ridicules qu'elle avait pu trouver : ce poteau échevelé, ce pénis au gland poilu, cette vadrouille affolée, cette échalote monstrueuse, cet ananas dégonflé, ce pétard retombé, cet ébranché flageolant, ce tout nu casqué, et ne s'en tient plus maintenant qu'au seul mot « piquet » qu'elle assortit d'un qualificatif selon les circonstances en sorte qu'il devient branlant ou arrogant ou ridicule, ou libéral, ou survivant, cela dépend de quel côté souffle l'esprit des lieux. Aujourd'hui qu'ils sont seuls, l'esprit ne souffle rien du tout. C'est le piquet immobile, muet, désolé. « Un drapeau en berne, c'est cela très exactement », pense Pauline. « La mort. Notre mort. » Le dessèchement lent et irréductible comme de la craie sous la pression écrasante de la chaleur. Elle se sent étouffée, pressée, elle imagine ses côtes séchant à l'intérieur de sa poitrine, elle les voit même sur le sable, pareilles à ces carcasses d'animaux gisant dans le désert, elle a soudain très chaud, elle voudrait que Lucien lui parle, se lève, prenne sa main.

Elle tourne la tête vers Lucien dont les paupières ne recouvrent qu'à moitié le globe de l'œil comme un crapaud somnolent. Dort-il ou la retient-il captive à l'intérieur de cette fente sournoise ? Il l'observe, elle en est sûre, comme le batracien fixe l'insecte qu'il va engloutir. Pas un cil ne bouge au-dessus de la mince fente de l'œil inerte.

Elle se sent épiée, menacée, Lucien l'étouffe, c'est sa main qui enserre ainsi sa gorge. Une étrange peur la saisit, peut-être est-il déjà mort, lui ? Cette paupière tombante, cet œil morne, à demi fermé... Mais elle, peut-elle encore bouger ? Oh ! comme elle a besoin d'air...

Une palme s'allonge juste au-dessus de sa tête : s'en saisir et s'en servir comme d'un éventail, chasser l'asphyxiante chaleur... Pauline parvient à étendre le bras, saisit le rameau, tire, le brise sans arriver à le détacher de l'arbre, tire encore. Les fines lames strient sa paume de coupures brûlantes. Mais Lucien a déjà bondi : « Mais tu deviens folle ! » Il se précipite vers le palmier, court chercher des ciseaux, un produit antiseptique, s'affaire, coupe nettement le rameau. Pauline regarde sa main qui saigne légèrement et ricane : « Je suppose que tu vas conserver la branche en souvenir ? » « Chacun le sien » crie-t-il. Il se retourne et la frappe au visage avec le rameau brisé. Sur la joue, aussitôt, une fine rainure rouge, de l'oreille à la bouche, le long d'une ride. Pauline ne bouge pas. Sa tête qui s'était détournée pour parer le coup reste penchée vers l'épaule. L'œil, mi-clos, vise Lucien. Mais sans haine. Sans rien du tout. Pauline a terminé ce combat (dont la palme est aux Cieux).

Michèle MAILHOT

QUELQUES JOURS EN AUTOMNE

Jean-Pierre Otte

Lorsqu'après trois ans d'absence Cosmes rentra au pays, il se mit en quête d'un gîte. Il y avait abondance de noisettes et de noix ; l'hiver, disait-on, serait précoce. Déjà les soirées étaient froides et les arbres s'étiolaient avec une sorte de hâte. Cosmes songea tout naturellement à Fannie. Durant toutes ces années il l'avait presque oubliée, mais depuis qu'il avait franchi la frontière, tout dans sa tête tournait de nouveau autour d'elle.

Une voiture l'amena à Castelnau à la nuit tombée. La campagne pesait comme une grande peau de bête, sans un souffle, et il n'y avait pas d'étoiles. Cosmes marcha vers les collines boisées. Le vent se leva et fit bruire les feuillages comme s'il allait pleuvoir — et précisément il se mit à pleuvoir : une pluie fine, serrée, glacée.

— Allons bon! se dit Cosmes en se renfrognant.

Il releva le col de sa veste, puis enfonça ses mains dans ses poches, et pressa le pas. Il portait un large sac en bandoulière et ses souliers à bouts ferrés semaient des étincelles bleuâtres sur les pierres du chemin.

Maintenant Cosmes apercevait la masse sombre de la maison détachée sur fond de ciel. Il y avait encore de la lumière à l'étage, aux deux fenêtres de la pièce de séjour. Fannie n'était pas couchée... Plein d'impatience, il passa le portillon et entra dans la cour — retrouvant chacune des dalles où il avait souvent remué toutes espèces de pensées, en allant d'une pierre à l'autre. Il y

143

avait des lacs de fleurs rouge sang dans l'obscurité comme des crêtes de coq ou de petites flammes qui vacillaient sous la pluie.

Cosmes remarqua alors, au milieu de la cour, que la pompe à eau était cassée. Il s'approcha, glissa ses doigts à l'endroit de la fêlure, scruta les alentours avec l'impression qu'on l'observait — puis se promit de réparer cela.

Ensuite, sous les fenêtres éclairées, il appela deux fois « Fannie... », le visage levé sous les traits de la pluie. La fenêtre s'ouvrit et une silhouette se pencha :

— C'est toi Cosmes ou est-ce un revenant ?

— Tu viens m'ouvrir ?... A moins que tu préfères que je grimpe par le lierre...

Il l'entendit descendre l'escalier avec un joyeux empressement et elle lui apparut dans l'ouverture de la porte. Fannie était toujours la même, boucles blondes et yeux verts, et pourtant quelque chose en elle avait changé. Oui, elle semblait plus résolue, comme quelqu'un qui sait désormais en quoi consiste son bonheur.

— Eh bien, entre, ne reste pas sous la pluie !...

Et ils tombèrent dans les bras l'un de l'autre.

— Dieu que c'est bon de te retrouver !...

Cosmes sentait contre lui toutes ses formes de femme, pleines et arrondies.

Le premier, il voulut monter l'escalier dans la semi-obscurité. Il connaissait par cœur la disposition de chaque marche et voulait s'assurer que sa mémoire ne le trahirait pas. L'endroit où l'une des marches avait été creusée par les eaux, l'endroit où le bord d'une autre était ébréché. Il portait tout cela dans sa tête et retrouvait tout comme auparavant. Pourtant quelque chose manquait. Il s'arrêta sur le qui-vive. C'est cela : il n'y avait plus le courant d'air. Les fissures dans les murs avaient été calfeutrées avec de vieux journaux. Au moment de pousser la porte du séjour, Cosmes demanda :

— Tu es seule ?

— Non, pas vraiment.

Que voulait dire ce « pas vraiment » ?

— Je ne voudrais pas vous déranger, dit-il en faisant mine de redescendre.

— Que tu es bête ! Tu peux rester ici autant de temps qu'il te plaira...

A l'intérieur, un feu crépitait entre les chenets. La même lampe tombait bas sur la table à présent recouverte d'une toile cirée à

144

carreaux bleus. Ce bleu, du premier coup d'œil, Cosmes le repéra partout, comme si la pièce en avait été éclaboussée. Un bleu d'une extraordinaire variété : des bols à lisière mauve, un vase décoré de pervenches, le violet d'un coussin, plusieurs aquarelles sous-verres, des marines presque abstraites : l'espace d'une mer immobile à peine séparé d'un ciel turquoise.

Sur l'ancienne commode repeinte évidemment dans un dégradé de bleu, du plus sombre au plus pâle, il y avait aussi la présence nouvelle d'une radio-cassette. Comme désorienté, Cosmes se tourna instinctivement vers Fannie et s'aperçut qu'elle aussi portait du bleu sur les paupières.

— Tu n'as pas bonne mine, releva Fannie sur un ton de reproche. Il fait un temps détestable ce soir. Tu dois avoir faim ?... Après toutes ces années, comme je suis contente !...

Virevoltant, allant et venant, elle disposa sur la table le vin, le pain, et plusieurs fromages : aux noix, à l'ail, aux fines herbes.

— Nous avons à présent une chèvre, Larissa, qui donne le meilleur lait. Il faudra que tu fasses sa connaissance.

Sans paraître se formaliser de ce « nous », Cosmes sortit un canif de sa poche, déplia la lame hors du manche en corne, et se mit à manger, bouchée de pain, bout de fromage.

— Et maintenant, raconte...

Fannie s'était assise devant lui, le visage entre les mains.

Cosmes avait eu de bons moments et il se répandit en paroles. A Ostende, il avait accompagné les pêcheurs en haute mer. Il s'était embarqué sur un vieux rafiot à destination d'Oslo. En Norvège, il avait gardé des chevaux sauvages ; il logeait dans une sorte de hutte et on lui apportait tous les soirs de quoi manger. En Allemagne, il avait été même surveillant dans un pensionnat de jeunes filles.

— De jeunes filles ?... Ce n'était certainement pas pour te déplaire...

Cosmes devina une présence dans son dos. Il ne se retourna pas tout de suite. Cette présence, il la sentait telle une ombre mince, presque transparente, avec quelque chose d'inflexible.

— Oh ! viens Anja... se leva Fannie, que je te présente... mon mari. Oui, après tout ce temps, Cosmes est de retour.

Et Cosmes, tournant sur lui-même, découvrit Anja en chemise de nuit, les hanches à peine marquées, les cheveux coupés courts, la poitrine menue, si menue... Anja l'accueillit avec un air affable, se laissa serrer la main, avec un peu de distance et même d'indifférence, mais sans aucune once d'hostilité, cela Cosmes pourrait le jurer. Anja vint s'asseoir à côté de Fannie. Là, toutes les deux devant lui. Cosmes ne trouvait plus ses mots. Il reprit du vin.

— Nous allons boire avec toi, à ton retour, dit Fannie joyeusement.

— Pas pour moi, répondit Anja, repoussant doucement le verre qu'elle lui offrait. Tu sais que le vin me réussit mal...

Avec le vin, sa langue de nouveau se délia et Cosmes se remit à parler de ses voyages aventureux. Mais, au fur et à mesure qu'il racontait, les événements perdaient de leur relief, lui semblaient sans consistance, presque dérisoires, comme si tout ce qu'il avait vécu à travers l'Europe n'avait plus d'importance. A la vérité, l'esprit de Cosmes était ailleurs : autour de la toile cirée de la table, des bols bleus, des aquarelles marines et du coussin à reflet violet — captivé par la présence d'Anja, ses petits yeux scellés de silence.

— Ne le prenez pas mal, dit celle-ci en se levant, mais je tombe de fatigue...

Et Cosmes resta devant sa femme. Sans plus aucune inspiration. Le silence devenait entre eux d'une extrême densité.

— Je crois, moi aussi, que je ferais bien de me coucher, dit Cosmes.

Fannie alluma la lampe à pétrole et la lui tendit.

— Nous avons toujours un lit d'ami dans le grenier, tu te rappelles...

Elle lui souhaita la bonne nuit.

Dans le grenier, à la clarté incertaine de la lampe, les objets revêtaient un aspect fantomatique. Cosmes se déshabilla sans tarder et se glissa sous les couvertures. Il avait les pieds froids, et il se souvint de l'ancienne métaphore : « glacés comme des nez de chien ». Il souffla la lampe et un filet de fumée âpre se répandit sur son visage.

Un long moment, il resta sans pensées, à l'écoute des bruits assidus de la pluie contre les tuiles, avant de s'assoupir. Il fit le rêve d'un grand poisson nageant dans les fonds marins. Tout à coup, un plongeur survint ; Cosmes ne distinguait pas son visage ; à coups de couteau le plongeur entailla violemment la peau du poisson et il en coula des filets de sang bleu...

Cosmes se réveilla au milieu de la matinée. Un rayon de soleil

146

pâle tombait de la lucarne. Il s'étira, puis demeura emmitouflé dans les couvertures. Il se sentait las et endolori. Peut-être avait-il pris froid ? Il s'efforçait de ne songer à rien, et pourtant, aux quatre coins de son esprit, il y avait une foule d'idées prêtes à l'assaillir. On frappa quelques coups menus à la porte. Fannie lui apportait du café chaud et s'étonna de le trouver encore couché.

— Je crois que j'ai pris froid. Ou bien est-ce la fatigue accumulée durant toutes ces années ?...

— Tu as toujours aimé te faire dorloter, répondit-elle sans paraître dupe.

Fannie s'assit sur le bord du lit et le regarda boire sa tasse de café. Puis demanda ce qu'il comptait faire.

— Cela se décidera de soi, déclara-t-il d'un ton évasif.

Il n'avait jamais aimé faire des projets ni des promesses à long terme.

— Repose-toi, dit-elle. Je vais chercher de l'eau au village.

De l'eau ? Il avait oublié que la pompe était fêlée.

— On l'a trouvée ainsi un matin, expliqua Fannie ; fendue, sous la poussée d'un bloc de glace.

Elle le laissa. Peu après, il entendit la voiture qui s'éloignait. Le corps engourdi par le café, Cosmes retomba dans un sommeil sans rêve. Lorsqu'il rouvrit les yeux, la journée était bien avancée. La lumière ne tombait plus de la lucarne. Le soleil avait continué sa course. Il distingua des trottinements en bas et appela Fannie.

Il entendit des pas monter l'escalier et resta étendu, couché sur le dos, les mains glissées sous la nuque. Mais subitement il se rendit compte que les pas qui approchaient n'étaient pas les pas familiers.

— Fannie n'est toujours pas rentrée, dit Anja ouvrant la porte. Vous désirez quelque chose...

Devant elle, Cosmes se sentit gêné de conserver une position aussi indolente ; il se redressa, se raidit, les épaules appuyées contre le montant du lit, en retirant les couvertures.

— Quel étrange nom, Anja...

Il aurait aimé la voir s'affairer autour de lui, mais elle resta figée.

— Je suis née à La Haye et ma mère était russe. Si cela vous suffit comme explication...

Elle disait toujours tout sur un ton tranquille et impassible.

— J'étais venue me reposer dans la région, ajouta-t-elle, et j'ai rencontré Fannie au marché de Lalbenque : nos mains se sont trouvées dans le même cageot.

Comme pris en faute, ils furent interrompus par le bruit de la voiture qui rentrait en bringuebalant dans les creux du chemin. Cosmes alors se leva, s'habilla ; en bas, il croisa Fannie :

— Je vais faire un tour, lui dit-il.

— On dirait que tu as repris tes couleurs ! lança-t-elle.

Il se dirigea vers le bois : un petit labyrinthe où les arbres s'effeuillaient, des chênes, des érables rougis par les premiers froids, et aussi plusieurs peupliers aux feuillages effilés, dont le revers argenté effraie les corneilles. En marchant, Cosmes trouva quelques girolles : ici, là, et plus loin. Il les respira en fermant les yeux ; c'était comme si les odeurs trop mûres de l'arrière-saison s'étaient condensées au creux de ces petits chapeaux à lamelles. Cosmes les ramena dans le pli de son chandail relevé d'une main.

Fannie lisait et Anja, de son côté, enregistrait un quatuor de Béla Bartòk sur la radio-cassette. Il leur montra les girolles. « Ce serait l'occasion d'une petite fête. » Ensuite il tint à s'occuper du ménage ; il fit la vaisselle, passa l'éponge sur la toile cirée de la table, donna un coup de balai. Il cherchait à tromper l'attente — tandis qu'elles, par instants, relevaient la tête, irritées d'un tel affairement.

Dehors la nuit était tombée dans une grande avancée d'ombre froide, presque opaque, absorbant la vallée. Derniers rougoiements du soleil couchant, derniers scintillements sur les vitres — et puis la lune prendrait le relais, levée çomme une petite mongolfière mystérieuse.

Fannie referma son livre et se leva pour aller traire Larissa. « Viens avec moi, si tu veux... » Dans la bergerie, la chèvre était attachée le long du râtelier. Une bouffée de chaleur moite collait à la gorge. Cosmes resta en retrait et Fannie commença la traite, assise sur un passet à trois pieds, le seau entre les genoux, le front appuyé contre le flanc de la chèvre. Elle enveloppait les mamelles entre ses doigts. Un toucher moelleux. Elle pressait, un pis et puis l'autre.

« Tu veux essayer... » Elle lui céda la place. Il pressa un pis et rien... « Laisse-moi te montrer. » Elle posa les mains sur celles de Cosmes. Elles étaient minces, sans consistance, jusqu'à ce qu'elles exercent une pression nette. Elle remonta leurs mains unies contre le bollet couvert de poils soyeux, puis resserra leurs doigts en anneau autour de la mamelle qui enfla à mesure. Un jet tinta dans le seau. Et bientôt Cosmes, trouvant le rythme, put le faire seul, gagné par une sorte d'ivresse, le front pressé contre le flanc de la bête. « Tu vois, elle te connaît déjà. » Cosmes avait l'impression de s'enfoncer à l'intérieur des chairs.

Il se releva. La tête lui tournait un peu. Il voyait des cercles se dénouer autour de l'ampoule. Fannie se pencha ; il voulut l'aider à porter le seau et elle crut qu'il allait la prendre dans ses bras comme autrefois. Mais il prit seulement le seau et Fannie détourna les yeux, avec une envie de pleurer.

Au cours de la soirée, Anja repassa le quatuor de Bartòk qu'elle avait enregistré et elle parla à Cosmes de cette musique qui éveillait l'image d'un paysage gelé, d'un traîneau tiré par des chevaux dans la neige poudreuse, avec des tintements de grelots et des cris d'oiseaux sauvages. Elle lançait des clins d'yeux à Cosmes tout en parlant.

Puis la radio-cassette s'arrêta d'elle-même après un cliquetis. Le silence revint. Chacun des trois se retrouva isolé, enfermé en soi-même. La fuite du temps, entre les aiguilles d'une horloge à coucou, semblait un fil interminable de laine. Bruissements ténus. Fannie essaya de s'absorber à nouveau dans la lecture de son livre ; Anja cherchait à obtenir France-Musique en fréquence modulée, sans « ce continuel sifflement ». Cosmes, enfoncé dans le fauteuil, plissait tranquillement les yeux : les choses devenaient floues, indéfinies, et le bleu paraissait sourdre de l'ombre par toutes les brèches.

— Je vais me coucher, annonça Fannie.

Un temps.

— Tu viens, Anja...

Au ton de sa voix, il n'était évidemment pas question qu'Anja restât seule avec son mari.

Cosmes n'avait pas sommeil et décida de rester encore. Mais, dans l'espace vacant de la pièce, il se sentit démuni, désœuvré, progressivement oppressé, comme si l'air gagnait une subite densité. Il regarda de plus près les aquarelles, puis la nuit collée contre la vitre, et il éteignit la lumière.

Le lendemain matin, Cosmes se leva le premier. Le jour bleuissait à peine les carreaux de la cuisine. Il fit le café et sortit prendre l'air. Il alla jusqu'au noyer en bordure des pâtures. Une nuit moite subsistait sous les branches, une odeur de brou. Il ramassa quelques écales tombées ; elles tachaient ses doigts comme « du sang de poisson ».

Revenant vers la maison par le côté, il aperçut Anja à la fenêtre de la chambre. Oui, Cosmes avait bien vu : poitrine nue, elle se lavait devant l'aiguière. Il se tapit et l'observa sans bouger. Puis il lui parut inconvenant et même cruel d'épier une femme à son insu. Il sortit des feuillages et se mit à siffloter un air surpris au cours de sa vie aventureuse, en réussissant à rendre la mélodie étrange et suave.

Anja l'entendit sans sursauter, glissa un regard par la fenêtre et aperçut Cosmes ; mais elle continua sa toilette comme si personne n'eût été là. Cette attitude effaroucha Cosmes — il lança à coups de pied les noix et les écales qu'il tenait entre ses mains.

On était un jeudi et c'était jour de marché à Lalbenque. Cosmes accompagna les deux femmes, assis à l'arrière de la voiture. Elles bavardaient entre elles tandis qu'il observait le paysage qui défilait derrière la vitre. Du regard il suivait le soleil qui sautait tel un félin d'un arbre à l'autre, avant d'inonder une petite vallée jusqu'aux lisières des forêts. A plusieurs reprises, Cosmes tenta d'attirer l'attention de Fannie dans le rétroviseur. Ils arrivèrent à Lalbenque.

Sur le marché, les deux amies s'occupèrent des emplettes, continuant de bavarder entre elles, riant exagérément, se montrant du doigt ceci et cela, alors que Cosmes les suivait, taiseux et taciturne. Il décida de vaguer de son côté, acheta un paquet de tabac et se mit à fumer entre les étals. Toute cette animation du marché, il la retrouvait comme autrefois ; c'était seulement un jour où il n'était pas suffisamment présent. Au retour, ils passèrent par le village pour emplir d'eau quelques jerrycans.

Ce fut Fannie qui prépara le repas.

— Un poulet rôti aux abricots, qu'en dis-tu ?

Cosmes passa derrière elle, l'enserra tendrement entre ses bras, et elle s'abandonna contre sa poitrine, les yeux mi-clos. Elle sentait son cœur à lui battre, calme et régulier, comme des coups frappés contre une membrane tendue.

A ce moment, Anja passa furtivement dans la cuisine et fit comme si elle ne voyait rien. Instinctivement le couple se sépara. Fannie repoussa une mèche de cheveux tombée sur sa figure et se remit à saler et poivrer le poulet qu'elle tenait encore entre ses doigts.

Anja apparut au repas revêtue d'une robe en soie noire, moulante, et très décolletée — une légère rosée sur les lèvres, les yeux très maquillés. Dans l'échancrure du corsage, ses seins rapprochés dessinaient entre eux un sillon ombré. Cosmes ne pouvait plus en détacher ses yeux. Du regard il y revenait sans cesse, mine de rien, comme aimanté, doucement affolé. Ce matin il l'avait aperçue à la fenêtre ; aucune clarté n'émanait de ses seins, comme si la peau eût été insensible ; et maintenant...

Anja but plus que de coutume ; le vin la grisa ; elle devint extraordinairement volubile, gaie, exubérante. Elle lançait vers Cosmes des clins d'yeux coquins. Plusieurs fois, elle appuya la main sur son bras, une sorte de caresse. Ses lèvres se plissaient.

La figure de Fannie s'assombrissait. Exaspérée par le jeu d'Anja, elle froissait nerveusement une serviette entre ses doigts. A la fin elle se leva précipitamment :

— Faites ce que vous voulez, mais moi je vais me coucher...

Que lui prenait-il ?

Anja était devenue pâle. Morose et morfondue. Cosmes tournait une petite cuillère entre ses doigts. Lui aussi ne savait plus que penser. Il sortit la bouteille de cognac de l'armoire et fut seul à en boire.

Replié sur lui-même, il songeait aux raisons qui l'avaient poussé à partir autrefois : toutes ces querelles avec Fannie, comme si désormais ils ne pouvaient plus s'accorder, ni même cohabiter sans une continuelle irritation.

Il aurait aimé raviver la conversation. Par exemple, demander à Anja comment il se faisait qu'elle parlait sans accent. N'avait-elle pas dit qu'elle était professeur de français en Hollande ? Cosmes n'en savait plus rien ; peut-être inventait-il cette explication à l'instant.

Anja essuya avec sa serviette le fard bleu sur ses paupières, passa sur ses lèvres qui laissèrent sur le tissu de papier une trace rosée. Un long moment elle croisa le regard de Cosmes, comme si elle cherchait une ardente réponse ; puis, d'un mouvement souple, elle se leva et alla vers la chambre. Au fond du verre de cognac, dans la petite nuit d'un noir doré, Cosmes aperçut son visage reflété. Il était près de briser le verre entre ses doigts.

Avant que le jour se lève complètement, des coups de métal retentirent dans la cour. Les deux amies, réveillées en sursaut, allèrent à la fenêtre et aperçurent Cosmes sous le toit attenant à la bergerie, où naguère il s'était aménagé une petite forge. Il avait retiré les parties fêlées de la pompe et s'était mis en devoir de les ressouder.

Cosmes actionna le soufflet en tirant sur la chaîne et des flammes bleuâtres se délièrent. Les deux femmes se détournèrent de la fenêtre et s'habillèrent en hâte ; elles avaient, elles aussi, envie de se montrer actives.

Parfois elles passaient séparément dans la cour, passaient sans s'approcher de la forge, le regard tourné vers Cosmes penché au-dessus des braises et qui tendait, avec des pinces à poignées de cuir, les parties fêlées de la pompe.

Lorsque les pièces furent chauffées au rouge, il les ressouda au chalumeau, scellant les lèvres d'un fil couleur d'argent. Ensuite il plongea la pièce dans une bassine d'eau de pluie. Un grand chuin-tement, une montée de vapeurs. Cosmes s'assit pour fumer une cigarette roulée entre ses doigts ; il regardait paisiblement autour de lui.

Puis il alla ajuster la pièce ressoudée au corps de la pompe, et il la serra avec des écrous. Il souleva le levier. Un grincement. Le piston jouait à vide. Cosmes versa un peu d'eau pour amorcer et recommença à actionner la poignée de haut en bas. Un long souffle frouait dans les tuyaux vers l'intérieur de la terre. L'eau afflua d'un coup, d'un claquement de langue pourrait-on dire.

Alertées, les deux femmes arrivèrent dans la cour pour voir Cosmes, comme soûl, presque dansant, qui faisait jaillir l'eau à grandes éclaboussures.

Plus tard dans la journée, les deux amies étaient descendues au village et Cosmes s'en alla par un autre côté, son large sac en bandoulière. Il se tourna une dernière fois pour regarder la mai-son découpée sur fond de ciel, et cassa, d'un coup d'ongle, l'amarre très fine qui lui tenait le cœur là.

Le Grès de Calvignac,
Juin 1986

Jean-Pierre OTTE

LA LUCARNE

Gisèle Prassinos

Depuis que David avait disparu — huit jours déjà — Clotilde vivait avec le sentiment de n'avoir plus rien à faire. Autrefois, elle préparait viandes en ragoût, lapins à l'ail, poissons à la provençale, poulets rôtis et autres plats. Les heures qu'elle y consacrait, elle ne les regrettait pas puisque David, l'œil chaviré, ronronnait de plaisir après chacun de ses repas tout en procédant à une toilette plus ou moins intense selon le degré hygrométrique de l'air. A ces moments-là, il devenait une œuvre d'art humide qui bouge, respire, décide et son programme de nettoyage se déroulait chaque jour, non pas exactement comme la vieille mais avec des variantes inattendues. Ainsi, il pouvait être en train, comme d'habitude, de se laver les oreilles quand, tout à coup, il les lâchait pour ouvrir ses cuisses bien fourrées et, entre les deux, châtier du museau quelque détritus ou insecte imaginaire. A moins qu'il n'attrapât sa queue pour jouer avec, comme il se fût agi d'une autre, tout en sachant que c'était la sienne. Mais l'essentiel du rite demeurait le dégraissage des joues, moustaches, nez et babines. Une langue telle un pétale de rose mais autrement plus agile, se partageait deux points cardinaux de la gueule, l'est et l'ouest, en frôlant de temps en temps le nord et le sud. Une lancée vers le haut balayait la sensible terre cuite du porte-narine et l'échauffait, au point qu'on le croyait tout juste sorti du four à haute température. C'était un spectacle admirable dont on ne se lassait jamais, quelque chose qu'on attendait avec joie et qu'on laissait derrière

153

soi dans le ravissement. Puis David s'endormait après une séance de caresses. Alors, dans le silence soulevé par des ronflements de poupée, Clotilde tricotait en attendant le réveil du chat et la promenade surveillée qu'il faisait sur le toit, l'après-midi, attaché à une longue ficelle. C'était commode, ils habitaient une mansarde, il n'y avait qu'à ouvrir la lucarne. C'était risqué aussi puisque la dernière fois, Clotilde avait, dans un moment de distraction, lâché la corde.

Aujourd'hui le silence elle ne le supportait plus. La vue des objets morts depuis que David n'était pas là pour se faufiler parmi eux, l'obligeait parfois à fermer les paupières. Derrière elles, elle voyait encore le chat. Quant à son lit déserté, à la couverture trop propre et bien tirée, elle n'y entrait plus, le soir, avec le même plaisir qu'avant, lorsqu'elle avait la certitude d'y retrouver le chaud regard de l'animal, sinon de le voir arriver vers elle, au trot, un peu plus tard.

Elle voulut travailler et trouva des adresses à écrire pour une galerie de peinture. Le bruit de la plume grattant le papier lui tenait compagnie et ses gestes nouveaux la distrayaient d'elle-même. Restait qu'elle n'entendait plus la voix chère ; ou bien si, elle entendait des miaulements tout proches, bouleversants de vérité mais ils n'étaient qu'une production amicale de sa mémoire. Parfois, elle se surprenait à appeler David, quand l'oubli la mutilait pendant quelques minutes.

La commande fut livrée. Clotilde n'envisageait pas de s'arrêter là. Elle acheta trois mille enveloppes et se mit à copier des adresses dans l'annuaire. La vanité de son occupation finit bientôt par l'attrister.

Ensuite, elle décida d'entreprendre des recherches pour retrouver David. Un mois plus tard, elle dut se résigner : aucune trace de « Superbe chat rayé gris et noir, avec ventre roux » n'avait été signalée.

Maintenant, une grande partie de la journée, la bouilloire sifflait et chantait sur le fourneau à gaz, lâchant sa vapeur par touffes comme une locomotive. C'était la dernière découverte de Clotilde pour dégourdir la torpeur qui régnait dans la chambre. Son poste à transistors produisait des sons trop familiers, ils ne se distinguaient pas du silence, tout comme le bruit du métro aérien qui passait sous elle sans qu'elle pût en apercevoir les wagons. Elle avait une fois entendu le discours suave et varié d'une machine à laver le linge. Elle aurait aimé en avoir une chez elle mais la dépense n'entrait pas dans son budget, comme dans son logement, l'appareil n'eût pas trouvé sa place.

D'ailleurs, depuis quelques jours, elle prêtait l'oreille à autre chose. En elle, quelqu'un réclamait un nouveau chat, affirmant que « ce ne serait pas une infidélité envers le disparu car celui-ci resterait dans le cœur de la maison, il en serait toujours le maître du haut de son irréparable perte. Le remplaçant, on ne le tolérerait que pour continuer à célébrer la race de David ». En elle aussi, une autre se taisait, à la fois indignée et tentée, repoussant l'image exquise d'un enfant-chat tout en avançant la main pour le prendre et le serrer sur sa poitrine.

La bouilloire chantait donc ce soir-là, accompagnant le duel intime de la femme. Il devait être environ vingt heures et il faisait sombre dehors, lorsque le toit se mit à résonner. On le secouait, des pas martyrisaient ou réjouissaient — comment savoir ? — des plaques d'ardoise qui, sans doute, avaient depuis longtemps oublié ce que sont des souliers d'homme. Et soudain, deux jambes de pantalon, chaussées de laine rouge et de sandales, se balancèrent au-dessus du plancher, depuis la lucarne qui était restée ouverte. L'individu, plutôt large, avait du mal à introduire le reste de son corps. Quand il fut tout entier et haletant à l'intérieur de la chambre, Clotilde, malgré sa surprise, put remarquer qu'il portait une casquette à carreaux grise sur de longs cheveux noirs et que ses sourcils, ainsi que sa barbe étaient blancs. Sut-elle aussi qu'il apportait avec lui toutes les odeurs de l'automne ? Celles du petit froid traînant sa brume, de la terre et des verdures agonisantes, des feux lents à mourir au fond des jardins. La bouche de l'homme lança le dernier jet d'une haleine laiteuse et lui, toujours essoufflé : « J'ai abîmé un pervers... qui a tué mon chien... » dit-il, tout en époussetant ses vêtements misérables. « On me poursuivait... alors... »

Il allait se mettre à pleurer de peur, de fatigue, de chagrin surtout mais honteux, il se ravisa : « le salaud, la brute... » ajouta-t-il avec une grimace. « Je vous prie de m'excuser, Madame. »

Il cueillit une feuille de platane morte accrochée à la manche de sa veste et, avec le sourire déjà, la tendit à Clotilde en s'inclinant

155

devant elle. « Enguerran de Beyral, Comte de Jade et Marquis de Preyvance », murmura-t-il.

Entre-temps, la maîtresse de maison, soudain tonifiée, avait rapidement fermé la fenêtre, éteint l'électricité ainsi que le gaz sous la bouilloire. Loin d'avoir peur, elle se sentait responsable de cet homme traqué pour avoir puni un lâche, elle était prête à le sauver. N'aurait-elle pas, elle-même, battu sans pitié celui qui eût seulement osé attaquer David ?

« Enguerran comment ? » demanda-t-elle dans l'ombre qu'entrouvait le rectangle en plein ciel de la lucarne.

Clotilde se remit à la cuisine. Les plats restaient les mêmes, seules les quantités différaient et le plaisir était proportionnel au volume de la nouvelle présence. Enguerran ne ronronnait pas mais dans sa barbe couraient des ondes de jouissance, et, après chaque morceau, sa bouche fermée sur le goût qu'ainsi elle prolongeait, ses narines devenues carrées pour mieux accueillir l'arôme, un grognement de satisfaction prenait naissance dans sa gorge et filtrait par tous ses pores.

Le lendemain de son intrusion, à sept heures du matin, il voulut partir. Impossible de laisser sur le trottoir le cadavre de son chien, il fallait le reprendre et l'enterrer au Bois de Boulogne. « C'est trop risqué dit Clotilde. Si l'on recherche celui qui a blessé, tué peut-être l'exterminateur de chiens, on s'attend d'abord à l'arrêter sur les lieux du crime. Vous ne devez pas bouger d'ici... et de longtemps. »

Elle venait d'oser ces paroles tout en allumant le feu sous la bouilloire. Elle avait déjà ouvert la boîte de café qui lançait des éclairs parfumés et posé sur la table un quart de beurre bien lisse et mouillé de rosée. Pendant ce temps, le pain de la veille, coupé en tranches, dorait ses creux et brûlait ses bosses. Il n'en fallait pas plus pour saliver, jouir en même temps de l'atmosphère chauffée par la buée qui ternissait aussi la vitre de la fenêtre.

« Cher Béranger ! » soupira Enguerran. Clotilde comprit qu'il s'agissait de son chien et elle lui demanda si les mots qu'il avait prononcés après les « de » dans le défilé de son nom, étaient illustrés par des châteaux. « Oui, du temps de mon arrière-grand-père... aujourd'hui, pas même une cabane. Je serais plutôt le marquis du Pont et le comte du Métropolitain », dit-il en riant.

Clotilde lui proposa de laver elle-même ses cheveux, sa barbe et de les raccourcir aux ciseaux. Il se laissa faire, tout neuf dans son rôle de compagnon domestique, lui qui sortait d'être moineau. Ses habits furent savonnés, frottés. Hors de l'eau, ils n'étaient plus que des morceaux d'étoffe lacérés. Clotilde se précipita à Monoprix pour lui acheter au moins un pyjama molletonné et des pantoufles. Elle le touvait beau ainsi, l'air permanent. En plus, elle lui rapporta une pipe et une blague à tabac pleine car il se désolait d'avoir perdu les siennes pendant la bagarre.

Ainsi, Enguerran devint un sédentaire surnourri qui se mit à engraisser et à s'ennuyer. Ses joues flasques prirent un mauvais teint. Pas question pour lui de se promener sur les toits, Clotilde estimait cela trop dangereux et il l'admettait encore. Souvent, dans la journée et surtout la nuit, il dormait le dos au mur, par terre, en chien de fusil. Il tenait un torchon roulé contre ses lèvres, portait sa casquette sur la tête et ses sandales aux pieds. Il avait très vite abandonné les pantoufles dont le symbole lui déplaisait. De toute façon, Clotilde ne protestait pas, elle le laissait libre. Quand Enguerran se réveillait, il parlait un peu de sa vie passée, jamais de son enfance ni de sa jeunesse. Un jour, il dit franchement qu'il rêvait d'une sieste sur un banc sous le soleil de juin, au bord de la Seine. Ou de manger une grosse andouille avec du pain frais en bavardant entre amis. Ce fut blessant pour Clotilde. Elle avala sa salive, le cœur serré et fit seulement remarquer que Noël approchait tout juste, qu'il faudrait attendre. « Ce n'est pas que je me trouve à plaindre, dit l'homme. Je passe des vacances de pacha dans un palace des plus confortables ! » Clotilde rougit de plaisir. Elle lui prépara une pipe, un café accompagné d'une cuillerée de confiture, bien décidée à lui acheter, le lendemain, l'andouille dont il avait envie.

Cette nuit-là, il y eut des coups de tonnerre et la pluie se mit à tomber en fils durs. Clotilde ne pouvait dormir. Un peu plus tard, malgré les bruits du dehors, elle entendit gratter à la vitre de la lucarne. Tout d'abord, elle n'attacha pas d'importance à ce petit fait mais après qu'il se fût produit plusieurs fois, elle se leva, prit une lampe de poche pour ne pas réveiller Enguerran et s'approcha de la fenêtre noyée d'eau. La visibilité était mauvaise, pourtant cette chose qui demandait l'hospitalité ressemblait à David... C'était David. Clotilde eut un instant de panique, les larmes lui vinrent aux yeux, de colère ; elle détesta celui qu'elle chérissait deux mois auparavant de prétendre s'imposer entre elle et Enguerran. Non, elle ne reprendrait le chat à aucun prix. Elle alla chercher le balai, ouvrit la fenêtre et chassa la bête en la menaçant du bâton et produisant des pfch... pfch... significatifs. David, tout en s'étant éloigné, demeurait immobile sur ses pattes déçues et sa queue tremblait de froid. Il regardait sa maîtresse d'un air étonné, la gueule entrouverte comme s'il voulait miauler sans y parvenir. Et la femme, d'allonger son arme et de l'abattre sur les flancs amaigris.

C'est à ce moment qu'Enguerran ouvrit les yeux et vit la scène dans la pénombre. Aussitôt debout, il s'écria : « Vous êtes devenue folle ! », s'empara du balai, le jeta derrière lui, écarta sa protectrice et, d'un bond, se trouva sur le toit, courant après le chat qui fuyait. Il le rapporta dans ses bras, serré tendrement sous la veste du pyjama. Il n'eut pas un regard pour Clotilde interdite. David qui frissonnait, fit semblant de ne pas la reconnaître. Enguerran sécha l'animal, lui donna une soucoupe de lait puis alla se recoucher par terre. Peu après, David vint se pelotonner sur le sein de celui qu'il considérait désormais comme sa propriété. Clotilde, elle, enrageait seule dans son lit.

Le jour d'après, Enguerran eut son andouillette, plus une bouteille de Côte du Rhône mais Clotilde oublia d'apporter de quoi nourrir le chat. Alors, l'homme partagea sa gourmandise avec lui. Accroupi, il offrait chaque bouchée dans le creux de sa main car David qui ne se sentait pas approuvé de l'autre côté, avait la langue réticente.

De même, son ex-maîtresse ne ressortit pas le plat à sciure indispensable et la bête, terrorisée, déposa ses besoins sur le parquet, bien à l'écart. Clotilde l'insulta, le frappa ; David se réfugia sous une chaise. Enguerran, toujours muet, s'étendit sur le sol à plat ventre, caressa la petite tête et lui murmura longtemps des mots qui chantaient. A quatre heures, quand il lui servit du lait, Clotilde qui dans son coin frottait des couverts d'argent, haussa les épaules plusieurs fois.

Quelques jours s'étirèrent ainsi. C'était presque pis que le silence avant l'arrivée d'Enguerran.

Un soir, dès avant le dîner, celui-ci parut très préoccupé. Il allait et venait dans la pièce, chatouillant le chat au passage, assez distrait. Clotilde disposait les assiettes sur la table, lorsqu'il la pria de l'écouter quelques minutes.

Il avait décidé de partir. Il lui était très reconnaissant, elle l'avait sauvé, choyé mais à présent il ne risquait plus rien et il était temps de la débarrasser de lui. Clotilde n'y tint plus et se jeta dans ses bras. Sans la repousser, il n'eut pas un geste d'affection, malgré qu'elle lui dît, en phrases entrecoupées de hoquets, qu'il voulait la quitter parce qu'elle détestait le chat et le battait. Elle promettait de mieux traiter l'animal mais qu'il reste, lui, qu'il reste encore un peu.

Il resta, peut-être par pitié, par faiblesse, peut-être pour David. Clotilde fit des efforts, elle ignora le chat tout simplement, laissant à Enguerran le soin de s'occuper de lui. L'homme essaya de son côté d'être plus attentif envers son hôtesse. Il était trop vrai pour y parvenir, ses gentillesses sonnaient mal et ce fut à travers elles que Clotilde ressentit comme définitive et sans remède l'indifférence polie qu'il lui avait toujours témoignée. Elle était malheureuse et s'avilissait en le privilégiant toujours davantage.

L'hiver arriva. Le rectangle de la lucarne, fait de ciel nu, était un échantillon du temps de chaque jour, de chaque heure. A l'approche de la neige, il ressemblait à une couverture de laine épaisse, grise ou blanche. Enguerran ne cessait de le regarder et Clotilde observait Enguerran. Elle essayait de deviner ses pensées, s'il avait de nouveau envie de partir, si seul le froid le retenait, s'il n'attendait que le printemps.

Insatisfaite, elle recommença à martyriser le chat. Un matin, elle le jeta sur le palier de l'étage parce qu'il avait volé une cuisse de poulet laissée bien en évidence dans une assiette. Enguerran ouvrit la porte et fit rentrer David, rien de plus. Ensuite, il refusa de manger et sommeilla tout l'après-midi ou fit semblant. Il était agité, soupirait souvent et se râclait la gorge.

Vers minuit, il se mit à écouter la respiration de Clotilde qui s'était couchée une heure auparavant sans pouvoir s'endormir. Il dut attendre longtemps. Quand le souffle lui parut à point, long et bien scandé, il se leva, tenant le chat contre lui. Puis, en évitant de faire du bruit, il ouvrit la fenêtre et s'en alla par le toit comme il était venu. David était heureux, il ronronnait avec des accents de tourterelle.

Derrière lui, sous son poids accru par les bons traitements, Enguerran laissait deux ardoises brisées.

Gisèle PRASSINOS

ENCORE ALBERTE

Frédérik Tristan

Vergiss mein nicht

20 mai

Cher Monsieur,

Peut-être ne vous souvenez-vous pas de la petite Alberte, que les autres filles appelaient Nénette, ou Fleur de Chou (je n'ai jamais su pourquoi). Eh bien, c'est elle qui vous écrit. J'ai trouvé votre adresse dans le fond de mon sac à main, et si je me permets de vous écrire, c'est sans doute que vous m'avez semblé être digne de confiance, ou que, de toute manière, dans la condition qui est la mienne, il n'y a plus aucun risque à s'adresser à n'importe qui. Si vous ne répondez pas, tant mieux. Je ne vous demande rien. J'écris pour moi, par une espèce de lyrisme, comme on dit, mais c'est aussi du découragement, un besoin de ne pas rester seule dans mon trou, avec mes habitudes, l'asthme, l'escalier, le lit, et le reste, tout le reste que je n'ai guère besoin de vous décrire, vous qui êtes un habitué de ces endroits-là — je ne comprends d'ailleurs pas pourquoi, car vous n'êtes ni infirme, ni laid, ni timide. Mais c'est encore une raison pour laquelle je vous écris. Lorsque vous m'avez louée (c'est le mot le moins répugnant, n'est-ce pas ?), je ne m'attendais pas à la fête qui suivit. Vous crûtes sans doute que je jouais ; mais non, je me donnai toute, comme il ne m'arrive plus tellement ! Et par simplicité. Par goût de votre peau. Voilà un point qui est clair, mais ne vous en vantez pas trop... Vous prîtes quelque plaisir, vous aussi.

Or, vous le voyez bien, je n'appartiens pas au troupeau. Je ne

161

suis à vendre que dans la mesure où l'esclavage me convient, où le risque me paraît digne d'être tenté. Autrement, je laisse aller le tran-tran. Je fais de l'argent, ce qui n'est déjà pas si mal. Et puis je lis beaucoup, je poursuis une carrière un peu secrète d'écrivain. Ce n'est pas une vie double, mon existence me paraissant former un beau tout. Je n'ai pas la sensation d'être une putain, ou bien c'est que la femme libérée des préjugés sociaux ne peut être qu'une putain aux yeux des hommes — mais alors ce sont les hommes qui se trompent, par ce mélange de naïveté et d'orgueil qui les rend si attachants, malgré tout. Car, si vous vous donnez la peine d'y réfléchir un peu, de quelle manière une femme peut-elle aujourd'hui être libre ? Sera-ce par l'apprentissage d'un enfant, cette larve geignante, ce boyau malpropre ? Par le mariage, cette duperie mesquine indigne de la volupté comme de l'amour ? Par le travail, qui donne à l'argent un goût écœurant ?

La liberté d'une femme est de choisir qui elle veut, quand elle veut, et de n'en redouter aucune suite — ce qui n'est pas seulement une affaire physique, vous le savez bien. Nous sommes hantées par le désir des hommes. Je ne vois rien là qui soit mauvais. Le tout est de savoir se donner, ou se louer, au moment voulu, et pas à contre-temps. Un peu d'intelligence et d'habitude y pourvoient. Aussi, nous trouvons-nous en parfait équilibre entre le don de soi, qui est un besoin, et l'exercice de nos charmes, qui est une nécessité. Le corps et l'esprit sortent satisfaits de cet harmonieux assemblage de déraison et de ruse. Les hommes agissent-ils si différemment ?

Je suis issue d'une famille aristocratique. Chez moi, à Bordeaux, on lisait Cicéron dans le texte, et Sade, et l'Evangile. *On*, c'était mon père, grand homme noir avec des moustaches, médecin de son état, encombré d'amis, de femmes, de chevaux et de tous les parasites qui s'affairent autour des gens en vue, comme les mouches autour d'un boeuf. Je crois que c'est lui, sans qu'il le sût, qui m'enseigna l'art de vivre. Quant à ma mère, il l'ignorait. Elle avait les yeux usés par la couture, les genoux bleuis par le prie-dieu. Monsieur le curé était son maître à penser. L'archevêque, en son cosmos de province, était pour le moins le Christ incarné ! Quant au Pape, ce devait être comme la foudre, la grande peste ou la guerre de 14-18, une entité redoutable à laquelle aucun cerveau ne saurait se mesurer.

Moi, dès quinze ans, je râlais sous l'escalier de la cave dans les

162

bras de mon cousin, et de Barbenzat le jardinier, et du petit Chambrin qui, plus tard, fut colonel. Je ne ressentais aucun poids sur la poitrine à pratiquer ce pour quoi il me semblait avoir été faite. Et déjà j'écrivais des vers — d'ailleurs fort bêtes, mais on commence toujours ainsi. Lorsque j'eus l'âge du baccalauréat, mon professeur de lettres, qui n'avait pas quarante ans, m'aida sérieusement à parfaire mon style dans les deux disciplines pour lesquelles je m'étais si ingénuement montrée pleine de dons. Ensuite, j'allai à ma guise et commis quelques erreurs — celle de vouloir garder un enfant, en particulier; et ce fut Marcel qui naquit (il porte le prénom de son grand-père). « Intelligent mais forte tête », comme le dit son carnet de notes, il est un mauvais refrain qui bourdonne dans ma tête, c'est bien peu. Je le vois une fois par mois. La moitié de mes gains sert à le faire grandir. Qu'attendre de lui? Je préfère ma liberté, le rencontrer moins souvent, ne pas m'agacer avec des problèmes stériles. Je n'ai pas aimé ma famille. Ce n'est pas une raison suffisante pour tenter d'en inventer une à partir d'éléments aussi épars que ce gosse venu d'on ne sait où! L'amour que les mères portent à leur progéniture est du seul domaine de l'habitude. On n'y peut rien, voilà tout! Mais en faire des gorges chaudes, fonder des religions et remplir des pages de belle morale sur une affaire de viscères, ah non, mes maîtres! Non!

Voyez, cher monsieur, vous aurez le choix de me prendre pour une prostituée qui se pique d'écrire et en rajoute, ou pour un écrivain qui veut donner le change sur ses moeurs. Toutefois, comme vous m'avez connue au bordel, vous me croirez lorsque je vous assurerai que je suis seulement une femme assez lucide dont la seule perversité consiste à savoir qu'il n'est de saveur à la liberté que dans des interdits habilement provoqués ou contournés. C'est une Vénitienne de la Sérénissime qui s'écriait : « Quel dommage que ce ne soit pas un péché! », en savourant une glace. Elle savait vivre, c'est-à-dire jouer. Et moi, malgré les erreurs que j'ai commises, je crois m'être bien débrouillée de ce côté-là. Il était défendu de regarder un homme. Voyez où j'en suis; et j'y trouve deux plaisirs, la volupté intellectuelle n'étant pas le moindre. J'ai le goût d'être un objet entre les mains d'individus que je méprise — et qui sont des objets, eux aussi. Et puis, les anecdotes ont parfois quelque attrait. Les hommes sont tellement nus quand mes yeux les dépouillent! Celui-ci croit qu'il est seul à me prodi-

guer de la volupté, et achète ce droit-là plus de cinq cents francs !
Cet autre me supplie de m'agiter devant lui comme si j'étais une
pucelle surprise devant le miroir, et lorsque je fais semblant d'en
avoir fini, il pleure sur ma pauvre âme perdue... Et un autre
encore, que je nomme Petites Lunettes, qui me décrit ses innom-
brables succès d'amour... Il en est un qui consacre du vin sur mon
ventre et le répand ensuite dans le bidet ; un autre qui exige que je
porte un chapeau à plumes de chasseur tyrolien qu'il amène toujours avec lui. C'est une déraison quasi sacrée, un simulacre plus
bas, plus haut que la vie. J'en suis l'organisatrice. Vous voyez que
nous ne sommes pas loin du théâtre. Mon métier et ma littérature
ne sont qu'un.

Aussi aimerais-je monter un spectacle durant lequel les comédiens parleraient et agiraient comme le font les clients dans ma
chambre révélatrice. Ce serait tellement plus vrai, et donc plus
corrosif, que les tirades de nos bons auteurs ! La police ne suppor-
terait pas longtemps une leçon pareille, mais je vous ai dit que je
crois en la valeur de l'interdit. Nous cacherions nos spectacles
dans des soupentes ou des caves. Nos voyeurs n'en seraient que
plus heureux et mieux concernés. Peut-être même, à la fin, se
mêleraient-ils à nos effusions — et la vie recommencerait, mais à
un tel point de dramatisation, n'est-ce pas, qu'il y aurait parfois
des morts, pourquoi non ?

Et certes, vous comprenez que je ne considère pas mes clients
d'amour (s'il se peut dire...) comme Fabre observait les insectes
derrière ses lunettes. Je les jetté dans un chaudron afin de participer à la révélation de leurs clameurs, ou de leurs silences, qui sont
moments durant lesquels leur exigence la plus intime peut être
arrachée de leur condition — les usages ; même pas les mœurs !
En bref, je leur enlève la peau, cette carapace, et les voilà écorchés
qui crient, qui ne songent même plus à eux-mêmes. Ils disent ce
qu'ils ont à dire. Mieux : il font ce qu'ils ont à faire, et ils se
taisent, ou ils meurent. Ce sont des éclairs d'une solidité que la vie
peut envier à mon monde.

Or, cher monsieur, il faut que vous soyez bien certain que si je
vous écris, c'est pour tenter de vous inciter à me suivre dans la
voie vertigineuse qui est la mienne. J'adore séduire et corrompre.
(Quelle femme oserait prétendre que ce n'est sa vocation ?) Vous
me semblez assez perdu dans la société et en vous-même pour
avoir besoin de lutter contre cet orgueil qui est le mien. Mais j'ai

164

tort de parler aussi franchement. Vous voilà blessé en votre amour-propre. Alors, venez me punir d'avoir osé vous défier. Je sais être soumise, quelquefois. L'homme que j'autorise aujourd'hui à posséder quelque droit sur moi (il se nomme Charles) commence de m'impatienter. Un mot de vous et je commence par plier. Ensuite nous verrons s'il faut tenter l'aventure, quitter le port pour l'abîme du large. Nous sommes deux continents sauvages qui doivent s'explorer, se défendre, et peut-être succomber. Mes indigènes sont sur la rive, armés de toutes leurs flèches, et vous attendent afin de vous capturer. Oserez-vous faire le pas ?

A bientôt, peut-être.

Alberte

26 mai

Cher Monsieur,

Evidemment, vous avez raison. J'ai tenté de vous leurrer. Je ne suis pas du tout la femme que j'ai laissé errer dans ma lettre. Et d'abord, je n'ai pas d'enfant. Ce Charles n'existe pas. J'habite une demeure qui vaut bien trois millions, sans compter les meubles, les tapis, les tableaux et les collections de mon ancien mari. J'ai une autre maison à la campagne, et une autre sur la Côte. Oui, vous l'avez compris. Je suis une femme de cette haute bourgeoisie qui se mord les mains de n'être pas aristocrate. C'est parmi nous que l'on fait les grands commis de l'Etat. Nos femmes s'occupent d'œuvres aussi inutiles que charmantes. J'écris par amusement, et donc souvent par fatigue et cruauté. Si vous aviez, quelque jour, le courage de me rendre visite, vous trouveriez une élégante qui en impose au Tout-Paris. Voilà qui est drôle, n'est-ce pas, et propre à vous piquer — vous qui me renversâtes sans façon sur le lit-cage du Bijou hôtel, rue de Provence, et qui me payâtes trois cents francs, avec beaucoup de tact, je l'admets.

Certes, le jour viendra où je me ferai prendre. On saura qui je suis. Ces situations-là ne peuvent durer longtemps. Sans doute, le danger est-il un aiguillon, mais c'est l'avilissement qui me plaît surtout. Les autres filles, qui me connaissent depuis six mois, ont commencé par se méfier. J'avais gardé au coin de la bouche un certain air qui pouvait passer pour de l'orgueil. Il fallut apprendre à se déshabiller tout à fait, apprendre les mots qui ruinent le sexe mais protègent la tête. J'appris une humilité proche de la mort, une soumission à l'horreur que mes compagnes ne sentent pas comme moi. Certains gestes me glacent d'effroi, me tournent le cœur. Je vais au devant d'eux à la manière des fidèles à la table de communion — religieusement, oui ! Toutefois, je ne parviendrai jamais à en prendre l'habitude, ce qui me sauve. Au fond de ma turpitude, il y a ce dégoût qui me tient lieu de guide. Et puis, à l'aube, je regagne mon appartement, je prends un bain, je choisis ma plus belle robe et j'écris ; jamais plus d'une heure. Après quoi, je me couche. Je dors très bien.

Au vrai, ce que j'attendais de vous était de comprendre pourquoi je me tiens en ce curieux équilibre, et ne sachant pas laquelle je préfère de mes deux vies — ou laquelle me dégoûte le moins. On a dit mille sottises sur notre attirance vers les gouffres. Je crois que l'on se penche sur eux comme Narcisse sur une fontaine. Nous nous reconnaissons bien en l'ordure. Pourquoi cela, moi qui me sens si petite fille (vous ne pouvez rire de cette confession, n'est-ce pas ?). Je serais encore capable de m'émouvoir d'un baiser furtif, d'un clair de lune au bord de la mer... Parfois, je pense que j'aurais fait une excellente nonne, mais la religion n'est pas assez pure pour moi. Et puis, il m'arrive aussi de songer que c'est le suicide qui m'attire. Je ne sais pas et c'est bien compliqué ; bien compliqué pour rien, allais-je écrire... Je suis sans doute une femme de grand tempérament qui n'a jamais rencontré son mâle. Il paraît que nous divaguons très mal dès que, faute de mieux, le désir vous monte au cerveau. Mais est-ce aussi mesquin que cela ? Non, n'est-ce pas ?

A Bordeaux, chez mon père — c'est vrai qu'il lisait Cicéron dans le texte, et Ovide — je n'appris de la vie que cette senteur moisie qui suintait des tapisseries jaunies, se répandait mollement sur les canapés de velours violet, collait aux photographies de famille, aux images de livre de messe. Même la crème à la vanille avait ce goût-là ! Et moi, je savais que je devenais une fleur séchée et que je commençais de sentir cette odeur surannée. Je mourais, comprenez-moi. Et encore, lorsque plus tard, je me mariai, tout continua identiquement. Le bel appartement, les domestiques, les chiens, tout pourrissait. Le décès de mon époux n'y changea rien.

166

C'était un homme d'une telle propreté qu'il passa directement de l'agonie au squelette.

Ce fut à cette époque-là que je commençais d'écrire mon journal. Croyez-moi, j'y mis tout le sérieux d'un grand homme. Mais déjà je savais que c'était de la folie — une sorte de folie lucide — qui me gagnait (ou que je devais gagner). Je fréquentais des hommes, des femmes, même des enfants, ou presque. Je ne connus personne. Au bordel d'abord, ce fut beaucoup mieux. C'était un cloître avec sa règle, ses punitions, ses offices. D'ailleurs, je n'avais plus le temps de songer à ma petite personne. Je me dissolvais avec volupté dans l'abîme des draps. Mon peu d'âme s'en allait dans l'eau du bidet. J'étais une bête, et les bêtes connaissent-elles l'ennui ? Oui, sans doute, puisque depuis quelques mois les plus ignobles marchés glissent sur ma carapace. La lassitude l'a emporté sur le blasphème. Je ne m'avilis même plus. Je bâille. Que reste-t-il ?

Et puis, vous êtes venu, comme tant d'autres. Pour la première fois depuis longtemps, il y eut un petit échange entre nous, comme un glissement légèrement rapeux entre nos épidermes. J'avais bu deux vins blancs avant de monter. Je ne pense pas que ce soit cela. Mais un peu de volupté, de temps en temps, cela fait du bien. On pense moins. Et soudain, ce fut une volupté mêlée d'effroi ; la glace entre les seins. Ah, je vous ai parfaitement reconnu !

Pardonnez-moi de vous avoir écrit ces deux lettres sans suite, franchement insanes. J'avais besoin de m'exprimer — et pour quoi dire ? Si j'étais reine, je vous ferais assassiner d'avoir connu ma confusion. Mais puisque je suis fille, et que je veux le demeurer (mourir sur ce terrible lit-cage des mains de quelque admirable idiot, la bouche pleine de bave... Oui, c'est cela que je désire. Je guette les pas dans le couloir avec une panique amoureuse, une fixité consentante), venez bientôt me retrouver, venez avec toute votre haine. Entrez et prenez mon cou entre vos mains, vos belles mains de tueur. Approchez votre visage de mon visage. Tuez-moi ! Je vous en supplie, tuez-moi. Et alors, je vous aimerai ; je vous aimerai, je vous le jure, vous qui serez à ce moment tout à la fois le père et l'enfant, l'amant et le prêtre, le bourreau. Avant que vous m'ayez achevée, je serai morte de bonheur.

Alberte
Frédérik TRISTAN

LE BAL DE NDINGA

Tchicaya U Tam'si
(Complainte)

A Yérodia

JEAN-PIERRE MPENDJE :

Il y a eu une furieuse émeute après le meeting. Le vaste terrain nu devant les Beaux-Arts s'était vite transformé, en un clin d'œil, en un sauvage champ de bataille. Ceux qui n'étaient pas par terre, à mordre la poussière, couraient en tous sens. En zigzaguant pour mieux feinter le malheur et ses coups tordus. Mais voilà ! c'était souvent peine perdue ; parce qu'ils sont tordus, les coups du malheur vous atteignent quoi que vous fassiez. Les orphelins ne savaient au nom de qui maudire ceux qui leur avaient cassé qui, un bras ; qui, la mâchoire qui pendouillait ; qui, la tête-citrouille-fendue ; qui encore le cul galeux.

La Force Publique est venue foutre plus de pagaille encore. Peut-être encore plus de blessés. Peut-être encore plus de morts. La Force Publique ne dispersa pas seulement les gens à coups de fusil tirés en l'air. Car, dites-moi, qui a la poitrine à dix, vingt mètres au-dessus de ses pieds pour aller attraper si haut une décharge de plomb inopportune ?

Je n'ai plus vu Ndinga. Nous courions en tous sens.

A coups de fusil, ils ont fait vider la place. Ndinga courait à côté de moi. Je courais à côté de lui. Nous nous tenions par les doigts de la main. Une bousculade nous a séparés. Il tirait un peu la patte... Il claudiquait, car une de ses chaussures n'avait plus de talon. A l'ordinaire, il marchait comme quelqu'un qui avait une

169

hernie entre les jambes... Je me moque de lui. J'oublie la peur, je me moque de lui. J'oublie le mal qui nous menace à coups de fusil. Je me moque de lui qui traîne la patte comme quand il danse... Puis je ne l'ai plus vu courir à côté de moi. Je regarde à droite, je regarde devant moi, je regarde encore à gauche. Personne ! Mais où est-il donc passé ?

ANGELIQUE NKOBA (elle chante) :

> Wapi Ndinga-hé ?
> Mwana yango-hé !
> Mwana mabé-hô hôhô !

JEAN-PIERRE MPENDJE :

Je cours derrière un arbre flamboyant où je me réfugie. De là, je peux regarder à l'abri derrière le tronc. Ndinga ! Ndinga ! J'insulte la bêtise qui le retient là-bas au milieu du terrain à découvert. L'indignation m'étouffe de le voir ainsi exposé. Fou, inconscient ? Mais qu'est-ce qu'il fout là ? Je l'ai vu. Je le vois encore. Je n'en crois pas mes yeux. Parce que je ne comprends pas. Stupéfait de le voir danser. Un cha-cha-cha ! Sur cet air qu'il n'avait pas cessé de fredonner toute la journée. Peut-être. Ah, Dieu de Miséricorde !

LE PEUPLE DES VOISINS
A UNE SUPPLIQUE DOULOUREUSE :

> « Ah, tata Ndinga ! Ah, tata Ndinga ! »

ANGELIQUE NKOBA
(chantant avec le chœur des femmes du voisinage)

> Wapi Ndinga-hèè ?
> Mwana yango-hêê
> Mawna mabé-hôô hôhô !

ANGELIQUE NKOBA :

Ecoutez ! écoutez ce que j'entends ce matin qu'il chante pour répondre au coq de Tata SAKA-BOUVOU !

> Na cereco na 'Abako-hèè !
> Ba kenda-ki-héé

170

Na front cummun-héé !
Indépenda cha cha !

ANGELIQUE NKOBA :

Ah ! Indépenda ya mawa ! Mawaééé ! Je m'étonne : qu'est-ce qu'il dit ? « Pourquoi que tu t'étonnes, ma chère épouse ?... » et moi, je l'interromps : « moi, ta chère épouse ? même pour un million d'indépenda cha cha, je ne t'épouse pas. Jamais *na* jamais ! Oh moyen-té ! » C'est qu'il me supplie : « Alors danse avec moi. » En me donnant le prénom d'une autre. « Sabine ah ! ma Sabine, dansons ma chérie ! » Il montre qu'il danse la jambe ronde et avenante, mieux, croit-il, qu'un autre. Pas deux comme lui dans tout Limpopo. Dans tout Kin-Malébo ! Il est si bien parti que c'est avec une autre que moi qu'il danse imaginaire dans ses bras si ardents — hé ! hé ! Mawa. Ah pitié pour moi ! Ah pitié de moi. Je ne savais pas qu'il allait finir par danser avec une autre que Sabine... Ah, Pitié de lui !

COMMENTAIRE (de toutes celles qui pleuraient avec Angélique) :

Dans le temps de vingt-quatre heures, il y eut deux nuits et deux matins sur Kin ! Le deuxième matin Ndinga ne se leva pas, il ne plaisanta pas, avec la fille de la sœur de sa mère.

Un autre COMMENTAIRE (d'Angélique) :

Il gît là le nez dans l'herbe, que devrai-je dire à la sœur de sa mère ? Moi sa pauvre nièce qu'il accable de sa mort !

JEAN-PIERRE MPENDJE :

C'est au saut du lit que l'air de ce cha cha cha-là le prit à la gorge, qui ne lâchait pas prise, midi passé, qui l'arrêtait dans le travail qu'il était en train de faire. Cet air le distrayait vraiment, le secouait, le bouleversait au plus profond de son être comme jamais il ne le fut. Jamais. C'était tout le temps : Indépenda cha cha to sombi-hé ! Ce qu'il avait l'air buté à le chanter, cet air... une drogue dont il ne s'est pas lassé de toute une journée, une journée où toute sa vie prenait couleurs et senteurs de fleur. Plus il faisait d'efforts pour le chasser de son esprit, plus cet air prenait les accents triomphants d'un hymne de gloire, plus celui-ci s'incrustait dans son sang qu'il sentait couler avec plus de chaleur, avec plus de générosité dans ses veines. Cet air massait chacun de ses muscles, le mettait en émoi, lui caressait le corps, l'âme. Une douillette volupté se répandait en lui, l'éloignait de toute cette contingence matérielle, absurde et avilissante. Le crescendo de Kabasélé lui faisait venir des larmes aux yeux. Ce n'était pas croyable ce sentiment fait à la fois de joie et de nostalgie. Une excitation qui mène au bord de l'extrême délire, comme une envie de mourir et de ressusciter dans les limbes, au paradis sur terre, lavé de tout soupçon de parricide, de querelles fratricides... Surtout ne jamais avoir à passer mille fois la serpillière dans les interminables couloirs de l'Hôtel Régina. Jamais de passer la serpillière dans ces couloirs de l'hôtel ne lui avait paru aussi fastidieux, absurde, avilissant qu'aujourd'hui.

Une excitation qui le bandait comme un arc, cassait ses nerfs, fatiguait sa tête, qu'il perdait tout le temps. C'est ainsi qu'il se surprenait à interrompre son travail, à esquisser un pas. Pour ça, oui, l'énergie lui revenait à très haute tension. Mille volts. Et moi, promu ange gardien (de quel droit?) je crie, j'admoneste: « Attention au patron! »

C'est qu'il est fourbe van Bilsen. Il a des yeux qui traînent partout, même les murs voient, espionnent. Qu'il note que l'on a pris une seconde de repos, une semaine de paie saute. « Ndinga, tu as tout le temps de chanter, après, travaille! » Il invoque sa mère à la rescousse de sa révolte: « Tu parles d'un travail! »

Le répit, qu'indépenda cha cha lui laissait, était un intermède pendant lequel, en vérité, le calme revenait avec des images moins floues, moins violentes que celles que déchaînait cet air du diable quand il revenait. Pire que le hoquet quand il vous tient. Avec van Bilsen à l'affût qui compte les fautes et défalque les semaines de paie, ce n'est pas une gaieté. Ajouter que ces jours-ci, il est tout le temps à la grogne, comme tous ses semblables, qu'indépenda cha cha ne fait pas danser mais plutôt fait enrager!

VAN BILSEN:
(râlant, comme en ces jours où sa plantureuse Bruxelloise le cocufiait):

Allez, bien! On verra bien ce que tu vas gagner avec des macaques comme patrons. Est-ce que tu as déjà vu un macaque construire un hôtel dans la jungle, hein ? Non, hein ! ce n'est pas demain qu'on le verra. En attendant rien ne change. Ce 30 juin est un jour de travail comme un autre. Les mauvaises têtes, il faudra voir. Il ne faut pas se mettre des idées dans la tête. Aller ! Gott vor dam !

JEAN-PIERRE MPENDJE :

Et cet air et ces paroles lui font pousser des idées de révolte, des idées de dignité offensée dans la tête. Ah Ndinga... Mais il est trop occupé à se surveiller, parce que je le titille, l'y pousse, qu'il est incapable de faire sainement le tour des idées qui se glissaient sans qu'il le veuille dans sa caboche. Tête dure. Et le patron répète gratuitement ses mises en garde.

VAN BILSEN :
(Il pue la *Mort Subite* dont il s'abreuve. Sa Bruxelloise pue la moule d'Anvers dont elle s'empiffre matin, midi, et soir de nostalgie pleurnicheuse !)

Il y aura toujours des boys et le Congo aura toujours besoin de nous, les Blancs ! Indépendance ou pas, c'est la même chose !

ANGELIQUE NKOBA
(La rayonne de sa robe étriquée est défraîchie. Sans le pagne de wax qu'elle attache par-dessus, à la ceinture, elle se montrerait nue et indécente.)

Ah ! Ta Ndinga. Je ne sais plus. Dis-moi, quel plaisir se fait-on de mourir en dansant ? Ah, Ta Ndinga. Je promets, reviens : nous danserons ! Si Sabine ne veut pas, moi si !

JEAN-PIERRE MPENDJE :

Arrête ! Ecoute, tu vas t'attirer des ennuis. Ce mois de juin, tout énerve tout le monde, et bien plus encore les Belges. Ils ont du coup plus de nerfs à vif que leurs femmes. Un rien et c'est une colère qui coûte la porte et même la moitié de la solde. On a beau supplier : non, patron ! Pardon-hein. On ne se croit pas tout permis. Oui, patron, on est des sales nègres. Hier, aujourd'hui, demain ! Sales nègres pour toujours. Faut pas couper la semaine patron. Pardon, Patron !

On larmoie des yeux, mais au-dedans, au fond du cœur, on aiguise les longs couteaux, (boff ! pour la forme, pour rien, pour faire le méchant, car on est chrétiens, de bons chrétiens ! Miserere nobis ! « Je peux m'arrêter de chanter, ça n'empêchera pas... » qu'il me répond. — « Ça n'empêchera pas quoi ? je lui demande. Il me regarde avec des yeux où il y a autant de lumière que de tristesse sombre, c'est à croire que j'ai posé une question de fou.

Ho ! Indépanda, les Belges ne veulent pas en entendre parler... « aux tables rondes cha cha ! » — mais ils en parlent entre eux en s'étranglant de rage, surtout maintenant qu'on avait mis « independa » en musique. Ils passent toute leur rage sur nous, les boys. Ils disent que nous avons autant à perdre qu'eux — nous les boys, civilisés demi-soldes !

« Ndinga, travaille d'abord, tu danseras après. » Il fallait le lui dire, même à coups de poings dans la gueule, au lieu de coups de fusil dans la poitrine !

*
* *

VAN BILSEN :
(Rouge pivoine, vert-pomme des Flandres ! inspecte le corps de troupe de la valetaille de l'hôtel au complet : boys, cuisiniers, marmitons et préposés à l'entretien.)

« Hep ! J'ai dit : Personne ne quitte le travail avant que je n'aie tout inspecté. » (Il s'adresse en dernier au tandem Mpendje-Ndinga et à ceux de leur équipe de nettoyage. Il y a des kilomètres de couloir. Une inspection centimètre par centimètre, toute la journée y passe.)

« Si tu es pressé, tu peux tout de suite passer à la caisse et aller t'employer chez Saka-Bouvou ! Et remets-moi vite ta blouse de travail, oust ! »

JEAN-PIERRE MPENDJE :

Nous, on baisse la tête. Lui, on ne sait pas ce qu'il a. Il a un sourire à la bouche (d'insolence ? que van Bilsen n'a pas vu.), un sourire dans les yeux, comme quelqu'un qui vient de jouer un mauvais tour. Il fredonne. Il met les mains dans les poches où il n'y a pas cinq francs. Même pas plus ou moins !

Sergent OUTOUBOMA :
(Il débarque de sa Chevrolet-Impala bleu ciel, dont il laisse tourner le puissant moteur devant le porche de l'hôtel.)

« Hé, Monsieur van Bilsen ! des problèmes avec le personnel ? (Il a comme du miel sur le visage qui ruisselle. Et les mouches vertes lui creusent les narines qui sont comme des culs de bugle !) C'est toi qui fais problème mon gaillard ?... Vous autres, attention, attention ! Il ne faut pas perdre la tête dans les discours des politiciens. (Il a un mépris plein de caca sur la moue de ses lèvres en trombe d'hibiscus flétri !) Il ne faut pas se montrer ingrats. Faut pas se montrer insolents ! Ssui qui se montre insolent me trouvera, compris ? Bon Dieu de bonsoir ! Faut pas me pousser à parler le matin, ça me donne soif ! »

VAN BILSEN :
(Il tire de sa louable perspicacité la conclusion qu'impose la fin de la tirade du brave Sergent Outouboma.)

« Venez donc prendre une *Mort Subite* au bar, Sergent Outouboma. Peut-être une *Gueuse Lambic ?* pour changer un peu de la *Polar* ou de la *Primus !* Et vous autres, au travail, oust ! »

NDINGA MODESTE :
(Il est hardiment fait tout de guingois. La blouse jaune qui recouvre ses guenilles lui donne l'air d'un paria. Sorti d'un asile. Si sa tête n'était pas large aux pommettes, elle serait celle d'une chauve-souris. Un œil plus bas que l'autre. Une épaule plus basse que l'autre. Tout le reste. Tout le reste aussi. Ce qui est recta, droit en lui, est sans doute le foudroyant désir qu'il a de prendre toute sa part à la fête qui se prépare. Il se passe à plat les deux mains sur les deux côtés de la poitrine, sur les flancs. Ce geste magique le transfigure, car il se voit habillé de soieries aux diaprures étincelantes. Il jouit d'une certitude qui ne touche pas ses compagnons lesquels le regardent éberlués.)

Oui, oui ! Il y aura une augmentation de la vie. Peut pas autrement. Une augmentation de la vie où je ne serai plus un sale macaque mais un homme, un homme en vérité, et mieux, un Monsieur. C'est-à-dire ?... (Une plus-value de la vie de Ndinga. Une vie surfilée, travaillée au point de croix, rutilante, confortable. Une promesse de tout cela, dans la charge émotive en dépôt à titre gracieux qu'il a là, là ! Don du ciel. Sa poitrine s'ouvre, son cou prend une encolure de plus.) Une augmentation du sens de la vie. Peut pas autrement. Le patron acceptera bien un jour de me considérer comme quelqu'un de définitivement civilisé...

Cette petite pute de Sabine ne crachera plus sur mon argent avec lequel j'achèterai le service de son sexe pour tout le temps que je voudrai : une nuit, deux nuits, toutes les nuits d'un mois, s'il le faut. Aussi vrai que je suis l'enfant de ma mère ! Moi, Ndinga Modeste qui n'ai pas terminé ma seconde primaire, venant à manquer du soutien de mon père et de ma mère dont je tombai orphelin !

Tout cela est trop loin pour que le souvenir me jette le chagrin au cœur. Pour cela, il faudrait d'abord en chasser cet air qui ne cesse de me soulever le cœur, d'y semer confusément l'espoir, *si pas* l'espérance.

Je tors la serpillière avec un dégoût que j'éprouve pour la première fois. Combien de temps à essuyer la saleté que transportent les pieds des autres, pour le peu d'argent que je gagne, qui ne suffit pas pour payer un casier ou deux de *Primus* ou de *Polar*... Pas suffisant pour payer le service du sexe de Sabine. Je la *congnerai* toute la nuit pour tout ce temps qu'elle m'a fait baver, la garce ! — je *congnerai* jusqu'à ce qu'elle supplie : arrête ! arrête ! et promette d'aller proclamer dans tout Dendale, tout Kin, tout Banalungwa : oui, oui ! Ndinga est un homme. Ouais ! un vrai.

Il y a trois mois que j'économise pour cela. L'événement coïncidera avec le 30 juin. C'est mon gage à moi, à la vie. Une augmentation de la vie. Aussi vrai que je suis le fils de ma mère. Moi, Ndinga Modeste, j'ai cette intuition qu'avec le temps-indépenda, tout m'appartiendra tout autant qu'aux autres. (Des anges peuplent le sourire qu'il se colle aux lèvres. Ses lèvres sont humides de gourmandise. Il savoure le spectacle du dos de Sabine dont le sillon est profond. Il l'imagine sortant nonchalante de l'une des chambres de l'hôtel. S'il pouvait s'y glisser, il irait humer son odeur de gibier sauvage sur les draps du lit défait par l'amour. Un phantasme si lubrique.) Ah, la vie ! Quel rabat-joie que

J.P. Mpendje ! Il est mon meilleur ami, mon compagnon de peine. Il me traite de fou.

Désormais, on n'entendra plus de menaces ; passé le temps des coups. Dieu merci, ça va être fini. Finies les arrestations arbitraires. L'humiliation pour le plaisir de rire des misères du pauvre nègre. Fini. On les a vus sortir Patrice Emmery de sa prison de Stan. Et dans l'avion qui l'emmenait à Bruxelles le Gouverneur Provincial lui servait de petit boy, oui, Monsieur ! Fini. Fini.

Indépenda cha cha ! to sombi-héé !
aux tables rondes cha cha, to kangui-yé !

JEAN-PIERRE MPENDJE :

« Ndinga ! Ne tiens pas de meeting. C'est pas ton travail. »

NDINGA MODESTE :
(Il flanque la serpillière dans le saut d'eau sale qui éclabousse J.P. Mpendje, qui, sidéré, n'a pas de voix pour protester.)

Tout ça, c'est bientôt fini. Moi Ndinga je demande : « C'est l'affaire de qui si mon âme chante ? C'est l'affaire de Dieu qui est juste. C'est pas ton affaire J.P. Mpendje. C'est pas l'affaire du Sergent Outouboma.

JEAN-PIERRE MPENDJE :

De la façon dont il regarde le Sergent, il doit lui trouver une tête de Judas ou de Ponce Pilate. » Qu'est-ce que c'est que d'avoir une tête de Ponce Pilate ?

NDINGA MODESTE :

« C'est avoir la tête de quelqu'un qui se lave des mains qui ne seront jamais propres. Jamais propres à témoigner, pour le Juste. Et il aura toujours sur le front l'ombre du crime commis contre la vie de l'Innocent. Il faut tout t'expliquer. J.P. Mpendje. Je ne suis pas moniteur d'école. J'ai seulement appris à donner les cloches du Séminaire à Kisantu. »

JEAN-PIERRE MPENDJE :

Il doit bien se douter que d'être tenu comme ça, en laisse, comme un chien, ça doit bien vouloir dire autre chose d'autre que ce à quoi il croit. La fin de tous les maux. Il en parle. Mais il s'en fout, même des cris de M. van Bilsen et de l'autre (le Sergent) qui la ramène. Les filles l'appellent Baudoin à cause des lunettes qu'il porte qui lui font ressembler davantage au Roi. Il ne se prend pas pour rien !... A d'autres, il suffit de flatter pour boire mieux que de la *Primus*, et à l'œil. Lui, il lui faut passer la serpillière et en plus de se faire engueuler par ce salaud de van Bilsen. Mais il s'en fout. Il danse dans sa tête. Heureusement que ce n'est pas une valse, il en aurait le tournis. Un vertige du diable tue. Il sera dit qu'aujourd'hui, il est blindé contre tout. Sauf contre cet indépenda cha cha. Il s'égare dans les communs de l'Hôtel, chante le couplet aux maîtres d'hôtel et aux garçons qui l'envoient chier, en attendant la fin de l'inspection de la propreté des couloirs que fait méticuleusement van Bilsen. Qu'est-ce qu'il a ce cocu ? Une vis lui manque. Sa Bruxelloise lui a fait perdre la vis. Il se venge sur le détail du travail, dans l'Hôtel. Regina caeli ! C'est un sacrilège de donner ce nom-là à un bordel six étoiles.

Ndinga préfère ne pas regarder van Bilsen inspecter. Des vieux instincts pourraient reprendre le dessus. Il chicane, il n'inspecte pas. Ils brillent les carreaux de ces longs couloirs. De longs tunnels clairs au bout desquels il y a toute l'eau sale... du désespoir. Le moment le plus redoutable de la journée de travail qui commence à l'aube, c'est lorsque les filles sortent des chambres. Ces temps-ci il redoute de voir Sabine sortir de l'une de ces chambres. Il a beau savoir que c'est comme ça qu'elle gagne sa vie, eh bien ! ça le chiffonne, parce que si elle n'est que vénale et chère, il n'arrivera jamais à conclure le marché avec elle. Il en rêve. Je lui dis : tu es fou. Il y a des Blancs qui donnent à une fille plus que la solde d'une quinzaine d'un boy, pour quelques heures seulement.

NDINGA :

Misère ! Mpendje dit qu'on est chrétiens. Par moments on ferait bien de l'oublier un peu. Ils réfléchiraient un peu plus, avant de nous faire des misères. Quelques heures de sa vie. Toutes les heures de sa vie, qu'est-ce qu'elles valent ? Misère ! En fait sa vie, ce matin, cet air de cha cha cha l'ébranle. Comme un hoquet ! Un élancement indéfinissable qui ne l'incite pas à regarder au-dedans de lui, où tout ce qui s'est accumulé est noir, sombre. Poussière et misère. Qu'est-ce qu'elle chantait, il y a deux ou trois ans, dans tous les bars de Kin ? Une autre chanson qui le mettait en transes ? Yenga Lucie chantait :

Ecoutez-les	Boyoko mbango-hé
Ah, leur joie !	Bilengué ya bango-hé
Mbana mabé-ho	O les enfants terribles !

JEAN-PIERRE MPENDJE :

Et c'est un de ses homonymes que la chanteuse interpelle. Wapi Ndinga-hé ? Où est passé Ndinga ? Et Ndinga se demande : que vas-tu devenir, ah, Ndinga ?

JEAN-PIERRE MPENDJE :

Le temps n'était ni à la joie ni à la douleur. Le temps passait, puis il prenait une si vive allure qu'on se perdait en conjoncture. La mort se criait au coin des rues, à grands coups de gueules de la Force Publique. On cessa d'avoir honte des infirmités qui, naguère, avaient valu à ceux qui en étaient affectés la nuit puante de la réprobation publique ! On quittait le village dès la mort des totems protecteurs, la sécheresse ou les feux de brousse ne promettant plus que cendre et poussière, on émigrait vers ces paradis que sont les villes et c'était tomber de Charybde en Scylla. Le traquenard était aussi bien ces nuits étouffantes et moites, ces longues et pénibles journées à mener une vie de chien ou de puce, pire !

Le chanvre indien lève le cœur, console, pétrifie d'étonnement, l'œil se fait à d'autres illusions où la mort a belle parure.

On s'est pendu aux branches des arbres comme aux promesses de la ville. La mort est la seule denrée de luxe qui se donne gratuitement, tout le reste s'achète. S'achètent les coups du patron, le cul docile, les épaules soumises, et surtout ne pas laisser percer aucune colère dans l'œil. Retourner dans la brousse sauvage n'est pas un rêve ! Si la conversion à la civilisation se payait par l'abandon de son âme au mont-de-piété en sus du prix de sa peau, que restait-il pour vivre ? Le sexe et la bière. Ndinga sait ce que coûte le service du sexe de Sabine. C'est un chant dont on meurt.

Ce jour-là Ndinga est une chrysalide vide à laquelle un air de cha cha cha redonne corps, chair et souffle. Il lève tout le temps le cul, ouvre ses épaules, allume son œil, voit Sabine souillée et toutes les autres filles, qui comme elle, sont marchandes de leur sexe... Toutes ces mères maquerelles... et tous ces pères proxénètes. Où trouvera-t-il une femme à épouser sans dot et sans le salaire épais qui assure la plus-value de ladite dot ? ah, misère !

NDINGA MODESTE :

Ni joie amère ni douleur vive. Toutes ces choses qui sont laides : les cris du patron, les mots salissants du Sergent Outouboma ; toutes ces choses qui sont laides me laissent indifférent aujourd'hui. Je souris. Angélique sourit. La bonté de son sourire est plus pure que de l'eau filtrée. Je le jure. Elle mime mes taquineries et elle en rit de son rire de gorge qui est source de joie. Angélique Nkoba, la fille de la sœur de ma mère, décourage le désir des hommes par ce rire d'enfant qu'elle a, à l'âge qu'elle a, si bien qu'elle est un mystère. Quel talisman protège son âme et son corps de la contagion du mal qui court la ville ?

Ce jour-là, moi Ndinga, j'ai comme une peau neuve, une âme neuve, seuls mes habits sont encore ceux de la servitude. C'est parce que je me soucie de ma pudeur que je les supporte. Puisque c'est une vétille. Ah ! misère de misère !

ANGELIQUE NKOBA :

Je danserai. Je danserai, avec toi. Ah, reviens ! Bisse-moi. J'ai le cœur qui supporte mal le chagrin. Ndinga, où es-tu ? Ndinga, avec qui danses-tu ? C'est mal de danser avec la mort.

JEAN-PIERRE MPENDJE :

· Ndinga, je t'en supplie, ne jure pas. On s'est demandé (Je me le demande encore) : quel est ce soldat mutiné qui a baissé son arme, qui a tiré dans le dos de Ndinga ? Ce chant a fait le tour de toutes les lèvres !

180

Le Sergent Outouboma commandait le détachement de la Force Publique commis à réprimer les troubles que de mauvais esprits provoquèrent pour ternir le meeting du MO.NA.CO.LU. Je ne suspecte personne.

Avec juin, vient la saison sèche. D'un mois à l'autre, les mois ne se ressemblent pas. Que dire de ce mois de juin qui a tant d'électricité qu'un mois d'octobre agité d'ouragans et de tornades ? Précisément, cet air ne quitte pas les bouches, survolte les cerveaux. Et moi, Jean-Pierre Mpendje, je me fatigue à lui répéter, travaille, ne chante pas, et voilà que moi aussi je le chantonne. Il se prend à être rêveur, avec ses yeux qui louchent, ce serait risible en d'autres circonstances ! Un début de saison sèche bien lourd, en vérité. Même Angélique chantonne. Elle, ça lui fait en plus une tête d'enfant.

Que dire encore sur ce mois de juin ? Tout simplement qu'il n'en finissait pas de finir, comme une fin de mois qui fait attendre indéfiniment la paie qu'on aimerait avoir déjà en poche, le mouchoir et le poing par-dessus. De vrai, ce qu'il y a à dire de ce mois de juin est indicible. Un cocktail de joie, de folie, d'espoir, de nostalgie, de colère, d'impatience, de véhémence, de tout, de tout ! On s'éraille la gorge à boire cela, à jeun ou pas. L'estomac, le ventre, l'esprit, tout, chamboulé-chamboulé ! C'est plus fort que les paroles de la chanson qui ne desserre pas la prise au collet de Ndinga. Et il y a comme le pressentiment que la parole-indépenda a quelque part le sens de la douleur la plus vive qu'une âme puisse endurer. Cela pousse le corps à l'abandon, à quelque épouvantable dérive. Comme il se doit l'âme suit le corps. Voyou, le corps.

Il a eu le temps de faire deux mesures de danse avant qu'on s'en aperçoive et frémisse, en pensant à la colère de van Bilsen, s'il avait pu voir ça. Mais à quoi as-tu la tête ? oh misère de misère ! Il a le sourire béat de m'entendre jurer comme lui. De vrais amis finissent par se ressembler. Même s'il n'a pas la bouche comme ta bouche, il a les mêmes mots que toi et c'est l'essentiel. Deux amis qui ne se ressemblent pas par quelque chose ne sont pas de vrais amis. Méfiance.

NDINGA MODESTE :

Sabine a les épaules nobles, rondes, pleines, aussi superbes qu'un front de buffle qui va faire l'amour. (Il regrette de ne pas faire cette réflexion à haute voix. Il ne saura pas comment Jean-Pierre trouve cette comparaison qu'il fait entre les épaules de Sabine et...) Sabine a les épaules mises à nu par un décolleté qui fait se pâmer tout Kin. Tout Kin, tout Léo a vu les épaules de Sabine. Il n'y a pas que des épaules de Sabine dont tout le monde parle. A quoi les compare-t-on ? Ah ! Sabine. Je ne serai pas seul à me morfondre quand tout le monde — chacun avec sa chacune — fera la fête, le 30 juin. Non, non. Ce n'est pas, en effet, le moment de faire le con. Sauter ce mois-ci, c'est tout qui tombe à l'eau.

Pour les petits comme moi, qui sont nombreux à Léo (Masumbukué ! Li léti-yé, li léti ya nga, ya Léo, oho oho !) oui, pour des petits comme moi, ce mois de juin a commencé en avril, et quand il finira le 30, même s'il ne me reste que les genoux, je danserai jusqu'à tuer mon corps, pour l'amour de Sabine, ah misère. Non, ça ne lui irait pas le teint clair baluba, à Sabine. Son teint est noir-sauvage et musqué. Faisandé. C'est pour se donner l'illusion de coucher avec une femme belge que les gens recherchent les femmes baluba... leur peau claire. Café-au-lait, nuance.

JEAN-PIERRE MPENDJE :

Je me dis : tu ne le quittes pas des yeux. Qu'il n'aille pas faire une bêtise. Ce n'est pas que je veuille surprendre le malheur qui le guette. D'abord, comment je peux savoir que le malheur le guette ? Je ne sais pas combien de fois je lui dis de faire attention, ne t'occupe pas de ça, c'est pas tes *zoignons*, comme dit le patron, il est tout le temps à faire le distrait. Il me demande : A quoi penses-tu quand tu vois les épaules de Sabine ? Je bats des cils. Il repose sa question qu'il croit que je n'ai pas comprise. « Tu compares à quoi les épaules de Sabine ? » Il veut se mesurer à tous ceux qui ont baisé Sabine. Il n'a pas le portefeuille de ces concurrents. Laisse tomber, je lui dis. Ah ! misère de misère ! c'est beau de le voir crâner : « J'ai les moyens. Le 30 juin, trois mois, la bière, la *danse* toute la nuit avec Sabine. Pour recommencer la vie. Indépenda cha cha, to sombi-yé ! »

182

Qu'est-ce que c'est comme histoire : le 30 juin, trois mois... la bière, la danse. Où avais-je la tête ? Qui, d'ailleurs, par ces temps qui courent, ne court pas le risque de perdre la tête ? Lui c'est la tête, le corps, et ses trois mois d'économies et encore l'espoir de *danser* toute une nuit avec Sabine ! qu'il perd à jamais !

Ho ! ho ! Il a inventé ça, se mettre à l'abri des balles à découvert au beau milieu de la place des Beaux-Arts. Même pas derrière un brin d'herbe. Avec un brin de folie, un tel geste se comprend. Avec une tonne d'espoir au cœur, si les coups tordus du malheur vous atteignent, c'est que la folie a été la complice de tout. Et s'il ne s'était pas mis à l'abri dans le dos de la mort, qu'aurait pu faire cette balle tirée par un fils de pute au con plein de gonocoques ?

Il a inventé mieux que ça : c'est dans un cha cha cha qu'il s'enferme, « il faut voir comme » ! Il approche, il approche et encore une fois de sa partenaire qui recule, qu'il enlace d'un bras, dont il lève l'autre bras en fanal (est-ce Sabine ?), il feinte à gauche, il titube, il titube et, encore une fois, il feinte, cette fois-ci à droite. Il fait chorus avec Kabaséle et Vicky Longomba et Nico et tous ceux de l'O.K.-Jazz ! « Indépenda cha cha, to sombi-yé » ! A coups de plaies. « Au table ronde cha cha, to kangui-yé » ! À coups de larmes.

Son ivresse est proche du délire. Il a chaud aux poumons telle-ment il met de rage à crier avec la foule uhuru ! uhuru ! uhuru ! pour ponctuer les propos de l'orateur. Il saigne de tout son corps. Il approuve ainsi et atteste que la civilisation, « on ne nous l'a pas donnée, nous l'avons payée de notre sang ». Il sent le coup de pied du patron qui casse le coccyx, et il crie oui, oui et répète avec toute la salle debout : « nous avons connu les coups... » mais uhuru ! L'espoir a les épaules de Sabine. Sabine a aussi l'œil grand et bien fendu, comme le soleil-indépenda-cha cha !

Alors il délire, surgissent de sa mémoire deux images de son enfance : un foyer où le feu s'est éteint à jamais, deux tombes de terre jaune, côte à côte, « c'est ton père, c'est ta mère », qu'on lui montre du doigt.

Il a le pressentiment que ce sera bientôt l'ultime mort d'avant la résurrection des corps. Il connaît une grande allégresse. Il a en lui le tumulte foisonnant d'une grande eau en rut qui déborde le lit d'herbes et d'arbres du fleuve. Il bombe le torse. Son corps, qui est étroit, fait des prodiges d'ingéniosité pour contenir cette joie-là, de peur qu'en la laissant se déchaîner, elle ne le vide de ce grand rêve où trône, à côté de la vie, Sabine, les épaules offertes à sa ferveur. Ah, misère ! Ce n'est pas : ah, misère ! qu'il aurait dû dire cette fois-là, mais : ah, bonheur ! mais la force de l'habitude est que le Destin y loge, eh oui ! Il s'y tient à l'affût de la moindre faille, prêt à pondre des œufs de poux sur les cils et sourcils de sa victime.

JEAN-PIERRE MPENDJE :
(Embusqué derrière le tronc de l'arbre flamboyant.)

Stupéfait, je ne bouge pas de là où je suis. Je crains qu'une salve parte. Ndinga tient la place. Il a toute la place pour lui. Il a la prestance d'un maître chorégraphe. Le voilà qui va *bisser*. Une dame. Il se plie d'une révérence. Comme à son habitude, quand il invite à la danse, il ne se contente pas d'un petit mouvement sec de la tête inclinée. Il se plie le corps. C'est qui, qu'il invite ? Sa partenaire lui marche sur les pieds. Il n'est pas content. Il houspille sa mauvaise cavalière, à grands gestes d'agacement. Il promène le regard altier sur la foule de toutes celles qui attendent son bon plaisir. Il fanfaronne, une main dans la poche, l'autre ballant au bout de son autre bras. Le rang des cavalières s'ouvre, apparaît la dulcinée, Sabine, Impala noire, si féline aussi. Elle chaloupe des hanches et des épaules. Les salières au creux de ses épaules sont des vallées d'ombre. Y roucoulent le ramier et la tourterelle. Il se plie le corps. En attendant que Sabine finisse d'ajuster le pagne sur ses reins, il remonte son pantalon d'un mouvement bras-le-ventre, bras-le-dos, hop !

Est-il fou ? Si on ne l'arrête pas, à narguer ainsi la Force Publique, il finira mal. Ndinga, hé ! Hé, Ndingaaa ! Il est tout à son bal où il se croit applaudi par tout le peuple de Léo, car personne ne danse Indépenda cha cha ! comme lui, avec un tel abandon du corps. Un corps qui trébuche, qui s'effondre, qui tombe sous la salve d'honneur ! Ndingaaaa !

184

Le ciel soudain pourpre et émeraude fait porte-voix, porte l'écho de la salve d'honneur jusqu'au large du Stanley-Pool, l'égare parmi les fleurs mauves des jacinthes d'eau ! Ces fleurs qui sont d'un naturel si langoureux et si lascifs en minaudent de plaisir. Que ne sont-elles de l'escorte de Sabine ?

ANGELIQUE NKOBA :

C'est de lui que la radio parle.

« Une mort incompréhensible : un détachement de soldats de la Force Publique, commandé par le Sergent Outouboma avait déjà mis fin aux troubles qui ont perturbé le meeting du MO.NA.CO.-LU., quand, longtemps après, est tombée une innocente victime sous des balles anonymes ! en pleine place des Beaux-Arts vide à cette heure-là. Le Sergent Outouboma assure que son détachement au complet avait déjà regagné le Camp Rezdorff. Curieux. Et voici, pour oublier ce malheur, une plage musicale, le succès le plus en vogue depuis des mois, voici : Indépenda cha cha ! »

La radio ne le nomme pas. C'est pourtant de la mort de Ndinga que la radio a parlé ainsi.

Mort anonyme au bal de l'Espoir. Même son sang est une guenille, sale...

... il ira ainsi au rebut de l'Histoire. Son corps était réellement trop étroit pour contenir cette joie-là. Puisqu'il fallait qu'elle déborde, une balle en fracassant sa poitrine a fait ce qu'il fallait.

Ndinga Modeste, mort anonyme au bal de l'Espoir !

Tchicaya U TAM'SI

PETITE HISTOIRE
D'UNE HISTOIRE À VENIR

André Major

Au beau milieu de cette journée d'octobre, alors que l'été avait resurgi, plus torride et accablant qu'il ne l'avait été deux mois plus tôt, j'en avais eu assez de suer sur ma machine bourdonnante, assez surtout de traquer cette silhouette sans visage qui tantôt échappait à l'emprise des mots, tantôt menaçait de m'apparaître comme un insupportable sosie, et j'avais quitté mon quartier somnolant dans son atmosphère quasi champêtre — sans savoir pour où, uniquement désireux de me frotter à des existences étrangères, plus banales, moins problématiques en tout cas, que celles avec lesquelles je me débattais depuis des jours et des semaines. Un violent besoin m'était venu, un goût de flânerie, une envie de paresse, me poussant à la recherche de ce romanesque de la rue qui se livre tout cru au simple regard sans rien exiger en retour.

Sitôt sorti des étouffantes catacombes du métro, j'avais senti l'animation de la rue Mont-Royal s'insinuer en moi et me guider jusqu'à la rue Saint-Denis que je descendis d'un pas aussi nonchalant que possible, m'arrêtant devant les vitrines des librairies, des boutiques et des restaurants, mais repartant aussitôt, quoique sollicité par les excitantes odeurs de cuisson et ces livres dont l'unique charme était sans doute la nouveauté. La rue, les passants, les odeurs, les bruits, tout ce qui m'entourait formait un fleuve dont le courant m'entraînait toujours plus loin, vers le bas de la ville, vers ces cafés, de plus en plus nombreux, qui avait profité de cette

187

miraculeuse journée d'été pour regarnir leurs terrasses de tables et de chaises. Mais je ne m'y arrêtais pas, prenant plaisir à croiser des spécimens de toutes espèces, chacun reconnaissable à sa tenue vestimentaire, à son allure — crânes rasés ou cheveux en brosse aux teintes diverses — et même à sa démarche. Tout à coup, se démarquant de ce foisonnement, il m'arrivait de reconnaître un de mes contemporains plus ou moins bien déguisés et je me rendais compte que je devais, moi aussi, détonner dans ce paysage humain.

Comme je faisais halte devant la vitrine d'un bouquiniste, ma propre image me rappela que je me rangeais dans une catégorie bien identifiable, celle des quadragénaires dont la barbe grisonne et les épaules se voûtent sous le poids de ce monde qu'ils ont cru devoir porter au cours de leur jeunesse, mais qui conservent néanmoins une allure juvénile grâce à leur minceur sans doute, de même qu'à cette tenue inchangée ou presque d'intellectuels débraillés. Ce n'était pas simplement une affaire de tenue, je le sentais. Autre chose m'empêchait de me confondre avec les indi-gènes et les familiers du quartier. Ce qui clochait chez moi, je crus bientôt le deviner : mon air trop curieux. Oui, ce regard avide que je posais sur tout et qui se heurtait, me semblait-il, au masque de parfaite indifférence derrière lequel ils semblaient se dissimuler tous, sauf ceux qui comme moi n'étaient que de passage. A la longue, ça me viendrait, me disais-je, cet air de souveraine indiffé-rence, au terme d'une période plus ou moins longue d'acclimata-tion. C'est l'un des traits et attraits de la grande ville que de permettre à chacun de choisir son allégeance culturelle, son appartenance tribale, son code moral et son masque.

Je déambulais donc, à mon propre rythme, sans hâte, pour tout dire, n'ayant aucune destination à atteindre, aucun but à poursui-vre, l'esprit égaré dans cette dérive de visages et d'accoutrements, simplement occupé à jouir du temps qui m'était alloué et des odeurs de toutes sortes, à commencer par l'indéfinissable parfum de cette journée d'automne enfiévrée par une chaleur estivale. Ce serait bientôt l'heure où, comme la plupart des passants, je suc-comberais aux odeurs de cuisson. Ayant traversé la rue Ontario, je naviguai un moment dans le tohu-tohu de cette fin de journée avant d'accoster à l'une des terrasses passablement achalandées qui se faisaient face des deux côtés de la rue. Une table se libérait justement et je me précipitai dessus comme une mouche, n'osant pas encore retirer mon veston de velours défraîchi dans lequel je mijotais depuis un bon moment. Je m'en voulais un peu de n'avoir rien à lire en attendant qu'on me serve, pas même un journal, tellement commode quand on a envie de tirer le rideau entre soi et le reste du monde. En vérité, je me plaisais assez dans cette position privilégiée de voyeur, au point de me ficher pas mal de l'air que je pouvais avoir. Je finis même par tomber la veste, comme on dit dans les vaudevilles, et je me mis à boire la bière fraîche qu'on venait de me servir sans cesser de regarder plutôt distraitement du côté des passants qui affluaient et refluaient, seuls ou en groupe, sur toute la largeur du trottoir et même dans la rue où les autos circulaient au ralenti, klaxonnant et freinant à la dernière seconde comme il est d'usage chez nous.

Puis, la bière et la lassitude aidant, je me contentai de jouir de l'espèce de bien-être qui m'était octroyé. Mon croque-monsieur avalé, je commandai une deuxième bière que je bus à petites gorgées en lorgnant un solitaire qui, à la table voisine, achevait une salade César, le regard absent, comme flottant sur des pensées lointaines. Le soleil avait cessé de projeter dans les vitrines d'en face des lueurs d'incendie, mais l'air demeurait exceptionnellement chaud et stagnant. Il m'arrivait rarement de me retrouver seul et totalement disponible — si rarement qu'il m'en venait une vague culpabilité dont la contemplation de mon voisin parvenait parfois à me distraire : il avait repoussé son bol pas tout à fait vide et il sirotait son expresso en regardant de temps à autre au-dessus de moi ou à travers moi. Il avait le crâne dégarni, presque glabre, et laissait pousser ses cheveux d'un brun terne sur ses épaules. Je lui donnais pas loin de quarante ans, à cause, peut-être, de ce perpétuel froncement de sourcils qui lui ravageait le front et du veston de tweed qu'il n'avait pas retiré malgré la chaleur. Je l'imaginais célibataire, habitué en tout cas aux repas pris à la sauvette et en solitaire, pas du tout incommodé par les bruyantes manifestations de la clientèle environnante. Comme s'il n'était pas vraiment là, même quand il allumait une Gauloise, contrairement à moi qui, en bourrant ma pipe, ne cessais de tout enregistrer, jusqu'aux moindres détails, sans arrière-pensée, uniquement mû par une pure curiosité.

Après avoir tripoté son allumette éteinte, il la jeta par terre, comme si le cendrier n'avait aucune raison d'être. Nos regards se croisèrent au moment où je faisais signe au garçon de m'apporter l'addition : aucune connivence ne se manifesta alors ni plus tard. Quelque chose dans son regard m'avait mis mal à l'aise — quelque chose de simplement déplaisant que je renonçai à identifier. J'aurais dû normalement me réjouir de le voir se lever, régler son addition et partir, mais au lieu de savourer l'espèce de vacuité retrouvée, je me levai à mon tour et lui emboîtai le pas, mon veston sur le bras, ne me demandez pas pourquoi, poussé probablement par le besoin de savoir où il échouerait maintenant, lui qui n'était ou n'aurait dû être qu'une silhouette parmi tant d'autres et voué de ce fait à s'évanouir hors du champ de ma conscience.

Au lieu de traverser Sainte-Catherine, comme il avait d'abord paru le faire, il obliqua à droite, vers l'ouest donc, marchant d'un pas plus lent que tout à l'heure, incertain de sa destination ou du but de sa promenade. J'avais bien envie de le laisser tomber, compte tenu de l'inutilité probable de ma filature et de la fatigue que je commençais à ressentir. Il s'arrêta devant l'affiche d'un bar où des habitués entraient, puis se remit en route, incapable, me semblait-il, de se résoudre à choisir dans cette enfilade de bars celui qui répondait à son attente, mais peut-être ne savait-il pas lui-même ce qu'il escomptait de ce magasinage interminable. J'allais l'abandonner à son indécision et rebrousser chemin quand je le vis s'arrêter abruptement et aborder, devant l'entrée d'un magasin, une fille plutôt jeune, vingt ans à peine, cheveux coupés court et d'un roux cuivré, portant un débardeur blanc un peu moulant, un pantalon vieux rose bouffant, qui s'étranglait juste au-dessus des chevilles, et des sandales à talons hauts. Je profitai du fait qu'ils étaient en pleine conversation pour m'approcher le plus possible, sans parvenir à en saisir la teneur, troublé néanmoins par le murmure de leurs voix. C'est justement le caractère insaisissable de cet échange qui allait m'apparaître comme l'élément le plus stimulant de cette histoire inachevée, une fois revenu chez moi, dans la moiteur de cette soirée d'octobre au cours de laquelle, on s'en souvient encore, le mercure devait se maintenir aux alentours de 20 degrés Celsius — un record si l'on tient compte du fait que l'été des Indiens était bel et bien révolu...

Une heure plus tard, en effet, dans le silence de la pièce où je m'étais de nouveau attelé à ma machine, je me rendis compte que la perception confuse que j'avais eue de cette rencontre entre un inconnu et une jeune prostituée me garantissait une liberté de

190

manœuvre grâce à laquelle l'imagination pouvait travailler ou fonctionner selon ses propres règles, sans être entravée comme cela arrive parfois par une connaissance trop grande des faits. Ce que j'avais pu et cru deviner me suffisait amplement : un peu plus et ç'aurait été trop, un peu plus et ça ne m'aurait rien dit. Au moment où j'avais tourné les talons pour m'acheminer vers le métro, indifférent au grouillement de la rue, j'étais en proie à une émotion difficile à définir mais qui exigeait que je me mette à table. Emotion pure en son jaillissement, bien que provoquée par un ensemble de choses vues, par le climat particulier de cette soirée et par la totale disponibilité dont je jouissais alors.

Je me mis donc au travail, sachant que je ne tenais là rien de plus que le fil fragile d'une histoire brève, de dix à douze pages, peut-être moins, qui s'ajouterait à une série d'instantanés dont le dessein m'échappait pour le moment, encore que, poussé au pied du mur par un interlocuteur têtu, je pusse en révéler certains motifs. Mais je n'en étais pas là, en cette fin de soirée, engagé tout entier dans une aventure imprévue et imprévisible qui me détournait de tout le reste, à commencer par le roman en panne dont la troisième version jaunissait un peu plus chaque jour sur ma table. Et je n'avais plus d'autre hantise que la poursuite de l'inconnu au crâne dégarni et de la jeune fille au pantalon bouffant, silhouettes qui, contrairement à toutes celles que j'avais croisées ce jour-là, occupaient toute la place en moi, vivant à même ma vie, faisant appel à ce qu'il y avait de plus familier comme de plus obscur en moi, parlant à travers ma gorge et m'acculant, momentanément du moins, à n'être plus que ce lieu commun où leur existence s'accomplissait pour que la mienne se justifie enfin. Après, quand tout serait fini, deux ou trois heures plus tard, je n'éprouverais rien si ce n'est une sensation de lassitude profonde et de soulagement, et je sortirais prendre un peu l'air dans le jardin avec l'impression bien connue de traîner une carcasse désertée, sans âme, jusqu'à ce que, de nouveau, d'autres existences nées du hasard, du rêve et du tréfonds du passé, me possèdent avec la même avidité de vampire.

André MAJOR

UN COQ À ESCULAPE

Edouard Glissant

La bête vola sur les calloges à lapins où elle battit ses moignons d'ailes pour chanter sa victoire.

— Tonnerre d'Odibert, dit Longoué, ce coq-là est allé à l'école, il a appris à rire des humains.

Il se glissa derrière les herbes, bondit sur l'échafaudage. Le tout s'écroula dans un bruit de planches à demi pourries, deux lapins sautèrent dans les cacos, Longoué par terre tenait sa tête dans ses bras. Le coq était sur la plus basse branche du pied de mangot vert.

— Papa Longoué, dit Raphaël, c'est pas la peine d'être un déclaré quimboiseur si vous ne pouvez pas même attraper un coq. Faites votre mystère, hypnotisez ce renégat.

— Mais si je le travaille de cette manière que vous racontez, et qu'après ça vous le mangez, dit Longoué, qu'est-ce qui s'ensuit ? Pouvez-vous digérer le mystère, même tourné en fricassée ? Vous marcherez raide comme Artaban, parce que vos boyaux seront hypnotisés dedans.

C'était déjà le gros après-midi, des bouffées de vent s'engouffraient sous les cacos, avec un bruit de soufflerie qui accompagnait notre déroute. Nous étions trois, invités pour la journée chez Longoué, dont il semble que nous n'ayons jamais connu le petit nom ni même le nom de voisinage. L'idée du coq lui était venue de ce qu'il entendait célébrer ou exhorter notre vaillance : c'était un coq de combat, quoiqu'il ne fût probablement jamais entré dans

193

un pitt et quoique le seul combat qu'il eut mené de sa vie avait été contre nous.

Le quimboiseur prit le parti de jouer l'indifférent, il effeuillait nonchalant des feuilles d'à-tous-maux et balbutiait des injures plus complices que décidées.

— Il y a dix ans que vous avez fêté le Tricentenaire, dit-il, ce coq ne veut pas être sacrifié à la France. Poussez devant !

La poursuite sans espérance reprit donc. « Je ne comprends pas pourquoi il reste près de la case, dis-je. » « C'est sa maison, dit Raphaël, il n'y a pas de raison qu'il l'abandonne. » « C'est pour rire de nous, répéta Longoué. »

A la fin des fins, après combien de carnavals autour de ce mangot vert — autour et dans —, puis du carré d'herbes où Longoué ménageait ses ingrédients, puis du talus derrière la bonbonne d'eau, où brillaient les morceaux de soufre, puis de la touffe de cannes à l'entrée des plants de cacos — il devait être trois ou quatre heures déjà, nous avions ravagé tout l'alentour connu et inconnu —, Raphaël aplatit le coq contre la porte de la case, l'attrapa par l'ergot, en criant : « Tu vas périr par où tu as péché ! »

Mais nous étions à bout, l'heure du déjeuner vagabondait si loin de nous. Le vent tournait sur le terre-plein devant la case, il avait suivi la piste de tous ces objets qui depuis le matin avaient défié Longoué : la calebasse qui ne restait pas debout, le rasoir effilé comme une pierre de rivière, la pipe de terre dont le tuyau s'entêtait à ne pas tousser ; débris abandonnés au long du jour. Ce vent rouge avait bougé calebasse, pipe, rasoir, et leur escorte, autour de notre vacarme.

— Maintenant vous les jeunesses, dit Longoué, vous allumez enfin le feu sous le canari, je vais pour vider ce coq.

Il considéra longtemps les cuisses rouge-grenues, dégarnies de plumes, les pattes de maïs doré, la tête alerte et sans crête, les amorces d'ailes aux aigrettes noires et bleues.

— Avez-vous déjà vu un coq sans crête ? demanda-t-il à la ronde sans attendre de réponse. Vous pensez peut-être que nous allons pour manger cette viande à quoi je vous ai invités ? Je demande combien de seaux de charbon il faudra brûler, seulement pour attendrir son apparence.

— Ça ne fait rien, dit le troisième d'entre nous. Que demande le peuple ?

194

— Poul epi diri, chanta Raphaël, en chœur avec lui-même.

— Diri, diri, vous allez vous contenter d'un bon fruit à pain, je vous ai appelés à manger bien vaillants, non pas pour déguster en vertugadin.

Il différait simplement le moment d'attaquer un coq, nous l'avions compris, et nous étions attentifs à sa manœuvre.

D'abord, il s'assit près de la porte, la bête solidement calée sous le bras gauche, et il brandit son couteau. Puis il alla s'accroupir à l'entrée de la petite allée de terre qu'il entretenait d'ordinaire comme un parquet de salle de bal. Enfin il s'accôta au manguier, tâtant du pouce le cou maigre et interrogeant le ciel.

D'où nous étions, faisant mine d'arranger le bois-gomme et le charbon entre les roches du feu, et préparant la bouteille de pétrole pour amorcer, nous pouvions voir que le coq le surveillait, ses yeux on aurait dit en diagonale entre le couteau et la figure concentrée de Longoué.

Celui-ci se décida et tenta d'enfoncer la lame sous la peau décharnée qui se dérobait. Fatigué de piquer sans suite, il essaya de scier le cou, comme si le couteau était une bonne égoïne et sa main gauche un établi. Le tout roulait en mouvement à billes bien graissé. Alors il cria et balança le coq entre le pied du mangot. Les ailes pétaillèrent, la tête rentra dans le cou, les pattes se détendirent dans sa main puis se raidirent à nouveau. Le coq le regardait.

— Allons, dit-il calmement, il faut appeler monsieur coutelas.

Nous étions déjà autour de lui, acolytes empressés. « Tenez, tenez, dis-je, prenez votre main droite et ne lâchez pas notre manger, je vous ai trouvé l'instrument du sacrifice. » Il saisit au vol le coutelas, d'un mouvement théâtral et rond, comme pour saluer l'animal récalcitrant. « Attention, dit-il, la tête va sauter au ciel, le corps va courir partout pour la chercher et se recapiter. » Mais le coq se dégagea d'un sursaut, enfonça le cercle que nous faisions, vola sans ailes jusqu'à la limite des cacos, d'où il nous fit face et nous regarda.

— Je me demande comment fait ma mère pour les cuire et les assaisonner, dit le troisième d'entre nous.

— Vous pouvez dire que pour de bon quimbois est mort, murmura Raphaël en mélopée.

Le vent coulissait sur le maillot de corps de Longoué. Tous les muscles de ses bras et de ses épaules tressaillaient en cadence. On entendait notre respiration, qui accompagnait le bruit maintenant paresseux des feuilles. Soudain l'ombre d'une branche grandit sur nous. Le soleil balançait sur le morne.

— Ne faisons pas les voraces, dit Longoué. Je crois bien que j'ai par là un morceau de morue bien séchée. La morue est la providence des malheureux.

Et comme il sentait la clameur de rire qui grossissait en nous et qui allait déborder :

— Regardez, dit-il, ce coq sans mission ni rémission a bien raison, il ne veut pas manquer de vivre. C'est nous tous ici qui serons morts bientôt.

— C'est un beau risque à courir, dit le troisième d'entre nous, qui aussi bien était le plus savant.

Edouard GLISSANT

196

GERMAIN MALOT

Daniel Gélin

Lorsque Germain Malot mourut vraiment (étant acteur et du genre dramatique, il était mort souvent en scène, le corps disloqué ou en gros plan au cinéma, n'utilisant que son souffle), les choses se passèrent à peu près comme il l'avait prévu. Une sorte de chute sur place, un balancement d'un état à un autre. Les voix des infirmières ou des témoins après s'être un instant amplifiées, s'étaient doucement atténuées, amenuisées jusqu'à une qualité jamais approchée de silence, d'un silence qui s'était transformé en une vision de plus en plus nette des choses et de l'environnement. Il était dans l'au-delà, il faisait beau, il n'y avait plus de dehors ni de dedans, c'était simple comme adieu, simple comme bonjour.

Il se trouva debout, solide et indolent devant un poteau, comme on en voit parfois dans les westerns, portant trois pancartes de bois sur lesquelles étaient inscrites grossièrement d'une écriture classique mais enfantine trois directions. L'une pointait vers la droite : l'Enfer. L'autre en direction inverse : le Paradis. Une troisième un peu en dessous sur le poteau, une direction médiane : le Purgatoire. Le chemin flou et brumé qui faisait suite à cette pancarte semblait avoir été de loin le plus fréquenté. L'usure l'avait pratiquement transformé en une large tranchée. Le chemin vers l'Enfer, lui, semblait-il, n'avait jamais été emprunté ; au bout d'une allée de quelques mètres, une sorte de jungle s'amorçait, de plus en plus inextricable. Le chemin du Paradis, lui, paraissait le plus banal, sans clinquant neuf et sans excès d'abandon, comme on en voit sur terre, dans les jardins qu'on aime libres.

C'est dans cette direction que Germain se sentit doucement porté, sans heurt, par un courant de brise ou d'onde, avec évidence, comme on respire sur terre après l'amour ou quelque songe fraternel. Il se trouva devant une porte de ministère démocratique, à la fois protectrice et accueillante. A la hauteur de son regard (il était grand et droit comme le sont les héros de Stendhal que l'approche de la quarantaine a amélioré, la souplesse et l'allure), était inscrit sur une simple mais rutilante plaque de cuivre : bureau de Saint Pierre. Il se décida à frapper à cette porte de son index replié. Il frappa avec franchise et une sorte de solennité. Mais il devait avoir encore la tête ailleurs, puisque, machinalement, il exécuta dans un mimétisme rêveur, les fameux trois coups que l'on frappe au théâtre avant le lever du rideau, exactement ce qu'on appelle le « précipité », plusieurs coups très rapprochés, puis les trois coups fatidiques toc-toc-toc-toc-toc-toc-toc... toc... toc... toc... Il n'eut pas le temps de sourire ; la porte s'ouvrit, découvrant un monsieur distingué, totalement affable, très légèrement ironique. Sa tenue, son visage et sa voix agréablement perchée lui rappela instantanément un de ses vieux amis, Claude Piéplu, avec lequel il avait souvent joué et qui pendant une période troublée avait occupé son poste à la présidence du Syndicat des acteurs. C'était sous le premier ministère d'un ancien professeur d'économie, spécialiste chattemite qui professait surtout la désunion, afin disait-on chez les historiens et les psychiatres de nier son enfance douloureuse vécue pourtant à l'île dite de la Réunion.

Saint Pierre fit entrer Germain dans son bureau et referma la porte derrière lui.

— Entrez, entrez, mon cher Germain Malot. Je vous attendais. Ah, vous n'imaginez pas quel plaisir j'ai de vous rencontrer, quel plaisir et quel honneur, quel réconfort aussi ! Entrez, entrez, et asseyez-vous !

Germain, avant de s'asseoir, avait eu le temps d'observer le bureau. C'était un bureau confortable, discret et accueillant, élégant et sans affectation. Peu de meubles ; un seul détail : un peu en retrait à un porte-manteau, était accrochée une auréole, peu lumineuse dans la mi-ombre, mais nette et blanche, d'une blancheur d'hostie. Saint Pierre s'asseya en face de lui, le contempla quelques secondes et avec ravissement lui dit :

— Ah, ce n'est pas tous les jours que j'ai l'occasion de recevoir quelqu'un de votre qualité. Non, non, ne protestez pas. Je dis bien de votre qualité, car bien souvent se trouvent devant moi des personnes qui comme vous ont, sur Terre, reçu maints témoignages de notoriété, de gloire, de titres. Seulement voilà, nous aussi, nous sommes en possession des vrais dossiers, et bien souvent les mérites accordés sur Terre par d'éminents jugements et parfois par des peuples, des continents entiers, ne coïncident pas souvent avec la vérité, et je ne vous parle pas des erreurs volontaires ou distraites de l'Histoire.

D'ailleurs, je ne vous cacherai pas que nombre d'historiens importants et de journalistes reconnus sont encore et pour longtemps obligatoirement au Purgatoire. Oh, ils ne se sentent guère seuls ; la plus grande partie des imprimeurs et des éditeurs y sont aussi. J'en vois bien peu passer au Paradis, une fois leurs mensonges, témoignages et complicités purgés. Tenez, même Gutenberg n'est admis au Paradis que depuis peu de temps : quelques-unes de vos semaines, tout au plus ! Je ne vous parle pas évidemment des soi-disant bienfaiteurs de l'humanité. Notre indulgence est énorme, mais nous sommes restés très sévères en ce qui concerne les effets secondaires. Tandis que vous ! Tenez, j'étais justement en train de relire votre dossier, et je dois dire que ce n'est pas sans mal. Eh oui, vous êtes si difficile à cataloguer !

Germain écoutait Saint Pierre d'une oreille un peu distraite. Encore capable de compassion, il revoyait à une vitesse extraordinaire tous ceux que l'Histoire avait fait entrer en légende et qu'il avait lui-même, en secret, désapprouvés. Il revoyait aussi ceux que les écrits avaient oubliés. Les oubliés jamais cités, les humbles dont il avait discerné la grandeur, et puis toujours cette certitude de la loi éternelle des antagonismes nécessaires et l'Harmonie des contraires. Ici, peut-être, il saurait la Vérité. Saint Pierre avait chaussé des lunettes pour mieux lire les détails du dossier.

— Alors voyons, Germain Malot, vous êtes né en Bretagne, dans une famille catholique pratiquante. Vous avez été vous-même particulièrement mystique, très précisément au moment de la première communion. Votre christianisme a pris dans votre jeunesse une couleur exacerbée jusqu'à votre départ pour Paris où vous êtes entré très tôt au Conservatoire National d'Art Dramatique, tout d'abord dans la classe de Louis Jouvet qui vous fascinait mais dont vous contestiez le manque de sensibilité ; puis pendant quelques années chez Béatrice Dussane. Vous suiviez parallèlement des cours chez René Simon. C'est à peu près à cette époque — voyons donc que je contrôle — en avril 42, que vous traversez une crise de conscience qui est commune à tous vos camarades : vous perdez la Foi. Mais chez vous, cette crise de doute est un véritable drame. Vous en souffrez énormément. La lecture désordonnée de Nietzche accuse l'inconfort douloureux de cet état. Vous avouez dans vos mémoires que pour vous, la certitude de la disparition de Dieu vous a saisi d'une façon physique, sensorielle, en plein juillet à Rothéneuf. Vous étiez étendu sur le dos, dans l'herbe, sur une falaise désertée, et cette sensation d'absence vous est même apparue dans une luminosité bleue. C'est exact ?

— C'est exact. Je m'en souviens parfaitement. J'en ai même discuté plus tard, sur un plateau de télévision, pendant une pause avec André Frossard qui présentait son livre « Dieu existe, je l'ai rencontré », livre dans lequel, lui, élevé dans l'athéisme racontait que la Foi l'avait saisi en juillet dans l'église de la rue d'Ulm, près du Panthéon à Paris, et lui était apparue dans un cristal indestructible, d'une transparence infinie, d'une luminosité presque insoutenable (« un degré de plus m'anéantirait ») et plutôt bleue. Cette phrase, je la connais par cœur. Je l'ai citée et récitée très souvent à l'occasion de conférences ou de récitals.

Saint Pierre feignait l'étonnement, puis cherchant dans les feuilles du dossier :

— A quelles occasions ? Voyons, voyons. Louange de Frossard... Ce devrait être souligné de rouge... Rappelez-moi... Je suis un peu perdu !

— A la fête de l'Humanité, à la Courneuve.

— Ah ? A la fête de l'Huma...!

— Dans les pays de l'Est, également.

— Dans les pays de...!

— De l'Est, oui, et même à Moscou.

— A Moscou, oui ?

— En Chine, à Cuba.

— En Ch... à Cu...!

— Oui, c'est un récital que j'ai donné un peu partout dans le monde. Je le faisais presque toujours en alternance avec Hamlet.

— Ah oui... Mais oui, c'est vrai, et nous voilà maintenant au cœur même de vos succès justement. Hamlet ! Votre interprétation d'Hamlet que vous avez joué dans des styles différents, classiques, presque académiques avec Vitez, Debauche, Maréchal et Mesguich.

— Evidemment, ils avaient tous tendance à s'endormir dans des styles non conformistes qui rejoignaient finalement le conformisme le plus bourgeois. Cela devenait sans surprise. Le public s'ennuyait et ne recevait plus le langage initial.

— Oui, bien sûr. Nous avons eu le même problème avec la messe en français et le rock dans les églises qui ôtait tout mystère et tout sacré ! Nous connaissons, nous connaissons. Voyons, dites-moi, vous avez été souvent présent à la fête de l'Humanité. Les communistes faisaient souvent appel à vous ?

— Oui, avant même mon séjour chez Vilar en Avignon ou ailleurs, et jusqu'à la presque disparition en France du Parti...

— Oui, oui. Ah voilà. La fête de l'Huma a repris du poil de la bête (excusez-moi l'expression) lorsque vous êtes venu y jouer « Meurtre dans la cathédrale » d'Elliot.

— Oui, mais j'y avais monté et joué souvent du Claudel, du Péguy.

— Eh oui, je vois ça. Mais c'est fou ce que vous avez fait ! Voyons, je lis que vous avez monté « le Diable et le Bon Dieu » sur le parvis de la cathédrale de Reims. « Fastes d'enfer » de Guelde-rode à l'intérieur de l'église Saint-Roch, et c'était pourtant après le vicariat de Landzer, cet ancien comédien converti. Je lis également... Alors ça c'est formidable ! C'est vraiment votre grand coup ! que vous avez monté « Le Vicaire » de Peter Weiss au festival du théâtre antifanatique sur la place Saint-Pierre de Rome !

— Oui, mais tout cela n'a été possible qu'à l'occasion du dixième congrès Mondial du Véritable Œcuménisme — pratiqué désormais quotidiennement — où se sont réunis les représentants de toutes les religions : catholiques, juifs, orthodoxes, protestants, musulmans chiites, sunnites, boudhistes, animistes, etc. Mais tout cela n'a été possible que grâce à la force du pape Grégoire IX.

— Ah, notre cher Pape noir, venu de Prétoria en plus !

Saint Pierre jubilait. Après quelques-unes de ces constatations, une admiration enjouée lui faisait ôter ses lunettes et observer Germain durant deux ou trois secondes, un peu à la façon de Bernard Pivot, lorsque après avoir lu, toujours trop vite hélas, certains passages d'un livre propagé, il ôtait ses lunettes pour mieux scruter l'auteur interviewé dans une allégresse attentive.

— Formidable, c'est formidable ! Et alors ? Oui, ah oui ! je vois aussi que, tout en continuant de mettre en scène, vous avez été Président du Syndicat des Acteurs. Ensuite Ministre de la Culture.

— Oui, mais là encore, les événements m'ont aidé. Je n'ai accepté ce poste de Ministre de la Culture qu'à condition que la télévision soit aussi sous notre contrôle et surtout sous notre aide financière et de toutes tendances, harmonieusement distribuée, mais voyez-vous, là encore, cette union entre la culture et la communication ne fut possible que lorsque les forces de la Télévision privée et celles de la publique furent équilibrées et encore, toute cette harmonie n'aurait pu exister sans la création de ces chaînes qui ne passent rien d'autre que de la publicité.

— Eh oui, nous savons bien. D'ailleurs nous-mêmes, nous y passons souvent nos clips sur Jeanne d'Arc, Sainte Thérèse, Saint François et même Ignace de Loyola qui plaisent beaucoup. Qu'est-ce que vous voulez, les gens adorent cela !

— Sauf les enfants, osa Germain.

— Ils n'en ont pas besoin. Enfin, vous connaissez nos idées là-dessus « Heureux les innocents... ». Mais, continuons. Ah, je vois que malgré vos nombreuses activités, vous saisissez la moindre occasion pour jouer Hamlet. Je vois toujours que c'est dans cette performance que vous êtes le plus cité.

— Et oui. J'ai estimé qu'il m'était nécessaire de poursuivre. Ce rôle reste peut-être l'un des plus mystérieux du répertoire mondial. De plus, le personnage est jeune, et de l'incarner m'obligea à garder intacte ma part d'innocence et la souplesse de mon esprit et de mon corps.

— On venait du monde entier voir votre interprétation, et vous vous êtes vous-même déplacé souvent un peu partout.

— Oui, adorant en outre les voyages, j'ai tenu à jouer Hamlet dans toutes les grandes capitales d'Europe où je tâchais de percevoir l'âme collective de chaque ville, les différentes qualités de silence qui m'ont toujours fasciné.

— Je vois ça d'après les critiques ! Je n'en tiens guère compte bien sûr ; le temps remet tout en place, mais il faut reconnaître que les plus sincères, les plus profondes aussi, citent souvent le célèbre monologue « être ou ne pas être ! », dans lequel votre perplexité, votre façon d'expliquer, de chercher le sens de votre existence provoquait sur le public une ferveur fraternelle, comme si chaque spectateur se remettait en question. « Etre ou ne pas être... Voilà la question », et les mots qui suivent comme une quête, une réflexion sur le vivre... mourir, dormir, rêver peut-être.

Saint Pierre murmure encore quelques vers, se tait, reste un instant rêveur, reprend la lecture de ses dossiers, puis soudain amusé :

— Oh ! Est-ce que vous savez comment ce monologue a été pour ainsi dire intégré dans la pièce ?

— Non ! On m'en a conté une version mais je dois avouer que je ne sais pas si elle est exacte.

— Et bien, à Stratford, durant une répétition d'Hamlet, au milieu de cette scène I de l'acte III, l'acteur qui incarnait Hamlet s'arrêta, et proposa un passage qu'il avait cogité dans la nuit. Cela faisait partie des questions, disait-il, que son personnage devait à ce moment se poser ! Shakespeare, c'est connu, avait l'habitude de tenir compte de toutes les idées des acteurs de sa compagnie, et donc accepta. En somme, ce « être ou ne pas être », c'était ce que vous appelez un « béquet » !

— En ce cas, mon vieil ami Dalio l'avait donc deviné !

— Ah oui, ce cher Dalio ! Une de nos âmes préférées. Toujours si coquet, si charmant et blagueur. Vous n'imaginez pas les farces qu'ils ne peuvent s'empêcher de faire ici, son ami Pierre Brasseur et lui !

— Oh j'imagine. J'ai eu l'exquis privilège d'être le complice de leurs frasques !

— Tâchez de les raisonner. Tenez, en ce moment, Brasseur s'est déguisé en Jeanne d'Arc et il s'est juré de condamner l'évêque Cauchon, et de refaire le procès à l'envers. Dalio improvise le moine qui défend l'évêque, tout en l'enfonçant dans ses fautes et ne cesse de répéter « Cauchon qui s'en dédit » ! Vous voyez le genre !

— Je le vois parfaitement.

— Enfin !

Saint Pierre, après s'être amusé un instant en savourant avec bonté la joie enfantine de Germain, pivota sur son siège, rechaussa ses lunettes et continua à citer les riches heures de l'acteur chevalier.

— Voyons, je résume. Je ne note que vos initiatives les plus spectaculaires, bien entendu. Plusieurs années sabbatiques ! voyages et enquêtes approfondies en Islam, études coraniques. Recherche des similitudes entre les religions juive, catholique, islamique, boudhique, avec spectacles à l'appui, en compagnie de Peter Brook, Béjart. Traductions de textes sacrés en collaboration avec Elie Wiesel, Tahar Ben Jelloun et Aimé Césaire. Vous imposez doucement, en tant que Ministre de la Culture Européenne, en compagnie de Gunter Grass, Jeremy Isaac, Umberto Ecco, une télévision européenne dont les Américains et les Russes raffolent. Ils achètent toutes vos émissions, les paient très bien et les distribuent dans le monde entier.

Saint Pierre continuait, volubile, d'énumérer les succès de toutes les entreprises promues et réalisées par Germain, entreprises qui rendaient le portier du Paradis d'autant plus admiratif qu'elles avaient toutes contribué à une plus grande compréhension entre les hommes de tous les continents et que les différences qui semblaient les cloisonner ou même les opposer avait fini par créer une sorte de ferment d'une ère de paix, levain d'un nouvel âge d'or !

Pendant cette énumération, Germain laissait défiler dans sa tête un étrange film au montage à la fois rapide et harmonieux mais sans aucune logique ; une simple sensation de récompense dans ce maelström où se superposaient des images de voyages et de visages, des bribes de phrases, des traînées de prophéties pudiques. C'eût été pour quelqu'un d'autre que lui qu'images confuses et tintamarres ; or, tout était d'une logique presque mozartienne et d'un humour caressant.

Venise avec le faciès de Casanova se juxtaposait aux canaux de Bruges et le visage poli de Marguerite Yourcenar.

Les places de Lisbonne et d'Oslo, les phrases de Camoens et Strindberg confondaient leurs échos.

Au bar du Raffle à Singapour, les cuites se succédaient avec Kipling, Cendrars, Capa et Marguerite Duras.

Sur un quai de Marseille, à moins que ce ne fut à Genève, Cohen et Pagnol jouaient à la pétanque tandis qu'à chaque fenêtre, cachées derrière des tulles, des femmes splendides observaient, patientes.

Une bouffée d'un air de Venecius da Moraes s'affaiblissait pour un accord de Beethoven ; Bahia alors se donnait des airs de Vienne. Richter et Genet s'assoupissaient sur des dalles de Delphes.

A la Treille Muscate, Louise Labbé tient les fils de laine douce que Colette enroule et l'écoute parler de Sartre et de Cocteau. Vêtu en Dante, à Pise, Gassman est en dupleix avec Pirandello qui lui parle depuis Agrigente.

Lanzmann (l'autre), marchant à pied, refait le trajet en Amérique que fit Saint-John Perse et rencontre Audubon qui lui-même se repose auprès d'une rose de Pierre-Joseph Redouté.

Au Caire, Champollion se moque de Lawrence d'Arabie dont la chamelle est morte et lui cite Stendhal.

Un long travelling en hélicoptère et en « louma » (1) : un radeau sis au milieu du lac de Constance où grogne en souriant un peu, un Bouddha massif et charnel qui ressemble à Brando et dont le commandant Cousteau s'empare, met en cage, et qu'enfin raisonné par Schoelcher il libère.

Tout s'emmêle, se succède. Maïmonide et Lustiger, Maritain, Cocteau, Max Jacob faisant la queue devant le Supermarché de la Santé créé par Rika Zaraï et racheté par Bernard Tapie dont Godard tourne un film financé par Doumeng.

Au-dessus des toits, Picasso prend en photo Apollinaire qui laisse flotter de sa tête son pansement devenu banderole où sont écrits des Haï Kaï de Paulhan et des aphorismes de Cioran que Dupont-Sommer traduit aidé par Hagège : « Libérez Le Pen » qui se trouve en effet à l'île des Pins dans la même cellule que Louise Michel que Rossif filme etc. etc. etc.

Saint Pierre vient de refermer son dossier.

— Alors voilà, cher Germain. Après cette existence unique, exemplaire, vous pensez bien que vous restez au Paradis, mais étant donné votre abnégation et la qualité de vos vertus et travaux, vous avez droit à ce qu'on pourrait appeler une... prime. Mais oui, c'est cela, une sorte de prime. Cher Germain, demandez-moi ce qui vous ferait plaisir, d'avance je vous l'accorde.

— Et bien voilà, entreprit Germain un peu étourdi et embarrassé, ayant même du mal à trouver ses mots. Et bien voilà, très cher Saint Pierre, tout ce que vous venez de résumer sur mes activités terrestres — et j'avoue humblement en déceler quelques-unes que j'avais oubliées, entraîné que j'étais à poursuivre d'autres

(1) Caméra ultra-mobile permettant des prises de vues comme exécutées par un être volant.

recherches, d'autres célébrations — j'eus parfois la possibilité d'en faire le bilan, et surtout d'en chercher le pourquoi. Ce fut alors de quelques siestes vacancières, dans une ombre bienfaisante et dans quelques régions où j'ai aimé me reposer : village d'Atlas, kibboutz israélien, faré tahitien, cabine de croisière ; siestes dans l'ombre donc, dans une demeure provisoire aux confins d'un désert, le long d'une mer murmurante, d'une oxygénante montagne ou tout simplement affalé sur le gazon d'un jardin que j'avais promulgué. Je m'étais demandé alors pour quelle raison je poursuivais cette existence pleine d'appétits, de questions, de réponses à partager. Quel impérieux besoin j'éprouvais sans cesse de vouloir assembler les idées et leurs hommes, harmoniser leurs différences en un culte presque sacré, et je dus conclure que j'avais comme certains prophètes ou poètes le culte de l'amour universel, que j'étais à la recherche de l'Unique, de l'Absolu, et finalement à la recherche de ce que certains appellent Dieu, et l'approche de la mort m'a renvoyé inéluctablement au Dieu de mon enfance. Alors maintenant que je suis ici, dans le domaine de l'éternel... ce Dieu... je sais, c'est naïf, enfantin je le répète... ce Dieu... et je suis encore bouleversé de cette faveur accordée par vous Saint Pierre... a soudain enfiévré ma curiosité... ce Dieu dis-je, je voudrais tout simplement le voir, ou l'apercevoir.

Un grand sourire sage et quelque peu ecclésiastique dans le bonheur d'accorder une récompense éclaira le visage de Saint Pierre.

— Je m'y attendais un peu, dit-il de sa voix suavement perchée. Et c'est tout, cher Germain ?

Une légère ironie malicieuse perça aussi sous cet air de contentement.

— Mais c'est très facile ! Vous voyez cette modeste et distraite porte ? Vous voyez bien ici sur la gauche ? Eh oui, c'est normal, aussitôt arrivé ici, le Créateur exigea que je fus à sa droite et le plus proche. C'était écrit dans le Livre. Et bien c'est la porte de son bureau.

Germain respira largement.

— Il est... là ?

Il parla sur le souffle, comme un enfant apeuré.

— Est-ce que je peux le voir ?

— Bien entendu ! Approchez-vous doucement et regardez par le trou de la serrure.

206

Saint Pierre entraîna doucement Germain, et lui appuyant sur l'épaule, lui plaça le regard juste en face du divin trou de serrure. Et alors là, que voit-il, installé à un bureau (Empire ?) ? Un magnifique vieillard aux cheveux longs, blancs, et à la barbe de fleuve, semblable, en moins athlétique, à celui que Michel-Ange a peint sur le plafond de la chapelle Sixtine, mais vêtu d'une ample toge ou robe de drap tissé (à la main).

Sa belle tête appuyée sur sa paume droite et le coude dressé, ses yeux nobles, clairs mais empreints d'une profonde perplexité. Voilà un beau vieillard perplexe, voilà comment Dieu lui apparaît. Germain, sous le coup de la surprise, peut à peine respirer ; il regarde médusé, puis se relève :

— C'est Dieu... ?

— Mais oui, qu'est-ce que vous aviez imaginé ?

— Oh ! tout sauf ça. J'ai imaginé quelqu'un, quelque chose, d'à la fois vague et fort, d'une force inexprimable. Une sorte de forme imprécise, image, chose, où serait unifié, enfin catalysé toutes les nuances de la chimie de la lumière et de l'Art. Une essence aiguë comme diamant, mais diffuse aux contours où l'on pourrait deviner l'infiniment petit observé par nos microscopes et les plus lointaines des galaxies impossibles à déceler, étoiles immenses résumées à l'aspect de la plus modeste des cellules. Danse mouvante et statique que l'œil ne peut concevoir et qui tient du sonore. Une lueur déjà peut-être entrevue dans nos rêves ou vision des fous qui contient et commande le cosmos. Une chose d'une infinie modestie mais qui contient le sidéral, le néant, l'aventure des mondes, leurs départs, leurs spirales. Une foudre apaisée, une explosion rassurante, immobile et sereine. Un vertige. Un beau vertige, comme celui qu'on approche lorsqu'on aime, homme ou animal, roi ou insecte. Oui, un vertige. Une inexprimable évidence, à la fois visible et invisible. Une présence. Et ce que je vois c'est un homme, et même un vieil homme, une allure presque saint sulpicienne, image de mon enfance et de ma première communion. C'est bien plus simple et bien plus beau.

— Mais oui, souriait Saint Pierre.

— Et dites-moi... Il parle ?

— Bien sûr, il parle. D'ailleurs il dit toujours la même phrase.

— La même phrase... ?

— Oui, depuis l'Eternité et pour l'Eternité, depuis toujours et pour toujours, Il dit la même phrase. Tenez... Penchez-vous encore... regardez et écoutez.

Germain regarde de nouveau par le trou de la serrure. Le beau viellard est toujours perplexe et immobile. Ses lèvres doucement s'entrouvent, et Germain l'entend dire :

— Etre... ou ne pas être ?

Daniel GÉLIN

PRÉSENTATION DES AUTEURS

Gloria ALCORTA. Née à Bayonne de parents argentins. Partage son temps entre Buenos Aires et Paris. Le principal de son œuvre, écrite soit en espagnol, soit en français, est composé de contes fantastiques, de nouvelles et de poèmes auxquels Supervielle, Saint-Perse, Max-Pol Fouchet et Borges ont rendu un fervent hommage. A publié deux recueils de nouvelles en France : *L'Hôtel de lune* (Albin Michel) est une traduction ; *L'Oreiller noir* (Grasset, 1978) a été écrit directement en français.

Gilles ARCHAMBAULT. Né en 1933 à Montréal. Quinze ouvrages à ce jour, des romans pour la plupart dont *La Fuite immobile* et *Les Pins parasols*. Co-fondateur des éditions du Sentier. Réalisateur d'émissions sur la littérature et le jazz à Radio-Canada. Chroniqueur : *Les Plaisirs de la mélancolie, Le Regard oblique* (édit. Boréal express, 1984). Auteur dramatique : *Le Tricycle* suivi de *Bud Cole Blues*. Prix David pour l'ensemble de son œuvre en 1981.

Marie-Claire BANCQUART. Née en 1932 à Aubin, dans l'Aveyron. Professeur à la Sorbonne ; directrice de la Maison de la Poésie de Paris. A publié une dizaine de recueils de poèmes dont, chez Belfond : *Mémoire d'abolie* (Prix Max Jacob 1979), *Partition* (1981) et *Opportunité des oiseaux* (1986), et à Temps actuels : *Votre visage jusqu'à l'os* (1983). Prix Sainte-Beuve 1985 pour son essai *Anatole France* (Calmann-Lévy). Auteur d'éditions commentées de Maupassant et d'Anatole France (La Pléiade), spécialiste des écrivains « fin de siècle » et des surréalistes. Divers romans dont, chez Belfond : *L'Inquisiteur* (1980) et *Les Tarots d'Ulysse* (1984).

Christiane BAROCHE. Née à Paris. Biologiste à l'Institut Curie. Nouvelliste. A publié chez Gallimard : *Les Feux du large* (1975), *Chambres avec vues sur le passé* (bourse Goncourt de la nouvelle, 1978), *Pas d'autre intempérie que la solitude* (1980),... *Perdre le souffle* (1983) et, chez Actes Sud, *Un soir j'inventerai le soir* (1983) et *Plaisirs amers* (1985).

Tahar BEN JELLOUN. Né en 1944 à Fès (Maroc). Vit à Paris depuis 1971. Docteur 3e cycle en psychiatrie sociale. Critique littéraire. Traducteur. Auteur dramatique, essayiste, spécialiste de la culture et de la société maghrébine et arabe en général. A publié six romans dont *La Prière de l'Absent* (1981), *L'Ecrivain Public* (1983) et *L'Enfant de Sable* (1985), le tout au Seuil. Quatre recueils de poèmes et nouvelles réunis dans *Les Amandiers sont morts de leurs blessures* (Maspéro-La Découverte, réédité au Points-Seuil en 1985).

Marie-Claire BLAIS. Née au Québec en 1939. A publié plus de vingt ouvrages, la plupart des romans : *La Belle bête* (1959), *Une Saison dans la vie d'Emmanuel* (Prix Médicis 1965, traduit en treize langues), *Les Manuscrits de Pauline Archange* (1968), *Vivre! Vivre!* (1969), *Les Apparences* (1970), *Une Liaison parisienne* (Ed. Quinze, 1975), *Les Nuits de L'Underground* (Stanké, 1978), *Le Sourd dans la ville* (Gallimard, 1980), *Visions d'Anna* (Gallimard, 1982)... Poète et auteur dramatique.

Georges-Olivier CHÂTEAUREYNAUD. Né en 1947 à Paris. A publié plusieurs romans chez Grasset, dont : *Les Messagers* (Grand Prix du roman des Nouvelles Littéraires 1974), *La Faculté des songes* (Prix Renaudot 1982) et Le *Congrès de fantomatologie* (1985). Deux recueils de nouvelles : *Le Fou dans la chaloupe* (1973) et *La Belle charbonnière* (1976).

Andrée CHEDID. Née en 1925 au Caire. Installée à Paris depuis 1946 après avoir vécu une partie de sa jeunesse au Liban. A publié de nombreux recueils de poésie dont *Visage premier* (1972), un recueil de pièces de théâtre (1981), des essais, de nombreux romans dont *Nefertiti et le rêve d'Ahkanaton* (1974), *Les Marches de sable* (1981), *La Maison sans racines* (1985), et un recueil de nouvelles *Les Corps et le Temps* suivi de *L'Etroite peau* (Flammarion, 1979).

Georges-Emmanuel CLANCIER. Né à Limoges en 1914. Correspondant clandestin en France de la revue Fontaine durant la dernière guerre mondiale. Grand Prix du roman de la Société des Gens de Lettres pour sa grande fresque romanesque *Le Pain Noir* (1957) adaptée pour la télévision par Serge Moati en 1974 (huit épisodes). Prix des Libraires pour *L'Eternité plus un jour* (Laffont, 1970). Deux livres de souvenirs publiés chez Albin Michel : *L'Enfant double* (1984) et

L'Ecolier des rêves (1986). Divers essais et recueils de poésie, dont chez Gallimard *Oscillante parole* (1978) et *Le Poème hanté* (1982). Nouvelliste : *Les Arènes de Vérone* (Laffont, 1964). Grand Prix de Littérature de l'Académie Française en 1971.

René-Jean CLOT. Né en Algérie en 1913. Vit à Versailles. Dès 1936 *La Naissance du poète* est remarquée par un jury composé de Jean Paulhan, Jules Supervielle, Henri Michaux (Prix de poésie de Mesures). A publié douze livres aux éditions Gallimard de 1948 à 1962 dont *Le Poil de la bête*, Prix des Deux Magots 1951 (jury présidé par Raymond Queneau). Prix de la Nouvelle 1964 pour *La Rose de Noël*. Prix de la Société des Gens de Lettres 1983 pour *Un Amour interdit* (Grasset). Parution de *Charhouz le voyant* en 1985 (Grasset) et de son recueil de poèmes *Peindre la mémoire en bleu* en 1986 (L'Age d'Homme).
Sa pièce *Révélation* a été montée au théâtre de l'Odéon par Jean-Louis Barrault.
Son œuvre de peintre a été remarquée dès 1937 (Prix Paul Guillaume à la Galerie Berheim). Sociétaire du Salon d'Automne (1939). Acquisition par le Musée d'Art Moderne.
(La présence de René-Jean Clot dans ce recueil s'explique par les liens de vieille amitié qui l'unissaient à Max-Pol Fouchet et qui l'unissent aujourd'hui à L'Atelier Imaginaire).

Max-Pol FOUCHET. Né en 1913 à Saint-Vaast-La-Hougue (Manche) ; décédé en 1980 à Vézelay (Yonne). Vécut en Algérie de 1923 à 1945 où il créa la revue *Fontaine* (1939/1948) qui, pendant la Seconde Guerre mondiale, fut la « revue de la Résistance en pleine lumière ». « Professeur d'enthousiasme », « aventurier de l'esprit », « marié à la poésie », cet ami de Camus, d'Emmanuel Mounier, d'Eluard, fut romancier — *La Rencontre de Santa Cruz* (Grasset, 1976), essayiste, critique littéraire, historien de l'art, ethnologue mais d'abord et surtout homme de communication : à la radio où il anima *Le Journal musical d'un écrivain* (1968/1970) et à la télévision où il réalisa *Lectures pour tous* (1953/1968) avec *Pierre Desgraupes* et *Pierre Dumayet*, puis *Terre des Arts*, *Les Impressionnistes*... Récits et nouvelles parus chez Grasset : *Les Evidences secrètes* (1972), *La Relevée des herbes* (1980), *Histoire pour dire autre chose* (1980). En collaboration avec Alain Mermoud *Fontaines de mes jours* (Stock, 1979). L'essentiel de l'œuvre poétique a été rassemblé sous le titre *Demeure le secret* en 1985 (Actes Sud). Juré fondateur du Prix Prométhée (« Il faut que vous sentiez que quelque chose de grand est né »), il reste au cœur de l'aventure de l'Atelier Imaginaire.
Le présent livre est un peu le sien : il rassemble. Max-Pol Fouchet aurait été heureux de ce rendez-vous. Merci aux éditions Grasset de

l'avoir compris en accordant avec courtoisie et diligence leur autorisation de publier *La Beauté du monde* qui appartient au recueil *Les Evidences secrètes*, «ces songes de la réalité, cette réalité des songes »...

Daniel GÉLIN. Né en 1921 à Angers. Etudes à Saint-Malo. Conservatoire national d'art dramatique. Elève de Louis Jouvet. Débute sa carrière d'acteur dès 1941 au cinéma et 1942 au théâtre. Des dizaines de films et de pièces à ce jour. Joue au cinéma dans *Les Mains sales* de Sartre (1951) qu'il met en scène pour le théâtre en 1977 et pour la télévision en 1980. Forme avec Micheline Presle le couple du feuilleton télévisé *Les Saintes chéries* (1965/1968). Nombreux récitals de poésie. A publié un livre de souvenirs *Deux ou trois vies qui sont les miennes* (Julliard, 1977) et divers recueils de poèmes dont *Poèmes à dire* (1970) et *L'Orage enseveli* (Le Pont de l'Epée, 1980).

Alain GERBER. Né en 1943 à Belfort. A publié huit romans dont *Le Faubourg des Coups-de-Trique* (1979), *Une Sorte de bleu* (1980), *Le Jade et l'obsidienne* (1981), *Une Rumeur d'éléphant* (1984) et *Les Heureux jours de Monsieur Ghichka* (1986) aux éditions Robert Laffont.
Producteur d'émissions radiophoniques sur le jazz. Plusieurs nouvelles ont paru dans Le Monde, Lire, Télérama... A obtenu le Grand Prix de la Nouvelle de la Société des Gens de Lettres et la Bourse Goncourt de la Nouvelle en 1984 pour son recueil *Les Jours de vin et de roses*.

Edouard GLISSANT. Né en 1928 en Martinique. Etudes supérieures à Paris. Docteur d'état ès lettres et sciences humaines. Vit à Paris de 1946 à 1965 et en Martinique de 1965 à 1980. Fonde l'Institut Martiniquais d'études, établissement d'enseignement et de recherches en lettres et sciences humaines. Depuis 1982, directeur de la revue *Le Courrier de l'Unesco*, au siège de l'UNECSO à Paris. A publié au Seuil : *Les Indes, Poèmes, Le Sel noir, Pays rêvé, pays réel* (poèmes), *Soleil de la conscience, L'Intention poétique, Le Discours antillais* (essais), *Monsieur Toussaint* (théâtre), *La Lézarde* (Prix Renaudot 1958), *Le Quatrième siècle* (Prix Charles Veillon 1965), *Malemort, La Case du commandeur* (romans).

Jacques LACARRIÈRE. Né en 1925, à Limoges. Vit dans l'Yonne. Enfance et études à Orléans. Vingt ans de pérégrinations en Grèce et dans le Proche-Orient. Traducteur de grec ancien et de grec moderne. Nombreux essais, dont : *Promenades dans la Grèce antique, En cheminant avec Hérodote*. A fait connaître la plupart des écrivains et poètes grecs contemporains (Ritsos, Séféris, Vassilikos...). A collaboré plusieurs années aux activités du Théâtre National Populaire à

Paris ainsi qu'au Festival d'Avignon. A publié *L'Eté grec* chez Plon en 1975, *Chemin faisant* en 1977 chez Fayard et *Marie d'Egypte* chez Jean-Claude Lattès en 1983.

Charles LE QUINTREC. Né en 1926 à Plescop (Morbihan). Grand Prix de la Société des Gens de Lettres pour l'ensemble de son œuvre (1981). A publié ses œuvres poétiques complètes chez Albin Michel : en 1981, *La Lumière et l'argile* (1945/1970) ; en 1983, *Le Règne et le royaume* (1970/1983). Critique littéraire et essayiste. Une dizaine de récits et romans dont *Les Chemins de Kergrist* (1959), *Le Château d'amour* (1977), *Le Christ aux orties* (1982), *Les Ombres du jour* (1985, journal 1970/1980) et *Chanticoq* (1986).

Michèle MAILHOT. Née à Montréal en 1932. Journaliste, critique, lectrice pour diverses maisons d'édition. A écrit de nombreux textes dramatiques pour Radio-Canada et de nouvelles pour la revue *Liberté*. A publié divers romans dont, aux Editions du jour : *Le Fou de la reine* (1969) et *La Mort de l'araignée* (1972). Prix de la presse 1975 pour *Veuillez agréer*.

André MAJOR. Né à Montréal en 1942. Participe à la fondation et à la rédaction de la revue *Parti Pris* où il publie son roman *Le Cabochon* en 1964 et un recueil de nouvelles *Chair de poule* en 1965. Participe à la création de l'Union des Ecrivains Québécois en 1977. Nombreux textes dramatiques pour la radio et la scène. Réalisateur depuis 1973 au service des émissions culturelles du réseau MF de Radio-Canada. Prix du Gouverneur Général en 1977 pour *Les Rescapés* (Editions Quinze). Publiés aux Editions du jour, ses romans *L'Epouvantail* et *L'Epidémie* ont été traduits en anglais. Parution de *La Folle d'Elvis*, nouvelles, en 1981 (éd. Québec-Amérique).

Jean-Pierre OTTE. Né en 1949 dans les Ardennes belges. Vit sur Le Grès-de-Calvignac, dans le Haut-Quercy. Se consacre exclusivement à l'écriture depuis 1978. Conteur, il est l'auteur d'« Histoires du plaisir d'exister » dont il a fait un spectacle. A publié plusieurs récits aux éditions Robert Laffont, dont : *Jean-Pierre Nicolas Gayoûle* (1980), *Les Gestes du commencement* (1982), *Celui qui oublie où conduit le chemin* (1984) et *Le Ravissement* (1987), premier roman inspiré par le Sud-Ouest de la France.

Gisèle PRASSINOS. Grecque, née à Constantinople en 1920. Installée en France depuis 1922. Remarquée très jeune par le groupe surréaliste et notamment André Breton. A partir de 1956, édition chez Plon et Grasset de quatre romans dont *La Confidente* (1962) et *Le Visage effleuré de peine* (1964), un recueil de nouvelles, six recueils de poèmes dont *Pour l'arrière-saison* (1979). Depuis 1973 confectionne également des tentures décoratives faites de feutrines cousues à la main, ainsi que des personnages de bois. Sa première exposition a été présentée en 1975 dans la galerie de l'éditeur Pierre Belfond à l'occasion de la sortie de son livre *Brelin le fou.*

Guy ROUQUET. Né en 1946 à Oujda (Maroc). Etudes secondaires à Lourdes et supérieures à Pau. Professeur à Tarbes (Hautes-Pyrénées). Nombreuses responsabilités associatives, culturelles ou socio-culturelles, depuis octobre 1968, notamment à Lourdes où il a enseigné durant sept ans. Fondateur du Prix Prométhée en 1974, du Prix Max-Pol Fouchet en 1980, de l'Atelier Imaginaire en 1981. Participe à diverses émissions de radio et de télévision destinées à faire connaître les Prix, et en particulier à celles de Radio-France : « Parenthèses » (1983) et « Quotidien Pluriel » (1984) de Jacques Chancel. Participe également au « Livre Franc » d'Hubert Nyssen et Jacques Chancel (Actes Sud, 1983).

Tchicaya U TAM'SI. Né à Mpili (Congo) en 1931. Arrive en France en 1946. De 1960 à 1986, représente son pays (département de l'éducation) à l'UNESCO. Poète : en 1955 *Le Mauvais sang* est remarqué par Léopold-Sédar Senghor ; en 1966 *Epitomé* (éd. Pierre-Jean Oswald) obtient le Grand Prix de Poésie au Festival mondial des Arts nègres de Dakar ; en 1978 *La Veste d'intérieur*, suivi de Notes de veille (Nubia) reçoit le Prix Louise-Labé. Auteur dramatique (*Le Zulu...*), nouvelliste (*La Main sèche*, éd. Laffont), romancier : *Les Cancrelats* (1980), *Les Méduses* (1982), *Les Phalènes* (1984), chez Albin Michel.

Frédérik TRISTAN. Né à Sedan, en 1931. Prix Goncourt 1983 pour *Les Egarés* (Balland) et Prix du roman fantastique d'Avoriaz pour *La Cendre et la foudre* (id). S'intéresse à la philosophie, aux mystiques allemands, aux surréalistes. Directeur des Cahiers de l'Hermétisme. A dirigé le Cahier de l'Herne consacré à Thomas Mann. A écrit sous divers pseudonymes, notamment Jean Makarié et Adrien Salvat. A publié également *Le Dieu des mouches* (1959), *La Naissance d'un spectre* (1969), *La Geste serpentine* (1978) et, chez Belfond, *Le Fils de Babel* (1986). Nouvelliste.

L'ATELIER IMAGINAIRE

Champ d'action : La Francophonie (« La Francophonie est notre patrie commune »)

Finalité : • Stimuler la création littéraire et artistique
• « Défendre et illustrer la langue française »

Modalités :
A. *Deux prix internationaux* annuels décernés sur manuscrit :
— Concours Prométhée destiné à promouvoir un nouvelliste inédit (édition du lauréat)
— Concours Max-Pol Fouchet destiné à promouvoir un poète inconnu ou méconnu (édition du lauréat)
B. *Une Décade d'animations culturelles* organisée autour de la Remise des Prix Prométhée et Max-Pol Fouchet : en principe au mois d'octobre, dans le Grand Sud-Ouest, en liaison étroite avec le milieu scolaire et universitaire (mais aussi, à l'occasion, avec les centres culturels, les foyers ruraux, les bibliothèques, les librairies, les comités d'entreprise).

Acteurs : L'Atelier Imaginaire :
• *30 jurés internationaux* (écrivains et critiques de renom) ;
• *100 jurés départementaux et régionaux* appartenant au Grand Sud-Ouest chargés de mettre au point les sélections soumises aux deux jurys internationaux ;
• *1 éditeur à vocation européenne :* L'Age d'Homme (publie et diffuse les lauréats annuels au sein de sa collection « L'Atelier Imaginaire). Coédition à compter de 1987 : L'Instant même (Québec) ;

215

• *Plusieurs artistes « associés »* pour les animations durant la Décade : peintres, photographes, chanteurs, comédiens, conteurs, écrivains...

Expérience :
- 2 Décades culturelles (mars 85, octobre 86)
- 3 Semaines littéraires et artistiques (mars 82, 83, 84)
- 9 Concours Prométhée (6 auteurs publiés)
- 5 Concours Max-Pol Fouchet (5 auteurs publiés)

(Examen annuel de 500 manuscrits en moyenne)

JURÉS INTERNATIONAUX DE L'ATELIER IMAGINAIRE

PRIX PROMÉTHÉE (nouvelle)

Gloria Alcorta (Argentine)
Christiane Baroche
Marie-Claire Blais (Québec)
Jeanne Champion
Andrée Chedid
Étienne Barilier (Suisse)
Georges-Olivier Châteaureynaud
Jacques Chancel
Alain Gerber
Marcel Jullian
Jacques Lacarrière
André Major (Québec)
Jean-Pierre Otte (Belgique)
Tchicaya U Tam'si (Congo)
Frédérik Tristan

PRIX MAX-POL FOUCHET (poésie)

Marie-Claire Bancquart
Michèle Mailhot (Québec)
Gisèle Prassinos (Grèce)
Gilles Archambault (Québec)
Tahar Ben Jelloun (Maroc)
Yves Berger
André Brincourt
Georges-Emmanuel Clancier
Jérôme Garcin
Daniel Gélin
Édouard Glissant (Antilles)
Charles Le Quintrec
Jean Orizet
Pierre Oster
André Schmitz (Belgique)

UN CONCOURS ORIGINAL

- Les Prix Prométhée et Max-Pol Fouchet *inversent le circuit tradition-nel de l'édition*. Ce n'est pas un « professionnel » — plus ou moins soumis à des impératifs commerciaux — qui tente d'imposer ses choix à l'opinion publique mais des lecteurs qui se rassemblent pour dire haut et clair qui doit être publié.

- La Remise des Prix se tient à Lourdes, au mois d'octobre. Elle donne lieu à une grande décade d'animation littéraire et artistique dans toute la région pyrénéenne. Cette *fête de la rencontre* parachève la fête *de la création* (candidats et lauréats), *de l'édition* (publication des textes primés) et *de la lecture* (trois jurys, 150 lecteurs/jurés de tout âge, de tout milieu et de toute culture).

- Les Prix Prométhée et Max-Pol Fouchet n'ont *aucun préjugé* éthique ou esthétique. Tout manuscrit a ses chances. Les textes primés à ce jour sont très divers dans leur écriture et leur inspiration.

- Les Prix Prométhée et Max-Pol Fouchet proposent une *perspective nouvelle* : la mise en relation directe de partenaires généralement isolés dans leur « unité de production » (le créateur inconnu, l'éditeur, le lecteur, l'écrivain confirmé).

Pour tout renseignement concernant L'Atelier Imaginaire ou toute demande de règlement relative au concours Prométhée de la Nouvelle ou au concours de Poésie Max-Pol Fouchet, on peut s'adresser directe-ment à :

L'Atelier Imaginaire
B.P. 2
65290 Juillan
(France)

L'Atelier Imaginaire exprime sa vive gratitude à tous ceux qui l'aident à réaliser son projet culturel, et plus particulièrement : les Editions de l'Age d'Homme, la Ville de Lourdes, le Centre National des Lettres, le Conseil Régional de Midi-Pyrénées, la Direction Régionale des Affaires Culturelles et le Centre Régional des Lettres de Midi-Pyrénées, le Conseil Général des Hautes-Pyrénées, les Caisses régionales du Crédit Agricole des Hautes-Pyrénées et des Pyrénées-Atlantiques, la Caisse Nationale du Crédit Agricole et l'ensemble de la presse écrite, parlée et télévisée d'expression française.

TABLE DES MATIÈRES

Achevé d'imprimer le 13 mars 1987
sur les presses des Imprimeries Delmas
à Artigues-près-Bordeaux

Outre l'édition courante, il a été tiré quatre cent cinquante
exemplaires sur grand papier dont cinquante hors commerce
— numérotés de I à L — destinés aux auteurs et organisateurs
et, à la demande de la Caisse Nationale du Crédit Agricole,
quatre cents exemplaires numérotés de 51 à 450 réservés aux
lauréats 87.

Dépôt légal : mars 1987
N° d'impression : 34080